W0016158

FRANCK

FERRAND

La Cour des Dames - 2

Les fils de France

ROMAN

À tous ceux
dont l'écriture de ce livre
m'a un temps détourné.

Le malheur, c'est qu'en France les femmes se mêlent de trop de choses. Le roi devrait clore la bouche aux femmes qui se mêlent de parler.

Blaise de Montluc

Notice

La régente Louise de Savoie avait mis deux souverains au monde : un roi de France, François Ier ; une reine de Navarre, Marguerite. De la triade qu'elle formait avec eux, et qui, durant quinze années, dirigea la France, elle était sans conteste le pôle dominant. C'est dire si sa mort, en septembre 1531, ébranle la monarchie. Son vieux complice Duprat, cardinal-chancelier, ne possède plus alors l'énergie nécessaire à la conduite de l'État ; quant à la jeune garde qui, rescapée de Pavie, entoure à présent le monarque, elle n'a, de la défunte « Madame », ni l'expérience ni la sagesse.

Deux factions vont désormais se partager les grâces de François et l'amitié de ses fils, depuis peu libérés des geôles espagnoles. La première, autour de la sœur du roi et du dauphin François, s'appuie sur la favorite en titre, Anne de Pisseleu, bientôt duchesse d'Étampes, et choisit pour champion le grand amiral de France, Philippe Chabot de Brion ; ouverte aux idées évangéliques, elle use de son crédit auprès du roi pour relancer la guerre contre Charles Quint. En face, un cercle plus fidèle aux idées de Louise unit notamment, autour de la reine Éléonore et du prince cadet Henri, le maréchal de Montmorency, grand maître de France, et la fameuse Diane de Poitiers, veuve du grand sénéchal ; fermement catholiques, ceux-là se dépensent pour maintenir la paix avec l'Empire.

Autant dire que désormais, toute politique se définit par rapport à Charles Quint, couronné par le pape en février 1530. Chef d'un empire quasi planétaire et qui, rien qu'en Europe, coiffe près d'un peuple sur deux, défenseur désigné du catholicisme, le jeune empereur n'est pourtant pas exempt de faiblesses : son domaine morcelé, tiraillé, subit de plein fouet, surtout en pays germaniques, la contestation luthérienne. Aussi les princes allemands, devenus « protestants », rejoindront-ils, un à un, l'orbite française, tandis que le roi d'Angleterre, en conflit ouvert avec la papauté, s'éloignera sans retour de son ancien allié.

Le terrain religieux, où se joue dès lors le sort de l'Europe, se révèle des plus mouvants. Né d'une réaction spontanée aux abus du clergé et au trafic des Indulgences[1], le combat de Luther converge avec l'ambition évangélique d'un retour aux textes sacrés ; mais il ira se radicalisant, jusqu'au schisme. Et le premier contre-feu viendra non pas de Rome mais de Paris, où la faculté de théologie – la célèbre Sorbonne – se veut le fer de lance d'une orthodoxie fermée à tout renouvellement.

Incomparable époque où les esprits, bousculés dans leurs repères essentiels, sont confrontés par ailleurs à des remises en question incessantes, affectant l'idée que l'on se fait de l'anatomie, du globe terrestre, de l'univers lui-même…

❋

Quand commence vraiment notre histoire, au tournant de l'année 1535, François Ier vient d'achever un long périple de deux ans à travers son royaume. La France, depuis peu augmentée de la Bretagne, n'a pas su conclure d'alliance efficace avec l'Angleterre ; mais elle s'est beaucoup rapprochée des princes allemands. Montmorency bénéficie d'un avantage fragile sur son rival, Chabot de Brion. Et d'autant plus que le roi, après avoir hésité longtemps au sujet de l'évangélisme, si cher à sa sœur, a fini par durcir sa position religieuse à la suite d'une grave provocation des réformés français : la tonitruante – et cependant nébuleuse – « affaire des Placards ».

Les personnages

— François Ier, fils de la régente Louise de Savoie, roi depuis 1515 (né en 1494).

— Éléonore de Habsbourg, sœur de Charles Quint, seconde épouse de François Ier depuis 1530, reine de France (née en 1498).

— Marguerite d'Angoulême, sœur de François Ier, remariée en 1527 au roi de Navarre Henri d'Albret, reine de Navarre (née en 1492).

— Henri d'Albret, roi de Navarre (né en 1503).

— Jeanne d'Albret, fille des précédents, infante de Navarre (née en 1528).

Les Fils de France :

— François, fils de François Ier et de la reine Claude de France, dauphin de Viennois et duc de Bretagne (né en 1518).

— Henri, frère du précédent, duc d'Orléans puis dauphin de Viennois et duc de Bretagne (né en 1519).

— Charles, frère des précédents, duc d'Angoulême puis d'Orléans (né en 1522).

— Anne d'Heilly, dame de Pisseleu, comtesse puis duchesse d'Étampes, maîtresse de François Ier (née en 1508).

— Philippe Chabot de Brion, grand amiral de France (né en 1492).

— Catherine de Médicis, duchesse d'Orléans puis dauphine (née en 1519).

— Diane de Poitiers, veuve du grand-sénéchal de Brézé, dame d'honneur de la reine Éléonore, maîtresse du prince Henri (née en 1500).

— Anne de Montmorency, maréchal et grand maître, puis connétable de France (né en 1493).

— Sébastien de Montecucculi, échanson des Enfants de France (né vers 1510).

— Jacques d'Albon de Saint-André, écuyer des Enfants de France (né en 1512).

— François de Guise, comte d'Aumale, prince lorrain, ami des Enfants de France (né en 1519).

— François, comte d'Enghien (né en 1519).

— Gautier et Simon de Coisay, gentilshommes picards, écuyers (nés en 1501 et 1504).

Prologue

Les noces de Marseille

(Octobre 1533)

Les canons du château d'If ayant donné le signal, le grondement formidable de trois cents bouches à feu, alignées aux remparts, fit trembler les galères pontificales. Pavoisées de violet, de pourpre et d'or – ce qui tranchait sur le ciel flavescent du matin – elles réduisirent peu à peu la cadence ; une armada de bateaux de pêche approchait pour les conduire à bon port.

La duchesse Catherine ouvrit tout grand ses yeux et ses oreilles. Juchée sur le pont supérieur du vaisseau amiral, elle ne savait où donner de la tête et se faisait nommer, par le duc d'Albany, les premiers monuments émergeant des volutes blanches.

— Ceci, Monseigneur, est-il le clocher de Saint-Victor ?

L'accent florentin de la petite Médicis contrastait avec les pointes écossaises de son pilote.

— Il me semble, répondit le duc, que l'abbaye de Saint-Victor est plutôt à votre droite. Quant à ce palais tout neuf, face au vieux château, c'est un édifice de bois, duchesse. Oui, de bois ! Conçu exprès par le grand maître pour y loger Sa Sainteté !

— Et le duc d'Orléans... Savez-vous s'il est arrivé ?

Albany sourit. Il lui plaisait que la jeune promise montrât de l'impatience à rencontrer son fiancé. Le prince Henri de France, duc d'Orléans, était le fils cadet de François Ier.

— Monsieur d'Orléans ne doit gagner Marseille que lundi, avec son père, avec la reine, avec la Cour !

Il aurait pu ajouter : « avec la grande sénéchale », tant la compagnie de Diane de Brézé était devenue vitale au jeune prince. Mais il n'en fit rien ; la petite découvrirait bien assez tôt les subtilités du mariage...

Un léger mistral apportait avec lui l'écho de tous les clochers de Provence.

— *Ah, la spendida città* ! s'exclama Catherine, battant des mains comme une fillette.

Il est vrai qu'elle n'avait pas quinze ans.

Son oncle, le pape, vint la rejoindre sur le pont, suivi d'un chapelet de prélats écarlates. Lui aussi, s'émerveillait ! À cinquante-cinq ans, Clément VII affichait une vitalité trompeuse ; sous le *cameluccio** bordé d'hermine, sa longue barbe teinte, effilée, cachait de plus en plus mal un teint exsangue et des traits émaciés. Il était sourd, goutteux, tremblotant...

Catherine et les siens s'agenouillèrent à l'approche du Saint-Père qui, d'un mouvement, les pria de n'en rien faire. Parvenu à proximité, il saisit d'une main le cou de sa nièce – geste étrangement familier – et bénit de l'autre les marins phocéens qui approchaient de la galère.

---

* C'est un bonnet de velours ou de satin dont le port était statutairement réservé au pape.

NB : Vous trouverez dans ce récit deux types de notes. Celles qui se trouvent en bas de page sont des indications immédiates, tandis que d'autres – apportant des précisions historiques – sont rassemblées en fin d'ouvrage.

— Tu sais l'importance pour nous de cette alliance, rappela-t-il à Catherine. Tes devoirs sont grands, mon enfant !

Le pape Clément passait, en Europe, pour un parangon de diplomatie. Mais à la vérité, le sac de Rome, six ans plus tôt, avait eu raison de ses prétentions politiques ; et le pontife n'usait plus ses talents oratoires qu'à flatter chacun sans convaincre personne. À la fois proche de Charles Quint et bienveillant envers François Ier, il avait accompli le prodige de soutenir celui-ci après avoir couronné celui-là. En mariant sa nièce à l'un des trois Fils de France, il espérait consolider un équilibre fragile, tout en œuvrant au prestige de sa famille.

— Écoute, petite, écoute bien ce que je vais te dire : cette foule que tu vas voir, dans les jours qui viennent, éperdue d'amour à tes pieds ; dis-toi que c'est la même qui, demain, pourrait se révéler haineuse à ton égard. Dieu te garde, mon enfant, de la décevoir jamais !

La *duchessina* réprima un frisson ; et des relents vaseux, remontés sans doute avec les rames, empuantirent soudain l'air ambiant.

❖

— Vous voulez dire qu'elle n'a pas touché la terre depuis douze jours ?

— C'est ce qu'on dit, ma chère. La pauvre enfant va tituber sous nos yeux…

Marguerite de Navarre, sœur du roi François, se mordit la lèvre pour ne pas rire elle-même de son impertinence. À ses côtés, dans l'antichambre du souverain pontife, la jeune Anne de Pisseleu s'amusait à la dissiper.

— J'espère au moins, murmura-t-elle, qu'elle a le pied marin…

Elles s'esclaffèrent en même temps. La reine de France, Éléonore de Habsbourg, s'en irrita ; elle échangea un regard en coin avec Diane de Brézé, sa dame d'honneur.

— L'on s'amuse bien, là-derrière…

Diane leva les yeux au ciel. Depuis qu'elle était veuve du grand sénéchal, elle faisait profession de sérieux, et n'arborait d'ailleurs que des tenues fort strictes – mais qui soulignaient sa beauté.

— Mademoiselle de Pisseleu, siffla-t-elle, trouve matière à rire de tout…

Le roi et ses fils entrèrent, venant du château comtal par une galerie jetée sur la rue. Une suite limitée de grands serviteurs les accompagnait, où l'on repérait surtout le maréchal de Montmorency, grand maître, et le grand amiral Chabot de Brion. François Ier avait, comme toujours, fière allure dans ses atours de soie brochée. On s'abîma en révérences sur son passage. Le monarque arborait une mine épanouie. Il s'en vint tout droit vers les dames.

— Je me languis de connaître ma bru, confiat-il à la cantonade.

Un gloussement collectif lui répondit. Le dauphin François, assez mal élevé, s'amusait à tirer la toque de son plus jeune frère, le prince Charles, duc d'Angoulême. Quant au jeune fiancé, le duc d'Orléans, on aurait pu le croire sous le coup d'un arrêt de justice. Droit, figé, austère même, Henri paraissait au supplice. Les traits de son long visage – nez droit, bouche pincée, œil triste – lui conféraient, avec le teint hâlé et la barbe naissante, un air de gravité trop virile pour ses quatorze ans.

Son regard ne s'anima que lorsqu'il croisa celui de la grande sénéchale ; la Cour entière bruissait du chaste penchant de ce jeune prince pour la belle veuve en blanc et noir ; le roi lui-même s'en amusait.

— Vous êtes donc venue en parente, dit-il aimablement à Diane.

Elle s'inclina. Catherine de Médicis était en effet sa cousine : leurs grands-parents, nés La Tour d'Auvergne, étaient frère et sœur.

— Cette alliance comble ma famille comme elle réjouit le royaume, répondit-elle sans aucun naturel.

Dans un grincement de bois, les huissiers du pape ouvrirent grand les portes de la chambre. Le roi, la reine, les princes, suivis de la Cour, s'y engouffrèrent. Henri de France, sitôt entré, chercha des yeux cette fiancée qu'il n'avait encore vue qu'en portraits. Seulement il y avait foule autour du Saint-Père et les cardinaux, dans leur *capa magna*, les Suisses en grande livrée, les soldats magyars du cardinal Hippolyte de Médicis, coiffés de turbans à aigrettes, concouraient à brouiller les pistes...

Enfin il la repéra ; et son cœur se serra.

Henri retint son souffle jusqu'à ce que le premier sentiment, de vive déception, fût balayé par un autre, plus raisonnable et plus civil. « Elle n'est pas belle, se dit-il, amer. Point de taille ni de formes... Cet œil saillant, et puis ces lèvres ! »

Il aurait voulu se sauver pour aller pleurer.

Catherine, de son côté, faisait bon visage. Elle posait sur son futur époux des regards émus et, moins discrète, aurait pu passer de longs instants à le contempler ; visiblement elle n'éprouvait, quant à elle, aucune déception.

Polie avant tout, elle se dirigea vers son futur beau-père et lui réserva sa plus belle révérence. La relevant galamment, selon un geste habituel chez lui, François Ier ramena l'enfant vers

Clément VII, dont il baisa les gants blancs. Puis il fit signe à Henri de s'avancer à son tour ; le prince s'inclina très bas devant le pape, avant de reprendre sa place. La petite Florentine avait bien remarqué sa froideur, mais elle continuait à sourire. C'est alors que le roi, lui ramenant son fils, le poussa plus ou moins à l'embrasser comme une sœur. Aussitôt des applaudissements crépitèrent, jusqu'à peupler la chambre d'un tumulte que jamais Henri ne devait oublier.

Ce bruit étrange et qui, d'avance, paraissait tout sceller, lui avait fait – il le dirait plus tard – un mal inexprimable.

⁂

Il y eut un premier banquet, passablement guindé, suivi d'un concert et d'une comédie ; puis un deuxième festin, à peine moins emprunté que l'autre... On dansa cette fois au sortir de table. Il y eut lecture des contrats, signature solennelle, échange des consentements... Il y eut aussi les serments sacrés prononcés devant le cardinal de Bourbon, et suivis d'un premier baiser des plus officiels, donnant le signal d'un nouveau bal. Et puis forcément, dans ce train sans fin de cérémonies, la bénédiction nuptiale en soi, célébrée par le pape et couronnée d'un troisième repas – plus détendu peut-être...

Enfin, il y eut la nuit de noces.

Ou comment exiger que deux adolescents, sur commande, consomment sous surveillance une union décidée pour eux... La petite épouse, conduite à sa chambre par la reine en personne, fut d'abord préparée par ses dames, déshabillée, ointe et parfumée, revêtue d'une chemise de sublimes dentelles, couchée, bordée comme une enfant. On fit ensuite entrer les dignitaires, puis le jeune mari lui-même, déjà en chemise. Le prince se glissa dans le lit très riche, couvert de brocards d'or, aux côtés de sa petite femme et, sachant ce que l'on attendait de lui, l'embrassa gentiment sur la bouche. Les deux jeunes gens rougirent, de gêne plus que de plaisir, et dans l'attente qu'on voulût bien fermer les rideaux du lit, s'échangèrent de chastes caresses sur les joues et les mains.

— Fort bien... suggéra finalement Henri, que la présence indiscrète de tout ce public exaspérait.

La jeune Catherine, pour sa part, souriait complaisamment. Son beau-père entra dans sa ruelle ; il aurait aimé que le Saint-Père assistât au coucher tout comme lui. Mais les camériers avaient jugé cette présence contraire à la bienséance.

— Mon fils, lança François de ce ton sonore qui, chez lui, trahissait de l'ébriété, montrez-vous vrai galant de France ! Et faites-nous, dès ce soir, des petits princes à foison !

L'assistance rit de bon cœur tandis qu'Henri, à bout de patience, respirait bruyamment.

— Le marié a-t-il bien tout ce qu'il faut ? demanda, ni très fort, ni tout bas, un gentilhomme de la suite de Catherine.

La remarque aurait pu passer inaperçue, mais le prince, obsédé par son infirmité*, le prit très mal – quoiqu'il n'en montrât rien. Enfin l'on tira les rideaux et, sur d'ultimes remarques salaces du roi, la foule finit par se retirer.

Henri, profondément triste, observait son épouse en silence. Comment, dans ce moment, ne pas songer à une autre ?

---

* Henri présentait une malformation de la verge appelée hypospadias.

— Êtes-vous contente ?

Catherine lui répondit par un sourire de plus ; elle ne bougeait pas, ne disait rien. Elle attendait. Ils demeurèrent un long moment ainsi, sans un mot, sans un geste.

Puis le marié embrassa la mariée, plus tendrement ; il ôta sa chemise et repoussant le drap, lui révéla son corps d'athlète en herbe ; elle trouva son époux encore plus beau que dans ses rêves les moins sages et, soudain bouleversée, sentit monter en elle une tendresse, une gratitude, une félicité débordantes... Quant à lui, revenu de sa déception première, il trouvait à présent des joliesses à son épouse. Adorable cou, seins charmants, jambes exquises... Jamais encore il n'avait touché une femme. Surmontant sa peur – qui était grande – et se laissant gagner à son excitation – qui n'était pas moins forte, il hasarda ses mains sous la chemise de Catherine. Les deux jeunes gens, timidement, se découvraient...

Finalement, leur nuit de noces s'annonçait belle.

❋

Dès l'aube, le pape était là, dans l'antichambre, qui demandait à constater en personne la consommation de l'union ! Non que le souverain pontife partageât les penchants égrillards du roi François, mais Clément se savait âgé et malade, et il redoutait que la maison de Médicis encourût le danger qu'après sa mort, la couronne de France ne revînt sur son choix et demandât l'annulation.

Impitoyable, il fit donc ouvrir dès sept heures les rideaux du lit nuptial.

— Eh bien, mes enfants...

Catherine et Henri, tirés de leur sommeil, furent très surpris de voir le pape à leur chevet de si bon matin.

— Saint-Père, dit Henri en réprimant un bâillement, Votre Sainteté peut aller se recoucher : tout s'est passé pour le mieux.

— Vraiment ?

— Pour le mieux, confirma Catherine.

Et son visage rayonnant ne la démentait pas.

— J'en suis bien aise, déclara le pontife, sans renoncer à vérifier leurs dires par une inspection des draps. C'était donc la nuit des amours !

Le pape ne croyait pas si bien dire. Car en cette nuit du 28 au 29 octobre, c'est Marseille tout entière qui s'était offerte à Vénus. Un climat de gauloiserie, pour ne pas dire de franche débauche, avait d'abord tiré le festin vers la bacchanale. Il se disait qu'au milieu de la fête, une jeune courtisane, dansant nue, avait eu l'idée de se tremper le bout des seins dans les coupes des convives, et de le donner à lécher à qui voulait… Son exemple avait fait des émules jusque chez les demoiselles de qualité, rendant fous les seigneurs échauffés ; et l'on avait vu, dès lors, les jeunesses grisées de la Cour de France et de la suite florentine – pour ne rien dire de la délégation pontificale – se livrer à l'orgie la plus débridée.

⁂

Trois semaines d'affilée, le pape allait tirer prétexte des vents contraires pour rester à Marseille et, s'installant au chevet des jeunes mariés qu'il couvrait de ses bénédictions, guetter le moment où sa nièce pourrait se déclarer enceinte. En vain. Catherine, quoique fort satisfaite de son époux, ne sut pas répondre à l'attente anxieuse de son oncle. À son grand regret, elle s'annonçait peu féconde...

À la fin, Clément VII dut se résoudre à faire appareiller... Au moment de laisser Catherine aux mains de cette Cour tellement avenante, mais si dangereuse aussi, le vieux pontife la mit en garde, une dernière fois, contre la versatilité d'un peuple prompt à revenir sur ses premières amours. Il conclut ses conseils par une phrase à double entente, inattendue dans la bouche d'un pape.

— À fille d'esprit, dit-il, les enfants ne manquent jamais*.

---

* « *A figlia d'inganno, no mania mai la figli nolenza.* »

Chapitre I

Un jeu dangereux

(Hiver et Printemps 1535)

Paris, quartier Saint-Antoine.

Gautier de Coisay tentait de se frayer un chemin dans des rues sombres et encombrées, jonchées de boues nauséabondes. Le soir approchait sans qu'on eût vraiment vu le jour ; et la ville paraissait plus que jamais fébrile. Sur les perrons et les parvis, devant les échoppes, autour des poêlons des marchands de beignets, des citadins causaient en sourdine, attroupés à la barbe des gens du guet*. L'écuyer picard épiait leurs murmures ; il apprit ainsi que le matin même, des partisans acharnés de la Réforme avaient répandu, à travers Paris, des livrets[2] insultant l'Église et déniant à l'hostie la qualité de corps du Christ. Une telle provocation semblait inouïe, pour ne pas dire suicidaire de la part de ses auteurs ; elle rappelait le formidable scandale des « Placards », survenu trois mois plus tôt – quand des affiches contre la messe du pape, placardées

* Le guet royal avait été créé à Paris par saint Louis, pour veiller à la sécurité de la Ville.

en divers lieux de pouvoir, s'étaient retrouvées jusque dans la chambre du roi François !

Un chariot bâché, trop gros pour la venelle, obligea les passants à se plaquer un moment contre l'étal d'un mercier, grand ouvert en dépit du froid. Une matrone surgit bientôt de la pénombre, pour interdire que l'on touchât la marchandise et vérifier qu'on ne lui volait rien.

— Ne te mets pas en peine ! lui lança un vieil homme édenté, vêtu de peaux de lapin cousues ; nos trognes sont celles de bons chrétiens !

Il partit d'un rire gras.

— Garde ta méfiance pour ces chiens d'hérétiques, enchérit une donzelle avinée.

Gautier remonta le col de son manteau et poursuivit son chemin. La puanteur qui, çà et là, émanait de tas d'immondices, s'accordait à ce qu'il venait d'entendre. Il soupira. Ainsi, de nouvelles violences se préparaient contre ses semblables... Luthérien de conviction autant que par fidélité à la mémoire de son père, l'écuyer picard ne faisait pas mystère de son appartenance. Il avait rejoint d'autant plus facilement le service de Marguerite de Navarre, la sœur du roi, proche de la Réforme. C'est elle qui, d'ailleurs, l'avait rendu sensible à ces nouvelles poussées d'intolérance.

— Je cherche l'Hôtel-Neuf, demanda-t-il à une marchande ambulante, qui croulait sous le poids d'un éventaire de choux.

La bonne femme indiqua vaguement une trouée sur la gauche, sans gratifier l'écuyer d'un regard.

— Sais-tu bien, seulement, où tu mets les pieds ? lui lança-t-elle cependant.

Gautier ne jugea pas utile de répondre. La missive que lui avait confiée la reine de Navarre – reléguée pour l'heure en ses terres de Béarn –

était à destination de la comtesse d'Étampes. Autant dire la maîtresse du roi !

Et cela ne l'inquiétait pas le moins du monde.

❈

L'hôtel de la favorite[3], avec ses croisées hautes et ses ornements italiens, se voulait un concentré d'innovations. Il faut dire qu'Anne d'Heilly, dame de Pisseleu, comtesse d'Étampes depuis son mariage arrangé avec un gentilhomme complaisant, cultivait cette alliance de la culture et du plaisir, du savoir et de la beauté, qui avait tant séduit le roi de France, jadis, à son retour d'Espagne.

Une rumeur disait l'hôtel ensorcelé ; et le fait est qu'il y régnait un climat singulier. Dès le vestibule, les notes grêles d'un luth, la fragrance puissante d'orangers en caisse, la lumière de cent candélabres plongeait le visiteur dans l'impression d'un songe éveillé. Le saint des saints, évidemment, c'était la chambre de la comtesse : tout y était conçu pour fasciner les hôtes de passage : tentures épaisses aux teintes fortes et aux sujets étranges, coffres ouvragés à l'extrême, tapis de fourrure d'ours recouvrant tout le sol... Un feu d'enfer crépitait dans l'âtre.

La favorite, ce soir-là, était allongée, comme en lévitation, sur un lit d'angle à baldaquin.

Assis dos à la cheminée sur une sorte de trône, le grand amiral de France évoquait avec légèreté un sujet pourtant grave : celui des sanctions préparées par le Conseil en réplique à la récente provocation des « hérétiques ». Le beau seigneur, tout en égrenant les sentences, sirotait un vin de paille que lui servait, par petits verres, avec des précautions d'apothicaire, l'un des fous de la Cour appelé Briandas.

— Enfin, conclut l'amiral, nous voilà bien malheureux !

— Bien impuissants, précisa la favorite en caressant la courtepointe* d'hermine banche.

— Je maintiens que le roi ne prend de telles mesures qu'à regret, et qu'il s'en faut de peu qu'il n'en abandonne la plupart. Il suffirait... d'un mot... de vous...

— Vous oubliez la Vieille !

Anne de Pisseleu réservait cette appellation à son ennemie intime – du reste sa rivale en beauté – la fameuse Diane de Brézé, veuve du grand sénéchal et défenseuse inflexible de la tradition.

— Mme de Brézé, rectifia l'amiral, n'a pas le tiers de l'influence que vous lui prêtez.

— Elle a trois fois plus de malice que vous ne lui en supposez. Saviez-vous qu'elle avait intrigué, naguère, pour la punition de Marot ? Notre bon, notre délicat poète Marot !

Le grand amiral retint un bâillement : le sort des poètes ne le captivait guère. Il but une ultime rasade de vin de paille.

— Ce qu'il faudrait, dit-il en rendant le verre, c'est concevoir un piège où nous la ferions trébucher – et Montmorency avec elle...

— Oh oui, je vous en prie, trouvez-moi cela !

En cet instant précis, la comtesse aurait pu, aux yeux d'un étranger, passer pour une incarnation du diable. Son huissier, entré sur la pointe des pieds, vint lui glisser un nom à l'oreille.

— Je connais cet écuyer, dit-elle en se coulant hors du lit ; il est à la reine de Navarre.

---

* La courtepointe est une couverture de parade ; ce que nous appelons « jeté de lit ».

❦

On fit entrer Gautier de Coisay, qui s'inclina respectueusement.

Anne de Pisseleu passait sur ses épaules une longue chape constellée de perles véritables. Au reste, tout en elle se voulait précieux, du bleu lapis des yeux à l'or pur des cheveux et à la soie de la peau, fine et satinée. Quant à ses formes, on les aurait dites copiées de l'antique.

— Ce beau messager, dit-elle à l'intention de Chabot, nous arrive tout droit de Nérac.

Elle ne se tourna qu'ensuite vers l'écuyer.

— Vous connaissez le grand amiral de France…

Gautier n'avait que trop souvent croisé Philippe Chabot de Brion : cet ami du monarque n'avait-il pas épousé l'amour de sa vie*, l'inoubliable Françoise ? Il s'inclina de plus belle, mais non sans regretter de ne pouvoir souffleter à son aise ce visage rose à barbe blonde, de ne pouvoir crever lui-même ces yeux bleu gris emplis de morgue.

La favorite s'approcha tout près de l'écuyer, lui donnant le sentiment qu'elle le caressait par la pensée.

— Comment va notre Marguerite ? demanda-t-elle à mi-voix.

Gautier manqua de se troubler. Il regardait fixement devant lui.

— La reine de Navarre se porte bien, madame, Dieu soit loué. Elle m'a chargé de ce pli pour vous.

---

* Voir *La Régente noire*.

Il tendit à la comtesse un petit étui d'écaille, qu'elle prit en lui effleurant la main. Elle en sortit un message roulé qu'elle parcourut d'un clin d'œil, avant de le transmettre à l'amiral. Celui-ci mit plus longtemps à le déchiffrer. Anne persévérait à couver l'écuyer du regard.

— Vous arrivez un peu tard, monsieur…

Dans son message, la reine de Navarre enjoignait la favorite d'user de toute son influence sur le roi pour que soient renoués, après trois mois d'interruption, les liens créés avec les Réformés d'Allemagne, et notamment avec Philippe Melanchthon[4], l'un de leurs brillants chefs de file. L'idée de la reine de Navarre et de ses partisans était de s'appuyer sur ce dialogue pour envisager une réforme en douceur de l'Église de France.

— Nous traversons des temps pénibles, s'excusa presque la comtesse… Et je crains fort que le dialogue avec les protestants d'Allemagne ne soit plus de saison.

— Melanchthon ! hoquetait de son côté Brion, perdu dans sa lecture.

— Vous l'ignorez peut-être, monsieur, poursuivit-elle, mais on vient de saisir, ce matin même dans Paris, un nouveau pamphlet ordurier contre la sainte messe. Le roi s'en est offusqué ; et notre ami m'informait justement, avant que vous n'entriez, de mesures graves qui seront prises au Conseil dès ce soir.

Anne marqua une pause, comme pour souligner le caractère inouï de ce qu'elle allait révéler.

— Sachez qu'il est question d'interdire, purement et simplement, l'impression des livres dans tout le royaume ; et cela jusqu'à nouvel ordre !

— Interdire les livres ?

— Considérez que c'est chose faite ! approuva l'amiral en achevant sa lecture.

Mme d'Étampes étant connue pour son amour des livres, sa désolation ne pouvait qu'être sincère.

— Vous voyez donc, monsieur, que le moment est mal choisi pour transmettre un message quelconque à nos chers Allemands ! L'heure n'est plus, je le crains, à la conciliation... Nos prêtres réclament des sanctions.

Aux yeux de Croisay, ces confidences feutrées de grands personnages étaient bien plus inquiétantes encore que les éructations des gens du peuple. Qu'allaient devenir ses coreligionnaires ? Sa propre sûreté se trouvait-elle menacée ? Il devait se renseigner.

— Puis-je vous demander, madame, et à vous, monseigneur, ce que vous pensez de la sécurité des Luthériens de France ?

Anne de Pisseleu échangea un regard des plus ironiques avec son visiteur.

— En connaîtriez-vous ? Nous, pas...

Elle laissa tomber un petit rire malicieux, étrangement agréable. Le grand amiral souriait aussi.

— Rassurez-vous, conclut ce haut personnage ; je vous ai sous ma protection. J'aurai peut-être même une mission pour vous.

Paris, palais du Louvre.

Depuis la forteresse du Louvre, par une verrière récemment percée, le maréchal de Montmorency, grand maître de France, observait la foule massée devant Saint-Germain-l'Auxerrois. Sous le ciel blanc du matin, des milliers de fidèles, répondant à l'appel de la Sorbonne et des paroisses de Paris, formaient une foule dense. Sombre. Tous se préparaient à suivre la procession solennelle, afin d'expier les crimes commis, ces derniers temps, contre l'Église et contre Dieu. Les pénitents se rassemblaient par clocher ou par corporation ; la plupart des hommes étaient sans coiffure, beaucoup en chemise malgré le froid, certains pieds nus en signe de contrition.

— Il ne manque plus que des flagellants, dit le cardinal de Tournon qui s'était, avec la discrétion d'un chat, approché de la verrière.

— Vous ne devriez pas plaisanter avec ces choses, estima le grand maître. Tous ces braves gens ne viennent faire l'offrande de leur fierté que pour racheter des fautes que nous n'avons su prévenir.

— Ce n'est pas moi qui ai vitupéré la messe du pape ! se défendit le prélat.

Il présentait le faciès longiligne et pointu d'un rongeur.

— Je m'en doute, fit Montmorency en le dévisageant comme pour la première fois ; quoique...

Le maréchal sortit de l'embrasure. Son apparence, immuable, était impressionnante : large de front, de face et de stature, il paraissait un minotaure vêtu de velours sombre et de passements d'argent... Il avança vers la chaire où le monarque s'était rencogné, et n'hésita pas à tirer François Ier de sa lecture.

— Vos bons sujets attendent beaucoup de cette démonstration, affirma-t-il. Nous devons nous montrer résolus et fermes. Très fermes.

Le roi lui lança un regard triste. Il paraissait las, et cette lassitude se trouvait renforcée par ses vêtements noirs – tellement inhabituels chez lui. Il brandit vers Montmorency les feuillets de sa harangue.

— « Si un des bras de mon corps était infecté de cette farine, je le voudrais couper ; et si mes enfants en étaient entachés, je les voudrais moi-même immoler »... Est-ce assez ferme ? Est-ce assez résolu selon vous ?

Montmorency, au ton de son maître, comprit que François trouvait ces formules excessives. Il savait aussi que le roi réprouvait l'emploi de la violence et regrettait qu'on eût prévu, comme point d'orgue des pénitences, l'immolation par le feu de six Luthériens avérés. Cependant, le maréchal pouvait-il se laisser rabrouer sans broncher ?

— Sire, dit-il en se raclant la gorge, j'ai combattu pour la France à Novare et failli rendre l'âme à La Bicoque ; j'étais aux côtés de Votre Majesté à Pavie puis à Madrid, je l'ai servie en

Languedoc, représentée chez les Anglais... J'ai fait tout cela sans qu'elle ait eu, je crois, trop à se plaindre de mes choix.

François était censé approuver ; il se contenta de grogner.

— Aujourd'hui, reprit Montmorency, je supplie le roi de me suivre encore dans cette affirmation de force. Vous êtes le berger qui doit tenir le troupeau. Il y va de l'ordre, à l'intérieur, et de la paix au-dehors.

Le souverain maugréa, et c'est peut-être ce qui enhardit Tournon à contrer le grand maître.

— Ne serait-il possible de tenir le troupeau sans faire rôtir les brebis égarées ?

Si une posture avait le don d'exaspérer Montmorency, c'était bien cette sollicitude sans fond, sans engagement véritable, dont le cardinal de Tournon était coutumier.

— Son Éminence prendrait-elle la défense des hérétiques ? siffla-t-il.

— Ce ne sont que de pauvres gens, maréchal, et vous le savez bien...

— Le Parlement de Paris en a jugé autrement, martela le grand maître.

— Le Parlement vous obéit... Mais il a tort de rallumer les bûchers ; Madame aurait tout fait pour éviter cela !

— La régente Louise n'a jamais manifesté de faiblesse envers l'hérésie, pour la...

— Il suffit ! intervint le roi. Mais quand cesserez-vous donc de faire parler ma mère (Dieu l'ait en sa sainte garde) ?

Il se tourna vers le cardinal.

— Quant à vous, mon cousin, si vos prédicateurs, et surtout vos théologiens, s'étaient montrés moins acharnés à perdre leur prochain, j'aurais peut-être eu le loisir d'exercer ma grâce.

Car c'est l'Église qui, à travers eux, me réclame la tête de ces réformés.

— Pas toute l'Église, Sire...

— Bien sûr que si, monsieur ! À commencer par le Saint-Siège !

Le cardinal de Tournon s'en retourna, penaud, vers sa croisée, tandis que Montmorency, attentif à ne pas sourire, en choisissait une autre.

※

Dehors, la neige s'était mise à tomber. En contrebas sur le parvis, la procession s'organisait par groupes de paroissiens et collèges de moines, Cordeliers, Jacobins, Carmes et Augustins, attachés au service d'une kyrielle de reliques[5]. Une ovation monta de la foule pour saluer l'arrivée de la duchesse Catherine et de ses belles-sœurs, les princesses Madeleine et Marguerite de France qui, en robes de velours noir, furent hissées sur des haquenées* blanches ; on leur confia, ainsi qu'au duc de Vendôme, les hampes d'un dais violet semé de lys d'or, à porter, pendant toute la procession, au-dessus du saint sacrement.

Les Fils de France – les princes François, Henri et Charles – ne furent pas moins acclamés ; eux marcheraient nu-tête et vêtus de sombre. Tout semblait prêt pour la grandiose expiation de tout un royaume. Il faisait maintenant grand jour et le cortège aurait dû s'ébranler. Seulement le roi se fit attendre.

François Ier réfléchissait.

Il méditait, la tête dans ses mains ; les idées se bousculaient sous son crâne. C'est à sa sœur, bien

* Juments qui battent l'amble et servent de montures aux dames.

sûr, qu'il pensait surtout – à sa Marguerite bien-aimée qui, assurément, serait choquée, révulsée d'apprendre qu'on avait encore conduit des malheureux au bûcher pour des points de doctrine et des raisons d'Église... Marguerite... Comme il aurait aimé, en cet instant, serrer sa grande sœur contre lui !

L'entrée de la reine Éléonore, impatiente, et de ses dames, interrompit cet épanchement. Le regard myope de Montmorency croisa celui, interrogateur, de Diane de Brézé, et le tranquillisa d'un simple battement de cils.

— Fort bien, dit le roi en confiant ostensiblement son béret de velours à un page. Marchons sur Notre-Dame, et joignons nos prières et nos regrets à ceux de tous ces bons chrétiens !

Avant de sortir, il déposa un baiser sur le front de son épouse, sans prendre la peine de relever le voile estompant ses traits vieillissants.

Abbaye du Bec-Hellouin.

Philippe Chabot de Brion, grand amiral de France, faisait les cent pas dans la chambre, spacieuse et claire, que l'abbé du Bec avait fait mettre à sa disposition. Un agent, tout juste arrivé d'Armorique, venait d'être admis à lui faire son rapport.

— Eh bien, Coisay ? Avez-vous pu voir tout le monde ?

— Oui, Monseigneur.

— Avez-vous transmis les messages ?

— Oui, Monseigneur.

— De la part de qui nous savons ?

— Oui, Monseigneur.

Chabot de Brion ronronna d'aise. Il était heureux d'avoir trouvé, en la personne de cet écuyer picard, un exécutant idéal pour la tâche qu'il avait imaginée. Cet homme venait d'approcher discrètement plusieurs barons bretons, des hobereaux réputés rétifs au récent rattachement de leur contrée au royaume. Puis, les ayant sondés, il avait incité la plupart d'entre eux à contester l'autorité du nouveau duc de Bretagne, intronisé depuis trois ans – à savoir le dauphin de France en personne ! C'était un jeu hardi, puisqu'il revenait à comploter contre la Couronne – certes sans vraies conséquences... C'était surtout un jeu sans vraie nécessité.

Car le plan du grand amiral concernait moins la Bretagne que la Cour elle-même : si tout se déroulait comme il l'avait escompté, l'on ne tarderait plus à voir s'y effriter l'influence insidieuse, selon lui, de Diane de Brézé.

Chabot de Brion alla se pencher dans le couloir pour s'assurer que personne n'épiait.

— Coisay, pouvez-vous m'assurer que nos barons ont cru, dur comme fer, que vos messages provenaient en droite ligne de la grande sénéchale ?

— Je le puis, Monseigneur. La plupart ignoraient les relations privilégiées de Mme de Brézé avec le duc d'Orléans ; mais une fois mis au fait, ils ont admis sans peine qu'elle ait pu chercher, comme eux, à favoriser ce prince.

— Leur réaction ?

— Il est un peu tôt... Ils n'ont pas eu le temps de se concerter vraiment.

— Voilà qui est parfait, se réjouit Chabot. Je vais avertir le roi au plus vite, et m'employer à tuer dans l'œuf cette révolte en tous points provoquée...

— À votre initiative, Monseigneur.

— Je vous demande pardon ?

— Je veux dire : à l'instigation de Mme de Brézé !

L'amiral sourit à belles dents. Il remit une bourse d'or à Gautier de Coisay, en remerciement de ses bons offices.

— Je sais bien, précisa-t-il, que vous n'êtes pas de ceux que l'on achète ; mais je pense que toute peine mérite salaire.

— Mon vrai salaire sera de voir cesser les persécutions contre nos frères réformés.

— Et pour cela, vous le savez, le meilleur moyen est encore d'éloigner du pouvoir la sénéchale et sa clique. Écoutez-moi bien, Coisay : ce que vous venez de faire nuira beaucoup, j'en suis certain, à la réputation de cette dame.

— Dieu vous entende !

Gautier se garda bien d'avouer au grand amiral qu'il avait de vieilles raisons, plus personnelles, d'en vouloir à Diane de Brézé. N'avait-elle pas tout fait, jadis, pour saper sa liaison avec la belle Françoise ? Une Françoise devenue, depuis, Mme Chabot de Brion...

※

Un beau soleil de mars, inhabituel en Normandie, conférait au vallon comme un avant-goût de printemps. Les oiseaux repeuplaient les frondaisons de leurs chants, et les bourgeons, aux branches des pommiers, semblaient sur le point de fleurir. Nichée dans ce bocage, l'abbaye du Bec arborait fièrement sa belle église Notre-Dame – comme une cathédrale gothique en pleine campagne – et ses logis refaits à neuf. Les Bénédictins avaient orné l'ensemble de verdures en l'honneur du roi et de sa famille, venus passer ici les fêtes de Pâques.

— C'est un endroit où l'on finirait volontiers ses jours, déclara le monarque au retour d'une battue au sanglier.

— Sire, répartit le dauphin François, rien ne vous presse !

On rit de ce mot rapide, et le roi plus que d'autres, qui savait son héritier dénué de toute impatience de ce côté.

En visitant le Bec-Hellouin, François Ier entendait rendre hommage à son nouvel abbé commendataire, Jean Le Veneur, évêque de Lisieux et, par ailleurs, abbé du Mont-Saint-Michel. C'est ce prélat, symbole de la fidélité du haut clergé à la dynastie, qui lui avait sauvé sa couronne, dix ans plus tôt, en violant le secret de la confession pour dénoncer les projets félons du connétable de Bourbon*. Depuis lors, honneurs et prébendes avaient plu sur les épaules du pieux délateur, à commencer par la barrette de cardinal.

Pendant toutes ces années, Mgr Le Veneur était demeuré proche de la sénéchale de Brézé ; cela ne l'empêchait nullement d'entretenir avec le grand amiral des relations d'autant plus chaleureuses qu'elles se nourrissaient d'un intérêt partagé pour les expéditions maritimes et l'appel des ports lointains. L'un des protégés du cardinal était un navigateur de Saint-Malo, Jacques Cartier, rentré six mois plus tôt d'un voyage au-delà de Terre-Neuve – un périple à la conquête de nouvelles côtes, dont il avait rapporté, humblement, deux jeunes sauvages et beaucoup d'espoir.

— Que ne ferait-on pour vous être agréable ? murmura Philippe Chabot à l'oreille de son hôte.

— Le fait est que vous m'êtes souvent dévoué, reconnut le cardinal.

— J'ai là, dans mes bagages, le projet d'une lettre patente**, offrant à votre Malouin les moyens d'une autre expédition vers les Indes, par l'océan de l'Ouest !

---

* Voir *La Régente noire*.

** Acte par lequel le roi donne autorité à un privilège spécifique ; il correspond plus ou moins, dans notre droit, à un décret pris en Conseil d'État.

— Dieu soit loué ! Pour sûr, vous m'êtes agréable ; cependant…

Le prélat plongea son clair regard dans celui, toujours fuyant, du grand amiral de France.

— Cependant, c'est d'abord au roi que vous rendez service.

— Je rends service à tout le monde, reprit l'autre. C'est ce qui me perdra !

❈

Le chancelier avait invité le cardinal, comme hôte et comme protecteur de Jacques Cartier, à prendre part au Conseil qui devait promulguer cette fameuse lettre patente. Le roi souhaita pleine réussite à l'entreprise. Il chargea Claude de Pontbriant, échanson du dauphin mais candidat lui-même à cette grande aventure, d'aller porter le fameux parchemin à son destinataire.

Le souverain paraissait heureux.

— Il nous reste à prier pour que M. Cartier nous rapporte, cette fois, beaucoup d'or, beaucoup de pierres, beaucoup d'épices – et un accès plus direct aux Indes !

Car c'était le rêve des souverains d'Europe : s'ouvrir enfin des voies occidentales vers ce négoce qui, depuis tant de siècles, enrichissait caravaniers arabes et navigateurs vénitiens…

On s'apprêtait à lever la séance, quand le grand amiral redemanda la parole. Sans doute voulait-il profiter de l'absence providentielle du maréchal de Montmorency pour semer le trouble à son avantage.

— Sire, annonça-t-il, je tenais à informer le Conseil que des renseignements concordants me donnent à penser que certaines franges de la noblesse bretonne auraient l'intention, dans les temps qui viennent, de prendre fait et cause pour le prince Henri, au détriment du dauphin François...

— Ces Bretons sont têtus, maugréa le monarque. Ils en ont toujours tenu pour le cadet ! C'était aussi le vœu de la feue reine...

— Au reste, si Votre Majesté le permet, je lui dirai tout à l'heure, en privé, qui je suspecte d'alimenter cette agitation.

L'amiral réalisa trop tard son imprudence.

— Et qui est-ce donc, Chabot ?

— Sire, ce ne sont pas choses à livrer au Conseil...

— Au contraire ! intervint Jean Le Veneur.

Le visage du cardinal s'était empourpré.

— Il est important, ajouta-t-il, que vous nous disiez sur qui se portent vos soupçons.

Le climat, jusque-là bon enfant, venait de basculer. D'ailleurs le prélat, comme personnellement impliqué, s'était levé de son siège. Il poursuivit.

— S'il advenait en effet, par un fâcheux malentendu, que vos soupçons se portent sur Mme la grande sénéchale, je puis d'ores et déjà vous certifier qu'elle est hors de cause.

— Je vous demande pardon ?

Philippe Chabot de Brion se trouva pris au dépourvu. Comment Le Veneur savait-il ? Le grand amiral avait-il sous-estimé ses liens avec Diane de Brézé ? Quoi qu'il en fût, cette intervention tombait au plus mal. La déclaration de Le Veneur avait produit le plus grand effet. Les conseillers scrutaient la réaction du roi.

— Expliquez-vous, Éminence, demanda-t-il au prélat.

— Volontiers, Sire.

Le cardinal se rengorgea et, avant de livrer sa charge, décocha au grand amiral un coup d'œil peu amène.

— Me croirez-vous si je vous dis qu'un Breton de mes amis – car il en est – m'est venu visiter la semaine dernière, et m'a communiqué une sorte de message, fort séditieux au demeurant, confié à son cousin germain par un messager sans nom. Or ce messager lui avait affirmé tenir ledit message des mains mêmes de Mme de Brézé. J'en ai touché un mot, forcément, à la grande sénéchale : elle n'a pu que hausser les épaules.

— Maigre défense ! hasarda le grand amiral.

— Elle m'a aussi fait observer que le billet ne portait ni son cachet, ni sa signature.

— Elle a fort bien pu en dicter le contenu sans avoir l'imprudence de le signer, ni de le cacheter...

— Non point, nenni. Elle n'a rien pu dicter du tout.

Pour Brion, la situation se corsait.

— Et pourquoi cela, je vous prie, monseigneur ?

— Tout simplement, monsieur, parce que le gentilhomme breton que Diane de Brézé appelle « cher ami » dans ce billet, est en fait l'adversaire le plus acharné qu'elle ait jamais eu ! Apprenez qu'un contentieux terrible, à propos des revenus d'une ferme normande, les oppose en justice depuis plus de quatre ans.

Le grand amiral se décomposait à vue d'œil. Le cardinal lui asséna le coup de grâce.

— Que voulez-vous, monsieur ? Les comploteurs qui veulent perdre Mme la grande sénéchale se sont trahis eux-mêmes !

L'échange s'acheva dans la confusion générale, et le grand amiral, tirant parti du brouhaha, se dit qu'il était, pour lui, fort urgent d'enterrer ce dossier piégé. Il jeta vers Le Veneur un de ces regards incrédules qu'inspirent aux obligeants les ingrats – ou les gens honnêtes aux personnes corrompues…

Château de Mauny, près de Rouen.

Le dauphin fit faire un demi-tour à son beau coursier gris.

— Madame, ne serez-vous des nôtres ?

— Pas cette fois, Monseigneur. Amusez-vous bien avec votre père !

Diane parlait depuis le haut du perron de son manoir normand. Encore médiévale, tout à fait campagnarde, la demeure avait conservé quelque chose du vieux charme des temps chevaleresques ; et ses tours dépassées, ses murs trop épais, ses défenses d'un autre âge, contribuaient au repos que l'on venait y prendre.

La grande sénéchale salua le roi et ses fils qui, bravant la pluie et les bourrasques, se promettaient une chevauchée rude, comme elle les aimait.

— Alors à bientôt, madame ! lança Angoulême, le plus jeune des trois princes.

En son for intérieur, elle ne se faisait pas à ce que les Fils de France, âgés à présent de dix-sept, seize et treize ans – des enfants qu'elle avait élevés depuis le berceau et qui, jusqu'à ces dernières années, l'avaient appelée « Maman-Brézé » – aient changé leurs habitudes au point de lui servir, comme à tant d'autres, ce titre de « madame ».

À ses côtés, Catherine de Médicis, duchesse d'Orléans, n'avait pas cillé. Mais il semblait qu'elle comprît ce genre de subtilités.

— Ils sont un peu vos enfants, n'est-ce pas, ma cousine ?

— Les enfants d'une bien jeune mère !

— Oh, je ne voulais pas…

— Bien sûr que non, je vous taquine.

La grande sénéchale, pour rentrer, s'effaça devant la princesse ; mais celle-ci exigea de lui céder le pas.

— Encore le privilège de l'âge, insista Diane.

La famille royale avait accepté, pour quelques jours, cette invitation à Mauny, comme l'auraient fait de simples bourgeois ; d'ailleurs la suite officielle avait été réduite à presque rien. Seul un régiment d'archers campait dans l'avant-cour, pour garantir une sûreté du reste peu menacée.

— Ah, je venais justement vous chercher, dit la reine Éléonore en découvrant Diane et Catherine au milieu du grand escalier.

La souveraine, dans le particulier, était aussi familière et simple qu'elle pouvait se montrer rigide et majestueuse en public.

— Figurez-vous, ma bonne, que M. de Montmorency me parlait du grand amiral, et de ses manigances pour tenter de salir votre réputation. Je suis d'avis que ce drôle mérite une correction.

Diane de Brézé se contenta de sourire. Quand elle avait appris l'odieuse manœuvre de Brion à son égard, elle avait choisi de tout traiter par le mépris. Mais cela n'ôtait rien à la haine qu'elle éprouvait à l'encontre du clan des « hérétiques » – cette singulière trinité que formaient Anne de

Pisseleu, favorite, Marguerite de Navarre, sœur du roi, et Philippe Chabot de Brion, grand amiral de France.

— Ma chère Diane, dit le maréchal de Montmorency quand toutes trois l'eurent rejoint devant l'immense cheminée, ne pensez-vous pas qu'il serait temps de mettre un peu d'ordre aux affaires de M. Chabot ?

— Vous faites allusion, peut-être, aux pots de vin que lui versent les armateurs dieppois ou autres, comme le sire Ango...

— Certes, opina le grand maître ; mais pas seulement.

— Vous nous faites languir, dit la duchesse d'Orléans qui ne paraissait point languissante.

— Parlez, parlez ! insista la reine Éléonore.

— Eh bien...

Montmorency se détendit lentement, comme un gros chat tiré de sa sieste par une envie soudaine de chasser le mulot. Diane feignait un détachement aussi forcé que l'était l'intérêt apparent de Catherine.

— Votre Majesté, dit-il à la souveraine, connaît trop les affaires du Portugal[6] pour ignorer les efforts consentis par ce royaume en vue de s'assurer la haute main sur son domaine colonial.

— C'est de bonne guerre, admit la reine.

— En effet. Aussi bien, il y a quelques années, les Portugais n'ont-ils pas mesuré leurs subsides à M. Chabot pour qu'il dissuadât nos pêcheurs d'aller violer ce territoire...

— On les comprend, dit la reine.

— Mais le comprend-on, lui ? Surtout quand on sait que, dans le même temps, et tout en faisant mine d'interdire ces sortes d'empiétement, M. Chabot les encourageait dans l'ombre – moyennant, bien entendu, sa petite commission sur les pêches.

Diane de Brézé feignit l'incrédulité.

— Vous voulez dire qu'il touchait des deux côtés ? Cela me paraît bien habile pour un tel homme.

— Il faisait mieux, ma chère. Il allait jusqu'à dénoncer certains contrevenants aux Portugais, afin d'obtenir, ici et là, quelques rallonges ! Sans renoncer pour autant à protéger ses clients...

— Le diable d'homme ! conclut Catherine de Médicis qui – elle ne s'en cachait pas – trouvait l'amiral amusant.

L'envie de prendre sa revanche sur celui qui, de manière tortueuse, avait monté contre elle un piège des plus grossiers, aurait pu inciter la grande sénéchale à soutenir son ami dans ses accusations, et à pousser son avantage dans l'intimité de la reine et de la princesse. Pourtant Diane n'en fit rien. Au contraire, elle s'offrit le luxe de minimiser la faute de son ennemi et, feignant d'excuser une conduite qui, par ailleurs, la révulsait, trouva des excuses à un homme qu'elle eût volontiers voué à la damnation éternelle.

— Que celui, dit-elle, qui n'a jamais tiré quelque avantage d'une situation favorable, aille lui jeter la première pierre !

— Ma chère amie, vous n'êtes diantrement pas rancunière !

— À quoi servirait-il d'alimenter la querelle entre nous ? estima la noble hôtesse.

Un éclair d'admiration pure passa dans le regard de la reine.

— À tout prendre, hasarda Diane, et s'il fallait me venger, j'aimerais mieux que ce fût contre l'agent actif de toute cette affaire.

— Et de qui parlez-vous ? demanda Montmorency.

— De celui qui a transmis mon prétendu message aux vilains barons de Bretagne.

— Ah, celui-là, bien malin qui le connaîtra !

— Moi, je le connais, déclara la grande sénéchale.

— Vraiment ?

— Oui… Notre cardinal a su l'identifier.

— Mais qui est-ce donc, alors ?

— Il s'appelle Gautier de Coisay, et nous le connaissons tous plus ou moins.

Cette annonce avait produit son effet.

— Coisay ? demanda la reine.

— Le Coisay que je connais ? Celui de Mme Marguerite ? insista le maréchal.

— Celui-là même, confirma Diane en soupirant.

※

Ce soir-là, les cavaliers, recrus de fatigue, ne veillèrent pas. En l'absence de seigneurs et de dames, et les souverains s'étant eux-mêmes retirés dans leurs appartements, Diane de Brézé se retrouva seule, devant l'immense cheminée, en compagnie de sa cousine. Il lui sembla, du reste, que la duchesse d'Orléans avait favorisé ce tête-à-tête, et qu'elle avait des confidences à lui faire. Elles parlèrent d'abord du dauphin, de son caractère instable et fuyant.

— Je crois que mon beau-frère ne m'aime guère, estima Catherine.

— Je crois qu'il n'aime personne, admit Diane. Je l'ai toujours connu étrange, à la fois gentil et froid, charmant parfois et parfois tellement dur ! En tout cas, peu aimant.

— Je ne sais quel roi il fera, mais quelque chose me dit que son règne sera fort instable, et même peut-être redoutable…

Diane prit tout son temps pour répondre. Dans l'âtre, la dernière grosse bûche s'effondrait dans un nuage d'étincelles.

— Quelquefois, hasarda-t-elle, je me dis que la Providence a commis une erreur, et qu'elle aurait dû faire naître Henri le premier.

— On ne peut rien démêler aux desseins de la Providence.

— Vous seriez la dauphine…

— Taisez-vous donc !

La princesse la regardait en coin. Sa cousine poussa plus loin l'audace.

— Vous seriez la dauphine et moi, l'amie de la dauphine…

— Dites surtout ; l'amie du dauphin !

Diane ne releva pas ; Catherine tenta d'en revenir à des considérations plus anodines.

— Leurs années de captivité en Espagne les ont beaucoup marqués, l'un comme l'autre…

— Vous avez raison, dit la grande sénéchale. J'ai vu partir deux enfants que je connaissais comme les miens ; et j'ai vu revenir deux inconnus, ou presque…

— Dont l'un est devenu mon mari…

À la fin, Catherine s'arma de courage et se lança dans la confidence qui avait justifié, à ses yeux, ce discret tête-à-tête.

— Je suis une épouse malheureuse ; malheureuse de ne pouvoir donner à son mari les enfants qu'il attend. Mais vous savez comme moi que le prince est curieusement conformé de ce côté…

Dans la pénombre, Catherine pouvait rougir en toute impunité. L'infirmité très intime dont son époux était atteint constituait, à ses yeux, la seule explication possible d'une si longue, d'une si humiliante stérilité. Elle alla plus loin dans la confidence.

— Chaque jour qui passe, ma cousine, rend ma position plus délicate. Or depuis la mort de Clément VII[7], je ne suis plus que « la nièce d'un pape mort », comme disent certains...

— Vous demeurez une Médicis, tenta la sénéchale pour la réconforter.

Ses yeux embués fixaient les braises incandescentes. Catherine lui prit la main.

— Diane, je sais que mon mari n'a pas de secret pour vous.

— En aurait-il pour vous, Catherine ?

— Malheureusement, oui. Vous savez qu'il ne m'aime pas.

— Finalement, le prince Henri non plus n'est guère aimant.

— Non...

Un silence se fit, qui sembla durer une éternité.

— Ou plutôt si, se reprit Catherine. Seulement, c'est vous qu'il aime.

Diane parut saisie de stupeur.

— Ne dites pas de sottises.

— Je ne dis pas de sottises ; j'observe ; je réfléchis...

— Vous réfléchissez trop.

— Et c'est vous qui parlez ainsi !

Un nouveau silence enveloppa les ombres, troublé seulement par les craquements ultimes du bois consumé. Diane essaya de brouiller les pistes.

— Vous le disiez tantôt : je pourrais être sa mère...

Catherine ricana tout bas. Puis elle se leva en rejetant la main de l'autre.

— Peut-être... Il n'empêche qu'Henri n'a aimé, n'aime et n'aimera jamais que vous.

D'Alençon à Saint-Malo.

Sur les conseils du grand amiral, Gautier de Coisay avait pris ses distances avec la Cour ; il résidait dans les communs du château d'Alençon. Cette demeure princière, depuis que la reine de Navarre ne l'honorait plus que rarement de sa présence, n'était que le reflet bien pâle de ce qu'elle avait pu être jadis, du temps du feu duc.

Ce matin-là, Gautier se trouvait dans les écuries désormais désertes, ou presque, affairé à soigner un cheval de passage et qui s'était blessé au palonnier. L'animal, un coursier magnifique, était nerveux ; et l'écuyer peinait à s'en faire obéir.

— Méfiez-vous, Zéphyr n'est pas tendre !

Cette voix était celle du messager qui, la veille au soir, était arrivé fourbu, marchant à côté de sa monture. Gautier appréciait le jeune Jacques de Saint-André. C'était un parfait écuyer, bon cavalier, gentil compagnon – autant dire l'image vivante de ce qu'il avait été lui-même, naguère...

— Apprenez, dit Gautier, que j'en ai soigné de plus rétifs !

— Que cela ne vous empêche pas de rester prudent, répondit Saint-André.

Il ajouta :

— Ce que je dis ne vaut pas que pour les chevaux...

Coisay continua de prodiguer à Zéphyr les soins nécessaires. En silence. Puis il se releva, s'essuya soigneusement les mains et, regardant l'écuyer du dauphin dans les yeux, lui répondit enfin.

— Si vous faites allusion à la grande sénéchale, qui me poursuit de sa colère, je ne puis mieux faire que rester ici, terré, en attendant qu'elle oublie...

— Mme de Brézé n'oublie jamais rien. Je serais vous, je mettrais davantage d'espace entre elle et moi.

— Davantage d'espace ?

— Oui. Je vais à Saint-Malo, porter un message du grand amiral à M. de Pontbriant. Vous pourriez m'accompagner et, qui sait, vous laisser tenter par la grande aventure.

— Vous voudriez que je m'embarque sur un des vaisseaux de Cartier ? Plutôt mourir !

❦

Un port étiré dans les sables, aux bouches de la Rance, reflétant toutes les variations d'un ciel déchiqueté de nuages : Gautier découvrit Saint-Malo dans les étriers de Saint-André, par un beau lundi de Pentecôte. Les cloches de la cathédrale Saint-Vincent, sonnant à toute volée, exprimaient la fébrilité d'une cité tout accaparée par le grand départ. La population entière s'entassait sur les grèves, d'où elle suivait l'embarquement d'ultimes vivres et bagages à bord des trois vaisseaux du sieur Cartier : la *Grande Hermine*, la *Petite Hermine* et l'*Emerillon*[8].

Les deux écuyers gagnèrent sans attendre des quais qui sentaient, comme dans tous les ports d'Europe, ce mélange, écœurant et grisant à la fois, de goudron, de graisse et de chanvre. Étrangement, Gautier n'en fut pas dégoûté.

— Savez-vous, demandait-il à toutes sortes de badauds indifférents à sa question, où nous pourrions trouver le sieur de Pontbriant ?

— Monsieur de Pontbriant ? répondit enfin un matelot parlant français. Il est déjà sur la *Grande Hermine*.

Les deux écuyers laissèrent leurs montures à l'écart et, se frayant un chemin dans la mêlée, approchèrent du vaisseau amiral.

— Saint-André ! cria une voix, depuis le pont de la *Grande Hermine*.

Doté d'un regard de lynx, Pontbriant avait aperçu son ami dans la foule ; il remit pied à terre et lui sauta dessus avant même que l'écuyer du dauphin ne l'eût repéré.

— Saint-André, redit-il. Mais quel bon vent... ?

— Mon vieux, lui déclara l'autre sans préambule, j'ai ce message à te remettre, de la part de M. de Brion ; et cet ami à te confier.

Il n'osa ajouter : « De la part de sa femme »...

— Mais je m'en vais, Jacques ! s'excusa l'autre en dévisageant rapidement Coisay.

— Justement. Il faut que tu m'aides à convaincre ton capitaine de prendre cet homme à bord d'un de ses galions.

— Impossible ! objecta Pontbriant. Le père Cartier n'acceptera jamais. Les rôles sont complets. Et puis, on ne s'improvise pas marin...

— Mais je suis marin ! mentit Gautier.

— Ah oui, vraiment ?

Un tonnerre d'applaudissements venait de retentir sur la grève : les Malouins saluaient, pour la dixième fois en un jour, l'apparition, à la poupe de la *Grande Hermine*, de cet homme insensé qui prétendait ouvrir des voies nouvelles aux vaisseaux du roi, des routes rapides et directes vers le Cathay* ! La veille, à la messe dominicale, l'évêque en personne avait béni Jacques Cartier, du fond de l'âme ; il avait aussi attiré les faveurs célestes sur tout son équipage – des hommes recueillis et même graves, car conscients de s'embarquer pour le genre de voyages dont beaucoup ne reviennent jamais.

Aux côtés du grand Malouin, se montraient fièrement les dénommés Taignoagny et Domagaya, fils de Donnaconna, des Hurons francisés, ramenés par Cartier un an plus tôt de son précédent voyage. Gautier les dévisagea avec beaucoup de curiosité.

— Voulez-vous leur parler ?

— J'aimerais mieux parler à votre capitaine.

Pontbriant soupira. Il fit signe aux écuyers de le suivre ; et tous trois se dirigèrent vers la poupe...

— Messire, s'excusa l'ancien échanson des Fils de France, laissez-moi vous présenter mon jeune ami Jacques d'Albon de Saint-André, écuyer de monseigneur le dauphin ; et ce chevalier-ci qui est un écuyer de Madame Marguerite, et que Sa Majesté aimerait vous voir ajouter à vos équipages...

— N'y songez même pas ! coupa Jacques Cartier.

— Le roi, pourtant...

— Nous sommes en mer, à présent, et je suis seul maître.

---

* La Chine.

Gautier de Coisay comprit que la force ne pourrait avoir d'effet sur un tel homme ; il décida de le prendre plutôt par les sentiments, et se lançant dans un récit de ses déboires amoureux, finit par se tirer des larmes à lui-même.

Cartier échangea un regard dubitatif avec Pontbriant, puis il haussa les épaules et tourna les talons.

— Qu'on l'enrôle ! ordonna-t-il simplement.

❖

Le lendemain, sous la formidable clameur d'une ville massée sur ses côtes, les trois navires, dont les bannières claquaient dans un vent favorable, prirent enfin la mer.

Jacques de Saint-André, fatigué de sa longue chevauchée, était resté à Saint-Malo pour profiter du spectacle. Depuis la grève, il salua d'enthousiasme le cher Pontbriant, tout fier aux côtés du grand capitaine. Mais il eut beau chercher Coisay des yeux, il ne put le repérer parmi les équipages.

L'on peut être écuyer sans avoir le pied marin ; les amarres à peine larguées, Gautier gisait déjà, malade, à fond de cale...

Les trois vaisseaux, voiles déployées, s'éloignèrent, s'estompèrent dans une brume pourtant légère, et finirent par disparaître tout à fait à la vue des riverains.

Chapitre II

Combats singuliers (Printemps 1536)

Lyon, quartier Saint-Jean.

Simon de Coisay errait de taverne en taverne, entre deux vins, entre deux rixes. Il y avait dix ans, jour pour jour, que son frère Gautier l'avait maudit, dans une grange poitevine, et chassé de son existence. Dix ans… Simon n'y songeait que rarement ; son frère – en fait son demi-frère – occupait beaucoup moins ses pensées que naguère. Cependant, chaque fois qu'il avait le courage de revenir en arrière et d'évoquer le moment terrible de leur séparation, Simon se sentait ramené sans défense aux duretés froides et tranchantes d'un monde hostile avant tout ; et son crâne et sa poitrine, comme pris en étau, devenaient douloureux.

Il entra dans une auberge cossue, à l'enseigne de la Salamandre[9], et s'accouda à l'une des tonnes de chêne qui faisaient office de tables. La salle, sombre et basse, était pavée de larges dalles. Son tenancier connaissait les fidèles et, sans que Simon eût manifesté le moindre désir, posa devant lui une pinte de cervoise.

En vérité, l'ancien écuyer n'avait jamais pu faire le deuil de ce grand frère adulé dès l'enfance, de ce modèle protecteur et gentiment moqueur. Gautier s'était toujours montré secourable, dans les moments difficiles qu'avait pu traverser Simon – enfant bâtard d'un gentilhomme déclassé... Pourquoi, dès lors, avoir trahi sa confiance ? Parce qu'il s'était laissé manipuler par la grande sénéchale, elle-même aux ordres de la régente. Le pauvre Simon, trop naïf – ou trop faible –, avait été le jouet de ces femmes, ou plutôt leur instrument ; il avait accepté de cacher des lettres d'amour... Des messages vitaux pour son frère, et qu'il avait sciemment escamotés.

— Eh tavernier ! Ton meilleur vin pour mes amis !

Sans lever les yeux, Simon reconnut cette voix de fanfaron aux accents d'Italie. Depuis l'installation de la Cour à Lyon, ce gentilhomme bravache entrait presque chaque jour à la Salamandre, sur les coups de quatre heures, avec un groupe d'amis qu'il dominait. « Eh tavernier... » Simon n'aimait pas ces valets de Cour imbus de l'importance de leurs maîtres, et qui, parce qu'ils portaient beau et possédaient quelques deniers, se croyaient tout permis en ville.

— Parle moins haut ! lança-t-il assez fort pour être entendu.

L'Italien ne releva pas ; il était jeune, insouciant et rieur ; un peu ce qu'avait pu être Simon – autrefois... Car si le Picard avait conservé, intacts, sa chevelure opulente et son beau sourire, les années ne l'avaient pas épargné par ailleurs. L'alcool, les veilles et – surtout – le remords, avaient voilé son regard, tavelé sa peau, creusé des sillons sur son visage.

— Eh tavernier, ça vient, ce picrate ?

— Boucle-la, marmiteux !

L'insulte avait fusé trop vite, et Simon s'en voulait déjà. Mais il était trop tard. Le jeune Italien s'était levé ; dans un silence de mort, il s'approchait de l'insolent.

— C'est à moi que vous parlez ?

— Non, pourquoi ?

— Nous nous connaissons ?

— Peu importe.

— Comte Sebastiano de Montecucculi de Montecucculo de Montfroc, de Ferrare, échanson de Mgr François, dauphin de Viennois et duc de Bretagne.

— Serais-tu le duc de Bretagne en personne, que cela ne me ferait ni chaud, ni froid.

Sur ce, Simon détourna le regard et vida sa chope. Il n'eut pas le loisir de la reposer : d'un coup de gant violent, l'Italien l'avait déjà projetée à l'autre bout de la salle.

L'écuyer, se raidissant, saisit la dague effilée qu'il portait toujours à la ceinture. Le comte fit de même. Sous les regards anxieux de l'assistance, les deux adversaires se défiaient à présent du regard ; ils se jaugeaient, comme deux coqs de combat prêts à charger.

— Par tous les diables, intervint l'aubergiste, pas de duel chez moi ! Vous m'entendez ?

Mais les deux hommes n'entendaient plus rien. Ils se tenaient en respect, jusqu'à ce que bondît Montecucculi, bras en avant, la dague pointée vers les yeux de Coisay. Celui-ci profita du mouvement pour le faire trébucher ; il aurait pris le dessus, s'il n'avait lui-même dérapé sur une dalle trop lisse... Les duellistes furent vivement relevés, parés à l'attaque.

— Vas-y, Sébastien, crève ce chien galeux !

— Tue, tue !

Autour d'eux, les clients de l'auberge – surtout des amis du comte – faisaient cercle et pariaient sans vergogne. La salle étant plongée dans la pénombre, il leur fallait écarquiller les yeux.

— Dix écus sur le gamin, dix !

— Douze sur l'ivrogne !

Le gargotier s'efforça dès lors, avec ses commis, de mettre à l'abri tout ce qui pouvait l'être. Les duellistes se ruèrent de plus belle à l'assaut l'un de l'autre. Or, après quelques passes, une belle esquive, une empoignade assez virile et une estafilade au bras de Simon, l'Italien, quoique plus svelte, se trouva désarmé par le Français. Celui-ci le plaqua brutalement contre une porte et, approchant la pointe de sa dague, menaçait déjà de lui percer la gorge. Le combat n'avait pas duré trois minutes.

Un silence pesant était retombé sur la salle. Personne n'osait prononcer le mot susceptible d'entraîner l'irréparable.

Le jeune Ferrarais, les yeux rivés dans ceux de son vainqueur, suait maintenant à perles ; s'il résistait pour la forme, sa position désespérée n'autorisait guère d'espoir. Le Picard était littéralement plaqué sur lui, la pointe de son couteau prête à l'égorger. Ils restèrent un moment ainsi, dans une tension extrême – puis, sans qu'on pût s'y attendre, les deux hommes partirent, à peu près en même temps, d'un rire d'abord imperceptible mais qui, bientôt, désamorça toute lutte.

Simon lâcha Sébastien pour rire plus à son aise, et celui-ci, comme après un simple jeu, alla jusqu'à lui décocher une bourrade.

— Vous me voyez flatté ! dit le plus jeune entre deux secousses.

— Tu peux l'être, articula l'autre.

Les spectateurs, frustrés, déroutés, n'y comprenaient plus rien. Montecucculi, reprenant son souffle, s'approcha de ses amis pour éclairer leur lanterne.

— Ce gentilhomme, déclara-t-il à mi-voix, vient de prouver – le plus fermement du monde… – son intérêt pour ma personne !

Il avait confié cela sur le ton badin, vaguement coquin, d'un jeune Italien sans prévention, visiblement habitué à recevoir les hommages les plus divers… Simon de Coisay, bien moins libre en fait, observait quant à lui le bout de ses bottes.

— Pur accident, bredouilla-t-il.

— On n'est jamais trahi que par les siens !

L'assistance à son tour partit d'un grand rire, et le drame s'acheva dans une farce digne des bonnes foires lyonnaises.

Palais de Lyon.

La pluie ruisselait aux verrières. Ses reflets dessinaient de curieuses ridules sur le visage de Marguerite, brouillant ses traits vieillis prématurément. Elle se rappelait le temps où, cloîtrée par les mêmes ondées, dans ce même appartement, elle s'efforçait de distraire les humeurs sombres de la feue régente…

— Vous rappelez-vous cette huile au genévrier dont usait Madame contre les rhumatismes, et qui embaumait toutes ces pièces ?

— Si je me la rappelle ? soupira le roi. Je la respire encore… Je revois notre mère allongée dans sa ruelle…

— Elle ne dormait presque jamais.

— Trop inquiète, trop active !

Le retour à la Cour de la reine de Navarre avait été, pour son frère, une grande joie. Jamais il n'oublierait leurs retrouvailles, à Dijon, ni les effusions dont elles avaient été l'occasion. François Ier n'avait pas hésité, pour les rendre possibles, à mettre un terme – certes provisoire – aux persécutions contre les réformés. Mieux : un édit royal, signé à Coucy, avait ordonné la libération des prisonniers religieux et le retour au bercail des dissidents exilés – à condition, toutefois, que tous abjurent l'hérésie dans un délai de six mois.

— Je me dis parfois, reprit le roi, que notre mère n'aurait pas approuvé les actuelles orientations du Conseil.

— Et pourquoi cela ?

— Parce qu'elle appréciait Montmorency. Parce qu'elle détestait votre Brion. Parce qu'elle méprisait mes ambitions italiennes et surtout, parce qu'elle rêvait d'une paix saine et durable avec l'Empire... Vous faut-il d'autres raisons ?

Marguerite haussa les épaules.

— Madame vous aurait désapprouvé. Soit... Est-ce si grave ?

— Eh... C'est que notre mère était fort avisée.

— Autre temps, autre politique.

— Les problèmes, eux, demeurent inchangés... D'ailleurs, je me demande s'il ne serait pas judicieux de rappeler Montmorency avant que la guerre ne commence.

— Montmorency ? De grâce, n'en faites rien ! On ne peut à la fois vouloir la paix et conduire la guerre ! D'ailleurs, le grand amiral s'acquitte de tout au mieux.

— Au mieux ? Non. Le grand maître serait meilleur...

Le roi, tout en parlant, observait de près sa sœur, comme s'il guettait chez elle le plus léger signe de parti pris ou de mauvaise foi.

— Depuis votre retour, insista-t-il, vous avez pesé de tout votre poids pour éloigner le maréchal de la direction des affaires. Vous m'avez même poussé à renvoyer sa sœur[10] !

Marguerite baissa les yeux. Elle n'avait guère lieu d'être très fière de cette sordide victoire de

Cour qui, à sa demande, s'était soldée, en effet, par le départ de la maréchale de Châtillon, jusque-là dame d'honneur de la reine. Plus généralement, il lui arrivait souvent d'intervenir auprès de son frère, en faveur de Chabot et de la favorite. Aussi l'idée de voir Montmorency et la grande sénéchale relever la tête, la réjouissait-elle peu.

Le roi suivait sa pensée.

— Notre mère n'aurait pas aimé non plus que j'envahisse les États de son frère ! Elle regardait la Savoie comme territoire inviolable.

— Est-il vrai que Turin serait pris ?

— Si j'en crois les courriers de votre Brion…

— Sire, à la fin, cessez de l'appeler « mon Brion » ! C'est vous qui avez confié cette campagne au grand amiral. Et que je sache, vous avez tout lieu de vous en féliciter !

— Il aimerait maintenant forcer le Milanais[11]. Mais Tournon m'assure que ce serait une erreur. Nous aurions tort de prendre de force ce que l'empereur est à deux doigts de nous donner.

— Madame n'avait pas tort, laissa tomber la reine de Navarre ; vous êtes obsédé par ce Milanais…

— Comme Charles Quint l'est par notre Bourgogne.

— Cela ne finira-t-il jamais ?

Depuis quelques mois, François Ier avait perdu sa forme légendaire. Un mal honteux, contracté dans sa jeunesse, au temps de Marignan, lui faisait revenir, de temps à autre, un douloureux abcès aux génitoires. La gêne et la douleur qui en résultaient à chaque fois le handicapaient bien davantage qu'il ne voulait l'admettre. Ce jour-là, vaincu par la douleur, il avait dû se laisser porter jusqu'à un lit d'appoint. Sa sœur partageait tous ses maux ; elle aurait pu donner le sentiment qu'elle souffrait autant que lui.

— C'est encore ce maudit abcès, soufflait le roi.

— Mon Dieu, quelle calamité !

— Je suis puni par où j'ai péché... osa-t-il murmurer dans un faux sourire.

François but une décoction qui finit par calmer un peu sa douleur. Dehors, la pluie avait redoublé. Il aimait voir Marguerite à son chevet, comme aux temps épiques de la captivité madrilène ; n'avait-elle pas toujours été là pour lui ? Depuis le début de l'après-dînée, il paraissait désireux d'aborder un sujet que sa sœur devinait, mais sans oser s'y aventurer. C'est encore lui qui fit le premier pas.

— Me suivriez-vous dans le salon d'à-côté ?

— Vous savez bien que je vous suivrais n'importe où...

Marguerite aida François, non sans d'infinies précautions, à se relever. Puis ils pénétrèrent gravement, comme sur les lieux d'un crime, dans cette pièce où, l'été 1522 – autant dire dans une autre vie – le frère avait eu envie de la sœur, au point de se jeter sur elle*... L'un et l'autre n'en conservaient-ils pas une blessure inguérissable ?

La pièce avait peu changé ; tous deux en firent le tour, se tenant par la main.

— Il y a près de quinze ans, maintenant...

— Chhh...

Marguerite posa le doigt sur les lèvres du roi.

— Pourquoi veux-tu tout dire, toujours ?

— Mais...

La chaire de bois sombre avait déserté l'embrasure, remplacée par deux caquetoires. Ils

* Voir *La Régente noire*.

s'y assirent et demeurèrent un moment côte à côte, en communion muette. C'est François qui, de nouveau, rompit le silence.

— Comme je regrette !

— Non, articula sa sœur. Ne regrette pas. Si nous avons vécu certaines choses, c'est que ce devait être nécessaire.

Le roi se mit à grimacer, de nouveau – sous l'effet d'un réveil de la douleur.

— J'ai beau me dire que c'est du passé...

— Contrairement à la politique, la vie ne connaît pas le passé. Elle ne connaît pas non plus le futur. Elle n'est qu'un présent permanent.

— Mais...

— Ce n'était pas hier, François, c'est maintenant. C'est toujours.

— Mais...

Marguerite sourit tendrement.

— Tu seras toujours mon petit, petit frère. Mon petit frère qui dit « mais »...

Rome, cité du Vatican.

L'empereur séjournant à Rome, il profita d'une réunion des cardinaux pour s'annoncer à eux de manière inopinée. Un fascinant camaïeu de rouges, de pourpres, d'écarlates, répondait, dans la chapelle Sixtine, aux récentes fresques de Michel-Ange. Sur de si vives couleurs, les deux protagonistes allaient trancher par la sobriété de leurs tenues : l'empereur tout en noir, le pape tout en blanc.

Charles Quint n'avait pas jugé bon de faire trop tôt savoir à la Curie qu'il avait une déclaration à faire ; aussi Paul III, surpris de sa visite, l'avait-il fait attendre. Enfin le pontife était entré en grande pompe, sur la *sedia gestatoria**, visiblement froissé – pour ne pas dire courroucé – des manières étrangement cavalières du souverain Très Catholique.

---

* En quelque sorte un « trône-à-porteurs », conférant de la solennité aux apparitions publiques du souverain pontife.

— Mon fils, lui dit-il quand Charles vint s'agenouiller devant lui, j'aurais aimé préparer davantage ce nouvel entretien…

— C'eût été inutile, estima l'empereur.

— Laissez-moi en juger !

À première vue, le successeur de Clément VII lui ressemblait assez ; il était comme lui menu et chenu, comme lui un peu voûté et pourvu d'une barbe blanche assez longue. Mais la similitude s'arrêtait à cette apparence, car il était en bien meilleure forme que son devancier, et pouvait surprendre ses interlocuteurs par une résistance à toute épreuve.

— Il appert, annonça le pape Paul, que notre fidèle et très aimé empereur Charles, cinquième du nom, voudrait nous délivrer, ainsi qu'au Sacré Collège, un discours de son fait.

L'empereur s'était fait accompagner[12], pour cette visite surprise, de l'ambassadeur de Venise et de deux ambassadeurs français accrédités, l'un auprès du Saint-Siège, l'autre auprès de sa personne. Il dévisagea ces deux derniers avant de se diriger vers la droite du pape.

— Très Saint-Père, qu'on ne s'y trompe pas : c'est au roi de France, que s'adresse, avant tout, cette réplique.

Paul III grimaça. Que le Vatican servît à présent de tribune à l'empereur dans le bras de fer à peu près constant qui l'opposait à la « fille aînée de l'Église », ne lui plaisait guère…

Charles, le visage plus fermé encore que de coutume, l'air sévère et même fâché, se lança donc dans une diatribe inouïe contre François Ier, ses ministres, son régime… Il dénonça en termes crus et virulents l'invasion de la Savoie par les troupes françaises, mais ne s'en tint pas à cette agression récente et de circonstance. Remontant à sa propre enfance et à la rupture de ses fiançailles avec la fille du feu roi Louis XII, il prit le temps de dépeindre le royaume des lys sous les traits d'un agresseur foncier, congénital, essentiellement néfaste à la paix de la chrétienté.

— Certains disent que je veux être le monarque du monde, et ma pensée comme mes œuvres démontrent tout le contraire. Mon intention n'est pas de faire la guerre aux chrétiens, mais bien aux infidèles ; je souhaite que l'Italie et la chrétienté soient en paix et que chacun possède ce qui lui appartient.

Cette mise au point inattendue provoqua une certaine stupéfaction dans les rangs du Sacré Collège ; cependant l'empereur improvisait plus ou moins son discours en espagnol, et la plupart des témoins ne maîtrisaient pas suffisamment cette langue pour apprécier toutes les duretés d'une diatribe sans nuance. La philippique n'en dura pas moins une heure entière. En conclusion, indiquait Charles Quint, trois solutions se dégageaient pour sortir honorablement d'une crise sans précédent selon lui : soit une paix autorisée par l'arbitrage personnel du Saint-Père ; soit la guerre, évidemment ; ou bien encore – et l'empereur prit son temps pour énoncer une éventualité qui, d'évidence, aurait eu sa préférence – un combat singulier qui l'opposerait au roi de France, avec pour enjeux respectifs le Milanais et… la Bourgogne !

Un peu essoufflé, l'empereur alla se rasseoir. Le pape en profita pour reprendre la parole et tenter de calmer une situation qu'il devinait – derrière les imprécisions de la traduction – plus que brûlante.

— Par les temps difficiles que nous traversons, déclara-t-il, cernés d'infidèles à nos portes, gangrenés de l'intérieur même par toutes sortes d'hérésies, il importe, plus que jamais, que le monde chrétien sache préserver la paix, la paix en son sein.

Charles Quint n'était cependant pas résolu à se laisser bercer de belles formules. Il reprit vivement la parole et conclut sa deuxième intervention par un appel plus direct encore au pape.

— Si Votre Sainteté pense que j'ai tort, qu'elle prenne le parti du roi de France. Dans le cas contraire, qu'elle me soutienne !

Paul III n'en croyait pas ses oreilles.

— Mais qu'a-t-il donc mangé ? demanda-t-il, discrètement, à son secrétaire d'État.

— C'est la cuisine savoyarde du roi François qui ne lui convient pas, répondit le prélat.

Le pape reprit donc la parole à son tour.

— Qu'ai-je fait, je vous le demande, sinon appeler à l'instant toutes les parties engagées dans cet affrontement à une paix rapide et franche ? Je serai moi-même, dans votre discorde, un agent de la réconciliation ; car tel est mon rôle et telle, ma conviction. Mais il va de soi que si, dans un prochain avenir, l'un des deux grands souverains en lice venait à s'opposer à une paix honorable, alors je me verrais dans la nécessité de le désavouer.

À ces mots, l'empereur parut soulagé ; il vint baiser la main du souverain pontife qui, prenant son mal en patience, l'embrassa chaleureusement en retour.

— Ce diable d'empereur aura raison de ma santé ! pesta le pape en quittant la Sixtine.

— Saint-Père, approuva le chef de la Curie, il est certain que l'Église n'a pas à subir les humeurs d'un souverain, quel qu'il soit.

— Les Français ont raison, osa Paul III. Ce Habsbourg veut éteindre le feu dans le grenier de la maison chrétienne ; moyennant quoi, la cave est inondée !

Lyon, le jeu de paume des prés d'Ainay.

— Tenez[13] !

Avec force et maîtrise, Henri d'Orléans donna un tel effet à sa balle qu'elle effleura tout juste l'appentis de la petite galerie – on disait « le dedans » – avant d'aller rebondir au sol. Son partenaire, l'écuyer Saint-André, en profita pour monter au filet. En face d'un pareil champion, ses deux frères paraissaient à la peine ; menés aux points, ils avaient déjà plusieurs fois dû s'incliner sur leur service. Charles d'Angoulême multipliait les « chasses » défavorables – ce que ne manquait pas de lui reprocher le dauphin François, en termes discrets mais vexants.

Massé derrière le grillage de cette galerie longue qui borde le plus long côté des salles de paume, un public trié suivait l'échange. Plusieurs amis des Fils de France, dont La Noue et Dinteville, ne ménageaient pas leurs encouragements. Quant à Montecucculi, partisan malheureux du dauphin, il commentait la partie à l'intention de son nouvel ami Simon – qui s'était présenté à son cercle comme « chevalier » de Coisay.

— On entend la galerie ! fit observer Orléans de façon peu civile.

Le Ferrarais baissa d'un ton.

La partie s'achevait sur un triomphe de plus pour le prince cadet qui paraissait, quel que fût son partenaire, imbattable à ce jeu. Le dauphin, lui, soufflait à perdre ses poumons ; pourtant agile et bien développé, il était loin de partager la forme d'athlète de son frère Orléans. Quant à Angoulême, il ne s'intéressait guère au jeu, et s'amusait davantage à faire tenir sa raquette en équilibre sur son front...

— Aumale ! appela François. Aumale est là ?

— Ici Monseigneur, répondit le tout jeune François de Guise, comte d'Aumale.

— Remplace-moi donc pour la prochaine.

— Ce n'est donc pas assez pour aujourd'hui ? demanda Jacques de Saint-André.

— Parlez pour vous, dit Henri ; moi, je ne fais que commencer.

Il était souvent difficile, quand s'exprimait ce prince, de saisir son état d'esprit ; car sous des dehors taciturnes, se cachait en vérité une bonne dose d'humour. Henri d'Orléans se révélait dans la pratique intensive des exercices physiques.

Avec une certaine aisance, le comte de Montecucculi servait à présent des rafraîchissements aux joueurs et à leurs invités – un mélange de jus d'agrumes de sa composition. Le dauphin lui fit signe de se pencher pour n'avoir pas à hausser la voix.

— Rappelle-moi qui est cet écuyer ; il me semble l'avoir vu, déjà.

— C'est Simon de Coisay. Il fut autrefois au duc d'Alençon, puis aux Brézé.

— Parfaitement.

Le prince se tourna vers la galerie.

— Coisay, approchez, voulez-vous ?

— Monseigneur ?

— Vous pratiquez la paume, je crois...

— Si peu... Mais je viens de prendre une leçon.

Le dauphin sourit et n'insista pas.

— François, demanda soudain son plus jeune frère, irai-je avec vous à la guerre ?

— Vous n'êtes qu'un enfant, allez donc jouer à la raquette !

Alors, sans qu'il ait pu régir, le dauphin se vit asséner par Angoulême un assez violent coup de paume sur le crâne. La victime commença par se frotter la tête puis, soudain rouge de colère, poursuivit le garnement dans les galeries pour aller l'étrangler de ses propres mains.

※

— Ainsi donc, vous vous battez en duel...

La duchesse d'Étampes – le comté de son mari était devenu un duché – s'était invitée au jeu de paume d'une manière inopinée ; mais son irruption n'ayant pas surpris l'assistance, Simon en déduisit qu'elle n'avait rien d'inhabituel. Elle avait pris place, au milieu de la petite assistance, dans la galerie longue. Or, à peine assise, c'est à lui, Coisay, qu'elle s'était adressée. Il en conclut que son nouvel ami avait dû parler en haut lieu, ce qui n'était pas forcément une bonne chose... Plutôt adepte d'une certaine discrétion, l'écuyer se sentait partagé entre le plaisir d'un tel honneur et la gêne de ce qui l'avait suscité ; Sébastien était-il allé jusqu'à donner certains détails ?

— Et vous avez, dit-on, des armes secrètes, ajouta la favorite en gloussant.

Pas de doute : l'échanson avait tout raconté... Simon sentit le rouge lui monter au front. Mais la duchesse d'Étampes sut le mettre à son aise.

— Je trouve cette histoire merveilleuse, déclara-t-elle. Si tous les combats pouvaient s'achever dans un fou rire !

— Les champs de bataille changeraient d'aspect, concéda Simon.

La favorite, cette fois, pouffa sans retenue.

— On entend beaucoup la galerie !

— Cet Orléans est un vrai rabat-joie, murmura la duchesse entre ses dents. Vraiment ils se sont trouvés !

Elle faisait allusion à son ennemie intime : « la Vieille » comme elle disait... Le beau Ferrarais, qui aimait rire ou plutôt, n'aimait pas qu'on rît sans lui, vint se mettre en tiers à leur entretien.

— Duchesse, vous m'avez l'air plus dissipée encore que de coutume. Serait-ce notre chevalier qui vous débauche ?

« Notre chevalier »... Simon, tout en s'efforçant de faire bonne figure, se sentait déplacé dans ce monde factice. Lui, l'enfant bâtard, le frère proscrit, le pilier de taverne, voilà qu'il devisait maintenant, en toute complicité, avec la maîtresse en titre du roi de France !

— Je suis d'humeur joyeuse, répartit Anne de Pisseleu, et ce n'est pas sans raison.

On voulut en savoir davantage.

— Figurez-vous que l'ambassadeur impérial nous quitte.

— Rappelé ?

— Évidemment. C'est la guerre... annonça la favorite comme elle eût dit : « voici le printemps » ou « c'est aujourd'hui mardi gras ».

— Fini le jeu de paume ! soupira le dauphin François qui s'était approché du petit cercle.

— Vous avez encore un peu de temps. Mais le roi veut ses trois fils avec lui au combat.

— S'il peut s'y rendre, vu son état...

— Le fait est que ce mauvais abcès ne va pas en s'arrangeant. Le pauvre homme endure un martyre, lâcha la belle Anne avec une moue et l'amorce d'un frisson.

La partie de paume s'achevait mais le public, saisi par la nouvelle de la guerre, ne manifesta pas, pour les vainqueurs, l'enthousiasme habituel. On ne parlait plus, dans la galerie, que de camps, d'armées, d'ordres de marche et de bagages... Montecucculi, posant la main sur l'épaule de Simon, sourit à la favorite.

— Que diriez-vous, madame, de prier Coisay de se joindre à nous ce soir ?

— Riche initiative, comte ! Monsieur de Coisay, je recevrai dès neuf heures.

Elle allait quitter les lieux quand, mue par une soudaine réminiscence, elle revint vers Simon.

— Coisay, dit-elle, Coisay... Un rapport avec le Gautier du même nom ?

Le « chevalier » se raidit un peu.

— Aucun, madame.

Lyon, chez la grande sénéchale.

La reine Éléonore, quand une de ses dames était souffrante, n'hésitait jamais à braver ses médecins pour s'installer son chevet. Et il n'était pas rare, dans ces circonstances, qu'elle voulût même se rendre utile et que, relevant un oreiller ou servant un bouillon, la souveraine se mît au service de celle qui, de coutume, était au sien.

Ce soir-là, dans la chambre de la grande sénéchale, tendue de blanc et de bleu tendre, elle avait apporté divers petits livres que les imprimeurs lyonnais lui avaient dédiés, dont un recueil de poèmes de Louise Labé.

— Madame, s'excusa la malade, je m'en voudrais de vous gagner à mon mal…

— Je suis solide, ma bonne, mais si d'aventure j'en étais atteinte, je ferais placer mon lit à côté du vôtre, pour que nous causions !

Un huissier annonça le duc d'Orléans ; et la reine, malgré tout, en profita pour s'éclipser… Le jeune prince salua sobrement sa belle-mère, puis il se précipita au chevet de sa confidente. D'un naturel déjà sombre, il paraissait assombri encore par l'affection touchant sa chère amie.

— Comment vous sentez-vous, depuis tout à l'heure ?

— Je vais mieux dès que je vous vois.

En vérité, ce dont souffrait Diane de Brézé n'inquiétait guère la Faculté : simple refroidissement, disait-on, à peine compliqué d'un rhume de cerveau.

— Voyez-vous, se plaignit-elle au prince Henri, nous autres, nous sommes faits pour l'exercice et le grand air. Vous avez, vous, la paume et les quilles, mais moi, coincée dans cette ville, je manque à mes chevauchées du matin...

— Comme je vous comprends ! approuva Henri.

Il lui parlait toujours avec une nuance de respect teinté d'admiration.

— La nouvelle Diane est chasseresse comme l'ancienne !

— Oui. « Vous êtes la Diane de ces forêts » me disait, autrefois, mon mari...

La phrase était de son père, en fait. Mais depuis sa condamnation pour trahison, dix ans plus tôt, elle tenait Jean de Saint-Vallier dans un oubli total.

Un jeune herboriste soignait ici la grande sénéchale ; il entra sur ces entrefaites. C'était un curieux personnage, si difforme en vérité qu'on aurait pu, sans malice aucune, le prendre pour un fou de Cour. Il était réputé dans tout le Lyonnais pour ses décoctions miraculeuses, dont le secret des plus anciennes remontait – se disait-il – aux druides.

— C'est l'heure, madame, de votre tisane.

Il voulut tendre à la patiente une tasse fumante, mais le jeune prince s'interposa très galamment ;

et c'est lui qui, avec des grâces infinies, tendit son breuvage à la chère malade.

⁂

Ponctuel et réglé, comme toujours, le grand maître entra dans la chambre de son amie malade à six heures sonnantes. Il apportait une petite chatte toute blanche, dans un panier noir. Il salua le duc d'Orléans, puis s'approcha du lit pour baiser la main de Diane. Si son allure – toujours imposante – était immuable, il y avait dans ses yeux comme un éclair de contentement.

— Je sors de chez le roi, annonça-t-il en se plantant, comme une statue, au pied du lit.

Ses amis attendaient la suite.

— Il semblerait que la guerre ne soit plus qu'une question de jours.

— La guerre est déjà déclarée, rectifia le prince Henri.

— Non, Monseigneur. L'ambassadeur de Charles a quitté ; c'est un indice sérieux, mais ce n'est pas encore la guerre.

Diane se signa d'un air pénétré, et Henri l'imita aussitôt.

— On dirait, à vous voir, que cette issue fatale, contre quoi nous avons tant lutté, vous réjouit presque, dit-elle.

— Ce n'est pas l'issue qui me réjouit, ma chère Diane ; c'est ce que le roi m'a laissé entendre !

— Mon père entend-il vous confier un commandement ?

Montmorency dévisagea le jeune prince d'un air de complicité. La gaucherie d'Henri, la difficulté patente qu'il éprouvait à user de formules polies ou caressantes, s'accompagnait, sur le fond, d'une grande pertinence et d'une justesse de vues où lui-même, militaire avant d'être diplomate, se reconnaissait. Le maréchal confirma qu'un commandement pourrait, très prochainement, lui être confié de nouveau.

— Il semblerait que l'amiral, après avoir lâché la meute, ne soit plus à même de s'en faire obéir.

— Quand on en vient aux choses sérieuses...

Diane avait laissé tomber ces mots sur un ton de souverain mépris.

— Quand on en vient aux choses sérieuses, acheva Montmorency, il faut nommer des gens sérieux. Le roi, semble-t-il, songerait à faire de votre serviteur son « lieutenant général, tant en deçà des Monts qu'au-delà ».

— Ah, tout de même !

— Est-ce à dire, maréchal, que je pourrais être amené à servir sous vos ordres ?

Il y avait, dans la question du prince, tant d'espoir que le grand maître en fut touché.

— Cela se pourrait bien... Mais rien n'est encore fait.

La grande sénéchale prit un moment la chatte dans ses bras mais, plus embarrassée qu'amusée par le présent, elle s'empressa de la confier au jeune prince.

⁂

La courte visite du maréchal avait empli Orléans d'excitation. Depuis son départ, il tournait dans la chambre, la chatte blanche dans les bras, se cognant aux meubles et gênant le service des femmes qui préparaient le lit pour la nuit.

— Henri, calmez-vous donc ! le rabroua maternellement la sénéchale.

Quand ils restèrent seuls dans la chambre, le jeune prince, grand lecteur de romans de chevalerie, profita de ce tête-à-tête inespéré pour se risquer.

— Depuis mon retour d'Espagne, madame, vous avez été mon guide. Je n'ai cessé de recevoir de vous force leçons d'honnêteté et de courtoisie.

— C'est la mission, Henri, que m'avait confiée votre père. Je vous ai rendu parfait galant, c'est vrai : à la fois discret, soigné, raffiné même...

— J'ai toujours, madame, été soucieux de vous complaire, de vous servir aussi ; et vous m'avez repris en tout ce que j'avais de malséant ou d'incivil...

— J'ai fait de mon mieux.

Le prince laissa la chatte lui échapper ; elle rebondit gracieusement en miaulant, et disparut par la porte entrebâillée. Henri la ferma derrière elle et, comme on réciterait une leçon apprise, se lança dans une tirade assez peu spontanée.

— Aujourd'hui, chère amie, dussé-je vous paraître incivil, et malséant, et discourtois, et malhonnête...

— Mon Dieu, mais...

— Aujourd'hui, je veux vous ouvrir mon cœur. Je veux...

— Enfin, vous perdez la tête.

Diane essayait de dissimuler son affolement sous les dehors raisonnables auxquels l'invitaient son âge et sa maladie – certes passagère... Elle sentait que la situation pouvait lui échapper à chaque instant ; mais tout en redoutant les élans mal contrôlés du jeune prince, elle ne pouvait s'empêcher d'en éprouver plus que du contentement : une forme de jouissance intime, secrète, interdite peut-être. De son côté, l'adolescent se montait la tête, et la gaucherie convenue, mais charmante, de ses propos le sauvait, seule, du ridicule.

— De grâce, chère Diane, ne me servez pas cet air de pitié ! Je suis venu vous dire que vous m'êtes plus chère que tout, que je ne pourrais plus vivre sans vous, que…

— Prince, vous vous oubliez !

Henri en était presque à grimper sur le lit.

— Ma Diane, s'il vous plaît, laissez-moi baiser vos lèvres sublimes !

— Monseigneur !

Avant que la chasseresse ait eu le temps de réagir, l'éphèbe allait poser sa bouche sur la sienne. Alors elle le gifla. Henri parut suffoqué ; il redescendit, tout hébété et quitta la chambre en précipitation.

— Mon Dieu, mon Dieu ! murmurait à présent Diane, tout agitée. Mon Dieu !

Elle se signa plusieurs fois.

Mais un léger sourire se faisait jour dans son émoi.

Lyon, chez la duchesse d'Étampes.

j'adore votre nouvel ami !

Anne de Pisseleu avait retenu la main de Sébastien, au moment où il emplissait de vin d'Arbois la coupe qu'elle venait de lui désigner.

— Simon est gentilhomme, approuva-t-il, et de surcroît bon écuyer.

— Savez-vous s'il monte plus volontiers les juments ou les étalons ?

Le regard de la belle, effronté, indécent même, n'effaroucha en rien le comte.

— Que ne lui posez-vous la question ?

— Les mots, à ce sujet, ne valent pas les actes.

Le Ferrarais sourit à belles dents : décidément, la liberté de cette femme ne connaissait aucune limite.

— En ce cas, je suis volontaire, lui glissa-t-il en vaquant aussitôt vers d'autres horizons.

❋

Au lever de table, une escouade de nains et de fous, tous en tenue sylvestre, apporta de grands rinçoirs d'émail, du genre hispano-mauresque, ornés de toute une faune aquatique représentée au naturel. Mais on avait poussé, ici, le raffinement, jusqu'à mêler de vrais petits poissons et des tritons et des salamandres, tous vivants, à ceux figurés sur le fond des cuvettes. Les invités s'extasièrent, mais pas le dauphin qui, surpris peut-être, ou bien saisi par un de ses dégoûts, trouva cela « proprement répugnant ».

À dix-huit ans tout juste, François faisait figure, même pour ses familiers, du plus mystérieux des princes. Ses années de captivité en Espagne ne semblaient avoir eu, sur lui, le même impact que sur Henri ; en vérité, il en restait marqué davantage. Aimable en public, souvent souriant, portant beau comme son père et, comme lui, aimant à plaisanter, il dissimulait en réalité une nature fort secrète, pour ne pas dire insondable. Ses goûts et dégoûts, ses foucades et ses répulsions, ses accès soudains de morbidité, escamotés trop vite sous les dehors policés d'un caractère affreusement faible, en faisaient un être inquiétant, au final, et sur qui le roi – obstiné à ne voir en son fils aîné qu'une sorte d'écho estompé de sa propre jeunesse – se faisait une foule d'idées bien fausses.

Le prince était sur le départ. Aussi, dès que la petite bande eut achevé la première série de voltes et de gaillardes, selon une mode venue de l'Italie si proche, fit-il rassembler sa garde rapprochée.

— Madame, veuillez trouver bon que je me retire, déclara-t-il un peu sèchement à la duchesse, navrée que ses petits poissons n'aient pas rencontré de succès.

— Monseigneur, je m'en voudrais de vous avoir heurté…

— Nullement, bien au contraire. Mais ces parties de paume m'épuisent plus que je ne saurais dire.

— Alors je forme le vœu que la nuit vous soit douce, et réparatrice.

Simon, apercevant le dauphin qui s'éclipsait si vite, chercha des yeux son Montecucculi. Le trouvant insouciant, perdu dans une conversation fantasque avec Melle des Colliers, il se replongea lui-même avec joie dans sa partie de flux*. Il y était encore une demi-heure plus tard quand la maîtresse des lieux, prenant la place d'un joueur, se retrouva face à lui.

— Vous amusez-vous bien ?

— Duchesse, c'est un enchantement…

— Ce n'est pas chez la Vieille que l'on s'amuse ainsi… Mais, dites-moi : ne dansez-vous jamais ?

Simon ne pouvait se dérober.

— Si vous me faites la grâce…

— Si fait, si fait.

Ils partagèrent deux ou trois voltes, toujours plus physiques, chaque fois moins réservées… À la fin, la duchesse se laissa choir, exténuée mais ravie, sur un gros coffre de mariage.

— Ceci n'est plus un salon, dit-elle, c'est un lupanar.

Simon avait remarqué, en effet, que l'heure aidant, les couples se faisaient et batifolaient… Anne de Pisseleu passa un bras audacieux autour du cou de l'écuyer.

— *Sebastiano mio* ! héla-t-elle.

Montecucculi apparut, comme un génie surgi de la lampe. La duchesse lui appliqua son poing sur le ventre.

---

* Il s'agit d'un jeu de cartes.

— Vous avez trop bu, dit-elle au comte. Ah ! Que diriez-vous, mes beaux sires, d'abandonner ces gens à leurs turpitudes ?

Elle entraîna ses nouveaux amis vers sa chambre, juste éclairée de quelques bougies aux fumées suaves, ambrées. L'huis se ferma derrière eux, comme dans un conte, et tous les trois se virent entourés de tentures extraordinaires, représentant une forêt de rêve, tellement accueillante… La favorite et l'échanson, embellis encore par un début d'ivresse, se dévêtirent en un rien de temps, comme des gens habitués. Le « chevalier » les imita, un peu moins adroitement peut-être. Puis tous trois se roulèrent comme des collégiens dans les édredons de satin cramoisi.

⁂

Simon n'était pas un grand amoureux. À trente ans, on ne lui connaissait nulle affaire sérieuse, nulle romance légère. Ses ébats, assez rares en fin de compte, s'étaient résumés, le plus souvent, à des étreintes rapides, sans lendemain ni vrai bonheur, avec des filles faciles plus ou moins – pour ne pas dire appointées. Et voilà que, pour la première fois depuis longtemps, il était malgré lui submergé de désir et d'émotion. Pendant de longues, de fabuleuses minutes, il se laissa choyer, peloter, titiller, il se laissa emporter par l'amante et l'amant réunis. De temps à autre, une ombre de gêne le ramenait pourtant sur terre.

— Je vais vous laisser, disait-il, comme repris par ses démons.

Mais à chaque fois un bras de Sébastien, une jambe d'Anne, le pied d'un elfe, les doigts d'une fée, le retenaient ; elle de la pointe de ses seins, lui du bout de son sexe, savaient effleurer le novice avec assez de précision pour le tétaniser. Alors, sur les notes d'un hautbois qui – comme dans un songe – paraissaient tomber des frondaisons de laine, il fit la connaissance de cette nymphe, se repaissant de ses splendeurs offertes sans limite. Puis c'est elle qui, prenant le dessus, le poussa dans les bras du faune où il s'abandonna comme il n'aurait pas cru possible de s'abandonner jamais. Le corps de Sébastien, puissant et doux à la fois, lui apparut – l'espace d'un moment – comme le sommet parfait de la Création.

— Il a trouvé sa monture, chuchota la belle à l'oreille du Ferrarais.

— Je crois, oui.

Sans regret, et même avec une sorte de gourmandise, elle observa de tout près le baiser frénétique des deux garçons jouant avec leurs langues, sublima leurs caresses, épousa leurs ébats remuants, partagea leur accouplement, leur lutte aussi virile, mais tellement plus tendre, que celle de la Salamandre…

❋

Le silence s'était fait dans l'appartement : les derniers convives avaient dû s'égailler. Tous trois, en harmonie, contemplaient leurs ébats dans un miroir fort indiscret, quand la jeune Melle des Colliers, la voix blanche d'angoisse, cassa le charme en faisant irruption dans la chambre.

— Le roi, madame, voici le roi !

— Le roi ?

Le comte réagit aussi prestement que la duchesse, et cramponnant Simon par les cheveux, l'attira près de lui par terre, et de là, sous le lit. La favorite, avec la complicité experte de sa confidente, se glissait pendant ce temps dans un lit retapé à la hâte, assez vite pour donner le change. Déjà le pas martial du roi de France résonnait sur le plancher.

— Comme vous voyez, je vais mieux, déclara François d'une voix pâteuse, sonore, trahissant chez lui un excès de boisson. Boulin, aide-moi donc !

Terrés en leur vile cachette, les deux pendards étaient tout dégrisés. Ils comprirent qu'un valet de chambre aidait le monarque à se préparer pour la nuit.

— Vous me réveillez, sire, feignit la duchesse d'Étampes. Mon bal s'est fini tôt.

— Je vois cela... Tout le monde vous aura donc abandonnée ?

— Le dauphin était fatigué ; d'ailleurs, nous le sommes tous.

Le souverain grommela. Puis il émit un petit cri douloureux.

— Aïe ! Je vais mieux, mais ce n'est pas guéri.

Sous le sommier, les deux intrus échangèrent une grimace. Ils plaignirent sincèrement leur belle partenaire lorsque, afin surtout de les protéger, ils l'entendirent se sacrifier avec un entrain digne d'Iphigénie... Mais leur sollicitude n'alla pas jusqu'à l'abstinence ; et tandis qu'Anne expiait là-haut pour eux trois, ils achevèrent ici-bas – dans le silence – ce qu'ils avaient si ardemment commencé.

Chapitre III

D'un dauphin l'autre

(Été et Automne 1536)

Vallée du Rhône

Un coche d'eau convoyait, depuis Vienne, la sœur du roi et sa maigre suite en direction des camps retranchés du Midi. Vus du Rhône, les villages qui s'égrenaient sur les berges donnaient le sentiment de havres inutiles. Mme du Lude, vieille amie de Marguerite, et qu'indisposait une chaleur chaque jour plus pesante, s'inquiétait déjà du terme de ce voyage.

— Ne pensez-vous pas, ma chère, que nous devrions faire halte dans un de ces charmants villages, et attendre là, tranquillement, votre époux ?

Car officiellement, on ne s'était ainsi embarqué que pour voler au-devant d'Henri d'Albret, roi de Navarre, qui rentrait de Béarn avec des gens de pied tout frais pour son beau-frère. Mais en vérité, Marguerite envisageait ce périple comme un tour d'inspection de l'armée de défense... Et plus que tout, elle entendait bien rencontrer le grand maître de Montmorency.

— Cet homme sera, tôt ou tard, le vainqueur, disait-elle. Et que font généralement les vainqueurs ? Ils négocient ! Alors nous aurons besoin de lui pour qu'on n'oublie pas la Navarre au traité, et que soient défendus les intérêts de ma fille.

La petite Jeanne d'Albret n'était-elle pas infante de Navarre – autant dire seule héritière légitime de ce petit royaume ?

Voilà pourquoi la plus puissante adversaire du maréchal en était, depuis peu, devenue l'inconditionnelle. Marguerite l'avait certes beaucoup défié ; elle s'était opposée à sa politique de paix avec l'Empire et, trouvant à son personnage trop d'influence sur le roi, n'avait pas ménagé ses efforts pour l'en éloigner. Elle avait même, dans un accès récent d'acharnement personnel, obtenu que la propre sœur du grand maître, pourtant au service de la reine, fût écartée de la Cour !

Seulement cela, c'était du passé.

Car à présent que Montmorency mettait tout son talent à préparer la guerre, la reine de Navarre n'avait pas de termes assez élogieux pour vanter les bienfaits d'un stratège digne – elle le clamait – des Anciens. Elle approuvait sa refonte des régiments sur le modèle des antiques légions, admirait l'ordre, la netteté, l'efficacité régnant dans ses camps inspirés des *castra* romains ; surtout elle savait louer à qui de droit l'intelligente stratégie de la terre brûlée, adoptée par celui que les lettrés de Lyon ne nommaient déjà plus que *Fabius Cunctator*[14].

— Où sommes-nous ? demanda-t-elle au capitaine de son escorte, Galiot de Genouillac. Le camp d'Avignon est-il loin ?

Le vieux soldat qui, dix ans plus tôt, avait déjà suivi l'amazone dans son odyssée espagnole, ne savait trop quoi répondre.

— À ce train-là, madame, il nous faudra bien une semaine.

La sœur du roi se referma comme une huître ; silencieuse, elle remâchait toutes sortes de duretés mentales contre l'inconvénient de voyager dans la compagnie peu martiale d'une douairière et d'un barbon !

⁂

Une bonne surprise l'attendait à l'escale de Pont-Saint-Esprit. À peine le coche avait-il touché la rive, qu'un chœur de soldats allègres hurla : « Vive la reine de Navarre ! » Toute une compagnie l'attendait en ordre parfait, lances hautes et chevaux piaffants. Le capitaine Carbon de Montpezat, tout pimpant dans sa tenue rutilante, accueillit galamment une souveraine déjà conquise par cet accueil inespéré. Il lui présenta ses Gascons, et Marguerite, charmée, put juger de la tenue de ces beaux soldats bien armés, dents blanches et teint basané.

— Je voudrais être un homme, dit-elle, pour me mêler à vous et servir mon frère autrement qu'en rassemblant pour lui des régiments de priants !

On voulut bien rire à cette sortie, et Marguerite, oubliant sa suite et le reste, demanda s'il était possible de visiter le camp lui-même.

— Madame, répartit Carbon dans une pointe gasconne, vous avez là-bas deux cents rendez-vous !

Il fallut donc hisser Mme du Lude sur une mule, et attendre que Galiot lui-même fût en selle… Enfin le petit convoi s'ébranla vers le camp de Montpezat. Ce qu'on n'avait pas jugé utile de préciser, c'est que le chemin, depuis le

Rhône, était long et passablement accidenté… À peine en avait-on couvert un tiers que la suivante, soufflant et gémissant, exigea que l'on fît une halte.

— C'est bien simple, ma chère : si cela doit continuer ainsi, j'aime encore mieux me laisser tomber sur ce talus et y attendre patiemment la mort.

Marguerite, à ce moment précis, aurait volontiers abrégé ses souffrances. Heureusement Carbon, diplomate autant que galant homme, trouva le moyen de faire diversion.

— Nous établissons tout près d'ici un retranchement. Plairait-il à Votre Majesté d'honorer ces lieux indignes d'elle ?

La reine de Navarre acquiesça d'enthousiasme. Et c'est ainsi qu'on la vit bientôt grimper sur le remblai, descendre dans un fossé qu'on creusait, s'informer de tout et poser mille questions sur les ouvrages de défense, les quarts de veille et les positions. Marguerite, exaltée, aurait avec joie revêtu l'armure et brandi l'épée ; elle se voyait – elle la poétesse inspirée, vaguement mystique – telle la Bradamante de l'Arioste*, courir sus à l'ennemi !

❋

Alors qu'on allait rebrousser chemin, elle aperçut, au loin, des soldats qui rudoyaient un homme.

— Sans doute un éclaireur ennemi qui se sera fait prendre… s'excusa le capitaine.

---

* Le poète italien Ludovico Ariosto, dit l'Arioste, était mort trois ans plus tôt, après avoir remanié son célèbre *Roland furieux – Orlando furioso*.

— Vous voulez dire : un espion ! fit-elle en remettant pied à terre.

Les hommes amenèrent le prisonnier aux pieds du capitaine. Celui se retourna vers la souveraine.

— Madame, souhaitez-vous l'interroger vous-même ?

Un peu gênée, mais en même temps fort excitée, Marguerite opina nerveusement du chef.

— Parle-t-il français ?

— Pour ça oui, répondit un des soldats ; c'est un transfuge !

Marguerite prit un air indigné.

— Vilain soldat, cria-t-elle, comment as-tu osé trahir ainsi ton maître, le roi de France ?

— Oh, pour de l'argent, répondit un autre soldat.

— Bon, dit Marguerite. Que voulons-nous savoir ?

— Si vous voulez, proposa Carbon, nous allons mener l'interrogatoire de concert…

Et comme dans une farce, c'est le capitaine qui posa les questions, mais en prenant soin de solliciter à chaque fois, d'un regard, l'approbation de Marguerite. À son grand soulagement, il n'eut pas, du reste, à user de violences bien grandes ; le soldat, impressionné peut-être par la présence de la souveraine – à moins qu'il n'eût été « travaillé » au préalable – parla facilement, et ne cessa de se repentir de sa trahison.

— Que va-t-on faire de lui ? hasarda la sœur du roi quand il eut enfin livré ce qu'il savait.

Carbon sourit d'un air gêné.

— Madame… C'est un traître…

— Vous avez raison, s'empressa d'approuver la reine de Navarre, qui avait un instant songé à demander sa grâce.

Lyon.

Charles Quint venait de passer les Alpes.

Quand cette nouvelle parvint à la Cour, fin juillet, le souverain estima qu'il se devait, avec ses fils, de montrer l'exemple en allant, sur les bases arrière du dispositif français, soutenir Montmorency dans son camp d'Avignon. Depuis Lyon, en somme, il suffirait de suivre la vallée du Rhône… Une armée de valets se mit dès lors en branle pour préparer la migration royale. Des centaines de caisses et de malles accueillirent les tenues, les accessoires, les meubles même, indispensables au train de vie d'un roi de France en campagne. Restait à les charger sur de lourds chariots à bœufs.

Seulement la canicule s'en mêla, et pour échapper à un soleil de plomb, à une touffeur moite, il fut admis que le gros des préparatifs s'effectuerait à la fraîche – ce qui fit perdre du temps.

— Nous devrions être en route depuis déjà deux jours, maugréa le dauphin qu'indisposait d'ailleurs la grosse chaleur.

Car François, fragile des poumons depuis sa captivité en Espagne, ne respirait bien que par temps sec.

— Que diriez-vous d'une partie de paume ? proposa son frère Orléans.

— Trop chaud, dit Saint-André. Vous avez décidé de nous sécher comme des harengs ?

— Saint-André a raison, estima François. Votre folie de la paume nous tuera !

Montecucculi, plus cabotin que jamais, fit une entrée de théâtre chez son maître.

— Messeigneurs, lança-t-il en posant sur la table une grosse bonbonne couverte, j'ai là-dedans un trésor pour lequel, sans aucun doute, certains d'entre vous feraient des folies !

— Nous ne payons cher que les très belles femmes ! lança un nommé Dinteville.

— Ou les très laides, si elles cuisinent bien, rectifia le dauphin, gourmand.

Parce qu'il était d'un naturel plus curieux que les autres, Orléans s'approcha de la terrine.

— Ça se mange ?

— Cela se boit, Monseigneur.

— Je déteste les alcools forts.

— Mais ce n'est pas de l'alcool !

Descellant prestement le couvercle, le comte Sébastien mit alors la main dans la bonbonne et en ressortit... une poignée de neige – inespérée par si grosse chaleur.

— Mais d'où vient ce miracle ? Du Mont-Blanc ?

— Ah, ah !

Le Ferrarais triomphait.

— Je vous avais dit que j'allais faire des envieux ! Cela provient simplement de la glacière* d'à-côté.

— Après cela, lança le prince Henri à son frère, aurez-vous encore le cœur à me refuser une manche de paume ?

— Vous avez dit « une manche », je vous prends au mot.

❈

Il faisait bien orageux, décidément, et ni le prince François, ni Saint-André ne tinrent une manche entière.

— Pardonnez-moi, dit le dauphin, mais je ne saurais aller plus loin.

Il avait le teint fort rouge et soufflait de manière alarmante. Orléans, non moins rouge et suant, se retourna, exaspéré, vers Dinteville.

— Nous jouerons donc tous deux !

— À votre convenance…

Les deux démissionnaires se traînèrent jusqu'à la galerie longue. L'échanson les y attendait, une grande timbale d'argent à la main.

— Pleine d'eau « à la glace » ! annonça-t-il fièrement.

Le dauphin s'effaça ; Saint-André y trempa les lèvres.

— Trop froid, dit-il. Beaucoup trop froid.

Et il rendit la timbale. Le beau Sébastien se renfrogna.

— J'en avais un plein broc, fit-il observer.

---

* Grand trou cylindrique, généralement maçonné et couvert d'une voûte, dans lequel on conservait toute l'année de la glace et de la neige recueillies pendant l'hiver.

Alors le dauphin prit la timbale et but, but jusqu'à la vider.

— Merveilleux, dit-il en se frottant, toutefois, la tempe gauche.

— Monseigneur fait honneur !

Ragaillardi, le Ferrarais remplit la timbale et la remit à son maître qui, sans doute pour lui complaire, y but encore, tout en regardant jouer les deux paumiers invétérés. À ses côtés, Saint-André changeait de souliers. Il jeta un œil en direction du dauphin et, surpris de sa mauvaise mine, lui demanda si tout allait bien.

— Cette eau glacée m'a saisi, lui répondit le prince.

— Beaucoup trop froide, redit Saint-André.

— Du reste... Mon Dieu... Je crois que je vais défaillir...

Sans pouvoir ajouter un mot, François s'affala comme un sac vide. Il avait à présent la bouche ouverte et les yeux révulsés.

— À moi, Dinteville ! hurla Saint-André.

Les deux autres accoururent, tandis que Montecucculi et un archer tentaient déjà de ranimer l'héritier de la Couronne.

— Ne le laissez pas ici ; il y fait trop chaud, déclara le prince Henri.

Saint-André prit la direction des opérations.

— Dinteville, sautez donc en selle et nous ramenez des secours ! Vous, ordonna-t-il à Montecucculi, vous allez m'aider à installer monseigneur au-dehors.

Ils soulevèrent le dauphin, le portèrent sur trente pas et le déposèrent dans l'herbe, au pied d'un chêne bien ombragé. Le prince Henri avait plié un pourpoint pour le glisser sous la tête de son frère.

— Il me paraît très mal, s'inquiéta-t-il.

— Non, tout va bien, articula François.

Mais il perdit à nouveau connaissance.

⁂

Comme un quarteron de corbeaux, les médecins se pressaient autour du lit princier. L'un en tenait pour la saignée, un autre pour le cataplasme, un troisième pour les ventouses...

— En tout cas, fit remarquer Catherine de Médicis, vous autres ne manquez pas de remèdes !

La Faculté jugea déplacée cette observation.

Assis au chevet de son fils, et lui tenant une main, le roi François ne cédait pas à l'inquiétude ambiante. Il souriait, à son habitude, et voyant le dauphin reprendre peu à peu ses forces, voulut traiter l'incident sur le mode anodin.

— Vous allez faire une bonne nuit, et demain, plus rien n'y paraîtra.

Le monarque toisa les médecins.

— Car j'imagine que vous ne verrez nul inconvénient, messieurs, à ce que mon fils prenne, sous notre bonne garde, la route d'Avignon.

Les praticiens regardèrent leurs pieds.

— Bien ! dit le roi François. Tout ira donc pour le mieux !

Diane de Brézé entrait par une porte dérobée, accompagnée de son herboriste contrefait.

— Il y a trop de monde ici, dit-elle à mi-voix.

La grande sénéchale fit sa révérence, puis elle s'approcha du chevet de ce dauphin dont personne n'ignorait qu'elle l'avait élevé depuis l'enfance. C'est d'ailleurs sur le ton de l'autorité maternelle qu'elle redit, après avoir poliment souri au roi pour l'exclure de sa remarque, qu'il y avait trop de monde autour du malade, et qu'il était grand temps d'évacuer la chambre.

— Saignerons-nous ? hasarda un médecin sur le départ.

— Demain, répondit Diane avec ce mépris souverain dont elle gratifiait la terre entière.

Elle dévisageait le malade à présent, jaugeant la gravité de son état. Pensait-elle, en inspectant le teint si jaune du prince, à l'ancienne prédiction de ce mage qui, jadis à Blois, lui avait dit que l'aîné des Fils de France ne survivrait pas, et que le successeur de François Ier serait le prince Henri ? Le roi interrompit ses songes.

— Puisque vous êtes là, déclara-t-il, mon fils est entre bonnes mains.

— Sire, j'ose espérer que vous ne comptez pas l'entraîner, dans son état, sur les routes de Provence...

— Je suis seul juge de mon état, déclara le dauphin comme s'il revenait d'un coup à la vie.

La sénéchale cilla, et prit un air pincé ; visiblement, François n'aurait pas la docilité déférente de son cadet.

— Écoutez tout de même Mme de Brézé, lui ordonna son père. Elle est toujours de bon conseil.

Sur quoi le monarque sortit avec l'idée bien arrêtée d'emmener son fils avec lui.

De Vienne à Tournon et Valence.

Quand l'immense caravane fut prête à quitter Vienne, il s'avéra que le dauphin était devenu trop faible, trop fiévreux – en un mot trop fragile – pour continuer le voyage en litière. Afin de lui épargner la chaleur, la poussière et les cahots du chemin, et puisque le Rhône était là, disponible, le roi décida que le cher malade poursuivrait par voie fluviale, et retrouverait à Valence le gros du convoi.

Le prince François fut donc porté avec soin jusqu'à ce même coche d'eau qui, quelques jours plus tôt, avait accueilli sa tante. S'embarquèrent avec lui son frère Henri, un médecin et quelques officiers de sa Maison, dont le pauvre Montecucculi qui, depuis le 2 août, avait perdu son sourire légendaire : le jeune Ferrarais s'en voulait affreusement d'avoir incité son maître à boire, par cette chaleur, l'eau glacée qui l'avait terrassé. À mots couverts, il reprochait aussi à Jacques de Saint-André de ne l'avoir pas mis en garde.

— Vous auriez dû me prévenir...

— Je ne pouvais imaginer que de l'eau froide pût mettre un homme dans cet état !

Une fois installé sur le coche, et bercé par les flots calmes du Rhône, le malade parut tout d'abord aller mieux : il transpirait moins, cessa de se plaindre, avala même un semblant de collation : quelques biscuits trempés dans un vin de Tournon coupé d'eau pure…

— Où est donc ma petite urne ? demanda-t-il.

Orléans lui tendit le pot concocté par l'herboriste de Brézé, avec des herbes propices aux voies respiratoires. Le dauphin y prit plusieurs longues inspirations.

— Cela tourne un peu la tête, dit-il.

— En attendant, se réjouit Saint-André, vous paraissez beaucoup mieux.

— Vous avez peut-être raison. D'ailleurs, que diriez-vous d'une partie de trictrac ?

La nuit passa. Mais dès le petit jour, les symptômes du mal avaient redoublé. Dans la matinée, alors que le soleil redevenait brûlant, on vit François frissonner et transpirer à la fois ; il s'agitait pour un rien… Son teint avait pris une coloration jaunâtre des plus alarmantes.

— Je suis bien mal, au vrai, gémit-il, pendant que son frère cadet lui épongeait le front.

— Calmez-vous, tout ira bien.

— Henri, vous souvenez-vous de Pedrazza* ? Quand j'étais malade, déjà, et que vous me lisiez les exploits d'*Amadis* ?

— Cela vous plairait-il d'en entendre une page ? J'ai toujours un exemplaire avec moi.

— Non ! Pas maintenant… Ah, Henri ! Ce maudit gouverneur… Vous souvient-il ?

— Calmez-vous, mon frère.

---

* C'est la dernière des forteresses où Charles Quint les avait détenus, en tant qu'otages. Voir *La Régente noire*.

— Je ne voulais pas... Moi, je ne voulais pas !

Le médecin se lamenta.

— Cette fois, le patient perd la raison. Effet des fièvres...

— Taisez-vous donc ! Henri sait, lui, que je ne délire point !

— Calmez-vous...

Orléans, plus impénétrable que jamais, savait en effet à quoi François faisait allusion : en Espagne, avant le traité de Cambrai, la détention des jeunes otages était devenue carcérale ; on les avait éloignés des leurs, privés de toute suite française, isolés en somme – et placés sous la garde d'un gouverneur qui, sur François surtout, avait tenté d'épancher des pulsions perverses.

À présent, François claquait des dents d'une manière sinistre.

— Henri ! pleurait-il. Henri, vous ne dites jamais rien...

— Vous êtes...

Le prince ténébreux faisait de gros efforts pour exprimer à son frère un peu de ce qu'il ressentait.

— Vous serez toujours mon frère bien-aimé, dit-il. Je n'oublie rien de tout ce que nous avons vécu ensemble ; moi je sais – nous savons...

À ces mots, le dauphin apaisé eut un long et profond soupir. Il somnola même un moment...

❋

L'on accosta pour la nuit, et les amis du prince se relayèrent à ses côtés jusqu'à l'aube. Le coche d'eau continua sa descente... Mais dans le milieu de la matinée, l'état du malade avait empiré dans de telles proportions qu'à l'approche de Tournon, le médecin prit la résolution de le débarquer.

Avec des précautions infinies, l'on transporta sa couche vers ce beau château dont les terrasses dominent le Rhône. Le cardinal de Tournon, natif des lieux, et qui venait de faire au roi les honneurs du collège local, ne parvint au chevet du mourant que pour lui prodiguer les derniers sacrements. C'est lui qui devait lui fermer les yeux.

Le prince François de France, dauphin de Viennois et duc de Bretagne, s'éteignit dans la nuit du mercredi 9 au jeudi 10 août, sans autre secours que la présence trop discrète de son frère. Il avait dix-huit ans.

⁂

Le nouveau dauphin et le cardinal de Tournon s'en vinrent à Valence, en lugubre équipage, afin d'apporter eux-mêmes au roi la terrible nouvelle. Le prince ténébreux affichait une tristesse bien plus marquée encore que de coutume. Quant au cardinal, sa face de rongeur était parcourue de tics nerveux qui, dans d'autres circonstances, auraient prêté à rire. Il est vrai que la mission était des plus pénibles : comment annoncer à ce père insouciant que, cette fois, sa légèreté avait eu de lourdes conséquences, et qu'en aggravant sans doute l'état de son fils, elle l'avait tué ?

— Je vous plains d'avoir à endosser ce vilain rôle, dit à son confrère le vieux cardinal de Lorraine.

Tournon se racla la gorge.

— Pardon, rectifia-t-il. C'est moi qui vous plains, mon cher ! Je ne suis pas archevêque de Reims, et encore moins membre permanent du Conseil. Ainsi donc... Je vous cède la place !

— Vous n'y songez pas ?

— Mes vœux vous accompagnent.

Le dauphin Henri ne put s'empêcher de trouver l'échange assez cocasse. Finalement, le plus courageux – ou le moins couard – se révéla être le cardinal de Lorraine qui, osant à peine entrer dans le cabinet du roi, y afficha aussitôt une mine décomposée.

— Sire…

— Ah, mon cousin ! s'exclama François Ier. Depuis avant-hier, les mauvaises nouvelles s'accumulent.

On venait d'apprendre en effet que l'empereur, entré sans résistance à Aix, s'y était paré du vieux titre de « roi d'Arles ».

— Certes, poursuivit le roi, je fais confiance à Montmorency ; toutefois, je ne vous cache pas que sa tactique de terre brûlée m'effraie un peu. Enfin, jusqu'où…

Le roi laissa cette phrase en suspens. Il venait de croiser le regard effarouché du prélat, et avait aussitôt compris.

— C'est le dauphin…

Le cardinal de Lorraine hésita un instant, comme si la réponse n'allait pas de soi.

— Euh… Oui, sire.

Le visage du roi blêmit d'un coup.

— Mon fils est-il mort ?

— Non, non, non, Sire. Cela non… Mais… Le prince François est au plus mal, vraiment… Et…

D'un geste, François Ier le fit taire.

— J'entends bien.

— Sire…

— Vous n'osez me dire d'entrée qu'il est mort, mais vous voudriez que je sois certain qu'il mourra bientôt ! François est-il encore en vie, oui ou non ?

— Eh bien…

Le cardinal n'eut pas le loisir d'aller plus loin. D'un seul coup, le roi s'était effondré. S'affaissant contre une embrasure, il prit sa tête dans ses mains et sanglota violemment, quoique de manière presque silencieuse. Le prélat n'osa pas s'approcher jusqu'à toucher son maître ; il ne savait comment le réconforter.

— Je le savais... dit le roi après cette première faiblesse. Il était bien trop mal.

Les pleurs du monarque, tellement déroutants, reprirent ; ils n'allaient guère cesser avant le soir.

— J'aimais beaucoup ce fils-là. Il était doux et gentil ; léger, conciliant et puis vif... Tout le contraire d'Henri.

Ces derniers mots avaient été prononcés avec une étonnante froideur.

— Sire, reprit le cardinal de Lorraine, justement le nouveau dauphin...

— Ah, ne dites pas cela ! Pas encore...

François sanglotait de nouveau quand le prélat, à force d'insister, obtint qu'il reçoive enfin le frère cadet du défunt. Henri d'Orléans – qui devenait, de droit, dauphin à son tour – pénétra dans le cabinet paternel à pas comptés, ses yeux sombres fixés avec inquiétude sur ce visage baigné de larmes.

— Approchez, approchez donc !

Il n'y avait nulle tendresse dans le ton du roi. Le prince ne savait trop quelle attitude adopter ; mais en voyant son père, ses sentiments le débordèrent et il fondit en larmes. Cela eut pour effet d'adoucir un peu le ton trop dur de l'accueil.

— Ah, mon fils, dit François en lui donnant enfin l'accolade, nous venons, vous comme moi, de faire une grande perte ! Vous avez perdu votre frère et moi, mon fils aîné.

Nouveaux sanglots.

— Voyez-vous, ce qui décuple mon regret, c'est de songer à l'amour que lui vouait tout le monde, des plus grands aux plus petits...

— Oui, murmura Henri.

Le roi se détacha de son cadet et le regarda droit dans les yeux.

— Je ne puis mieux faire que vous engager à l'imiter en tout. Exercez-vous, mettez-vous en peine. Tâchez même de le surpasser, pourquoi pas ?

Le roi paraissait peu convaincu de cette possibilité.

— Faites-vous tel, à présent, et si vertueux, que ceux qui aujourd'hui languissent d'un regret sans fin trouvent en vous de quoi l'apaiser...

— J'essaierai, sire.

Le nouveau dauphin n'insista pas ; il sortit sans ajouter un mot. Mais dans son esprit, et dans son cœur plus encore, il ressentait douloureusement la froideur de ce père soudain si franc dans son deuil, et le manque de confiance qu'elle traduisait – pis que cela : la préférence tragique qu'elle trahissait en faveur de l'aîné foudroyé. Henri, dans ce moment, se sentit plus malheureux que jamais. Certes, il ne pouvait pas en vouloir à son grand frère d'avoir attiré sur lui la majeure part de l'amour paternel ; mais il en ressentit une amertume extrême qui lui paraissait écorner, singulièrement, la tendresse qu'il avait toujours éprouvée pour le défunt.

Avignon, camp de Montmorency.

C'est un jeune prince encore perturbé, choqué même par le quasi-désaveu de son père, qui avait pris, début septembre, le chemin du Sud. On n'avait pu trouver meilleur alibi pour l'éloigner un temps de la Cour que la mission d'aller inspecter le camp principal de l'armée de défense, installé par le maréchal de Montmorency aux abords d'Avignon.

— Vive le dauphin ! Vive le dauphin Henri !

Les cris des soldats, savamment orchestrés par le grand maître, accueillirent de loin le prince qui – chose aberrante – ne s'était encore jamais entendu appeler par son titre depuis la mort de son frère aîné. La surprise passée, il en conçut non seulement un plaisir assez vif, mais une gratitude qui lui brûlait le cœur avant même d'avoir aperçu le maréchal.

— Bienvenue à notre jeune maître ! se réjouit Montmorency dès qu'il fut à portée. Longue vie et prospérité à notre prince Henri, dauphin de Viennois et duc de Bretagne !

— Hourra ! s'égosilla la troupe alentour.

Décidément, l'accueil était enthousiaste. Même s'il voyait d'abord dans ce maréchal un ami de Diane et un soutien pour lui, Henri s'était attendu à recevoir, une fois de plus, les condoléances attristées et vaguement inquiètes de ce grand soldat légaliste. Au lieu de quoi il découvrait un Montmorency radieux, visiblement fier et heureux d'accueillir le nouvel héritier de la couronne de France. À la Cour, certains fâcheux n'auraient pas manqué de trouver douteuse une joie si clairement affichée.

— Aujourd'hui est un grand jour ! lança le maréchal en serrant Henri dans ses bras, sans façons. Je suis heureux de recevoir en ces lieux l'espoir vivant des Français.

Le dauphin, presque sonné d'un tel accueil, se demanda soudain si son ami n'exagérait pas.

— J'ai à vous présenter, dit-il, les salutations du roi mon père, de la reine et de ma tante, mais aussi – et c'était le seul but de ce préambule – les amitiés de Mme la grande sénéchale.

— Comment va-t-elle ? demanda Montmorency. Vous l'avez vue récemment ?

Il se trouva, dans la suite du dauphin, quelques jeunes seigneurs pour trouver que l'entrée en matière était déplacée ; on aurait dû, plutôt, évoquer peu ou prou la mort du dauphin François… Montmorency, cependant, se souciait de leur avis comme d'une guigne. Avec un entrain chaleureux et communicatif, il conduisait déjà « son » dauphin vers les lignes de retranchement établies en avant du camp.

Comme sa tante Marguerite, quelques semaines plus tôt, Henri s'extasia de la discipline et de la propreté qui régnaient dans l'immense camp.

— Je croirais voir le campement de Jules César ou de Scipion l'Africain, dit-il.

— Disons César, plaisanta Montmorency.

Et prenant le dauphin sur un ton de confidence qui donnait au jeune prince le sentiment – si rare pour lui – d'être considéré comme un adulte digne de confiance, il lui livra l'une des règles qui fondaient son action.

— C'est simple, j'ai trois grands principes. D'abord : l'ordre. Ensuite : l'ordre. Et enfin... Enfin ?

— L'ordre ! répondit pour lui le dauphin.

Ils rirent ensemble de bon cœur, et Henri se dit qu'il riait pour la première fois depuis ce funeste 10 août.

❋

La nouvelle, partie d'Aubagne à midi et propagée jusqu'en Avignon à la vitesse d'un épervier, atteignit le camp de Montmorency aux heures les plus chaudes de l'après-dînée : Charles Quint, fatigué de courir après un ennemi invisible et incapable de nourrir plus longtemps des troupes affamées par l'impitoyable brûlis des Français, venait de lever le siège devant Marseille.

L'empereur se retirait ; il avait échoué dans sa nouvelle campagne contre le roi de France !

Par tout le camp, et jusque dans les retranchements éloignés, une clameur immense s'éleva. On vit les chapeaux voler dans les airs ; on entendit tirer les arquebuses – en dépit d'une interdiction formelle.

Au quartier général, le maréchal de Montmorency mit un point d'honneur à ne pas sombrer lui-même dans l'euphorie. Depuis des mois, il affirmait et répétait que sa stratégie était la bonne, et qu'elle aboutirait, tôt ou tard, au retrait de l'ennemi. Il n'allait pas, une fois accomplie sa prophétie, se donner le ridicule d'en paraître étonné.

— Ces choses-là sont comme écrites, expliqua-t-il au dauphin.

— Poursuivrons-nous les Impériaux ? demanda Henri.

— Pour les humilier, les acculer, rendre toute paix impossible ? Non ! J'ai accepté de renoncer au panache d'une bataille pour imposer ce retrait et cette pénible tactique de la terre brûlée ; je ne vais pas, au moment où mes visées se révèlent payantes, changer mon fusil d'épaule et me mettre à courir après des vaincus !

Le dauphin ne dit rien, mais Montmorency sentit bien qu'il n'avait pas emporté toute sa conviction.

— La campagne que nous venons de mener n'était pas une affaire de chevaliers, précisa-t-il. Du reste on voit où la chevalerie nous a conduits jadis : Crécy, Poitiers, Azincourt et, finalement Pavie...

— Certes... concéda timidement le plus grand lecteur *d'Amadis de Gaule*[15].

— Alors que cette campagne-ci, Henri – c'était la première fois qu'il l'appelait « Henri » – cette guerre était une affaire de Romains. Me comprenez-vous ?

Le jeune prince sourit.

— Mouais, bougonna le maréchal. Vous gagneriez peut-être à réformer vos lectures, et à fréquenter davantage les grands Anciens...

Il pérorait volontiers.

— On m'objecte toujours l'honneur. Mais qu'est-ce que l'honneur, quand il ne sert que de consolation aux perdants ? Pardonnez-moi, mais je préfère, pour ma part, être vainqueur par l'application méthodique de principes plus modestes, plus concrets – mais tellement plus efficaces !

Le dauphin songea, tout à part lui, que l'honneur était une notion bien trop précieuse pour que l'on se permît de la mettre en balance avec une efficacité quelconque.

Palais de Lyon.

Resté à Lyon avec le gros de la Cour, Simon de Coisay avait appris, affligé, la nouvelle de la mort du dauphin François. Il y était d'autant plus sensible que les circonstances, depuis quelques semaines, l'avaient amené à fréquenter le prince défunt. Des rumeurs de poison circulaient à propos de cette mort surprenante ; et l'écuyer s'émut d'apprendre que – « par mesure conservatoire » – on avait arrêté plusieurs officiers du défunt, dont son échanson, Montecucculi.

— Ils ne croient tout de même pas que Sébastien aurait tué son protecteur !

L'incrédulité de Simon fit bientôt place à de l'inquiétude, avant de se muer en colère ; la ville bruissait en effet des soupçons que « la Cour » – pour ne pas citer le roi – nourrissait contre le Ferrarais, suspect pour avoir servi, jadis, l'empereur Charles Quint en personne. Pis : il se disait qu'à la faveur d'une perquisition, l'on avait retrouvé chez le jeune homme une sorte de traité des poisons. Les éléments, dès lors, se trouvaient réunis pour établir un doute sérieux. Sébastien devait être interrogé « dans les formes ». Cela signifiait que les enquêteurs allaient le soumettre aux diverses tortures en usage – et c'est peu dire qu'il en existait d'efficaces…

— C'est un mauvais rêve ! Mais il faut faire quelque chose, se répétait Simon.

N'écoutant pas les voix de prudence qui, du plus profond de lui-même, lui conseillaient de disparaître, le « chevalier » de Coisay reprit donc le chemin de la Cour, dans l'espoir d'être reçu par la duchesse d'Étampes. Au nom de certains souvenirs encore frais, il espérait la convaincre d'intercéder en faveur de leur ami commun.

Seulement la favorite était, ce jour-là, « sortie » – et c'est la grande sénéchale que l'écuyer croisa sur son chemin.

— Coisay ! dit-elle sans buter un instant sur son nom. Mais quelle surprise !

Ils ne s'étaient pas vus depuis près de dix ans.

— Madame, laissez-moi vous présenter mes hommages, fit un Simon pressé de prendre la tangente.

Diane ne l'entendait pas ainsi.

— Mais dites-moi, mon ami, seriez-vous ici en mission ?

— Oui, madame, ou plutôt… non. J'espérais être reçu par… quelqu'un.

Simon s'était rappelé à temps cette histoire de haine recuite entre la sénéchale et la favorite.

— Quelqu'un… Et qui cela ?

— Je… Je venais voir notre nouveau dauphin, mentit l'écuyer.

— Mais le dauphin est pour l'heure aux armées ! s'exclama Diane de Brézé. L'on voit bien que vous n'êtes plus de ce pays.

La grande sénéchale ne lui laissa pas le temps de trouver une échappatoire.

— Coisay, poursuivit-elle, c'est un hasard heureux qui vous a conduit jusqu'à moi. Figurez-vous... Mais accompagnez-moi plutôt, s'il vous plaît. Je m'en vais louer le Seigneur du retrait miraculeux de l'empereur. Car le siège de Marseille est levé, le saviez-vous ?

Furieux de s'être fait piéger, l'écuyer suivit la dame jusqu'à l'entrée d'une chapelle.

— Vous n'êtes pas l'un de ces réformés, au moins ?

— Je suis fort bon chrétien, madame.

— Allons, tant mieux. Entrons !

Elle s'agenouilla sur un prie-Dieu et convia Coisay à faire de même. À son habitude, elle ne s'embarrassa d'aucun détour.

— Si j'en crois le cardinal Le Veneur, se lança-t-elle, votre frère est, depuis peu, rentré des Indes*. Il aurait débarqué à Saint-Malo en juillet. Il se trouve que le grand maître et moi-même avons quelque raison de lui en vouloir ; je vous dirai seulement qu'il a rendu naguère, à mon détriment, un douteux service à l'amiral de Brion.

— Il faut vous dire, madame, que je n'entretiens plus aucun lien avec mon frère.

Diane avait mieux à faire qu'entrer dans les querelles de famille de deux écuyers ; et d'autant plus qu'elle se rappelait vaguement n'être pas tout à fait étrangère à leur brouille... Elle alla droit au but.

— Je désirerais que vous rentriez en contact avec lui, que vous désarmiez ses préventions éventuelles et que, tablant sur votre parenté, vous regagniez rapidement sa confiance.

---

* On ignorait encore largement, à l'époque, la distinction entre les côtes orientales de l'Asie et le continent américain.

Simon ne promit rien. Il était venu pour tout autre chose.

— Un officier de bouche des Fils de France est actuellement suspecté, ce qui paraît incroyable, d'avoir empoisonné le pauvre dauphin François (Dieu ait son âme).

— Vous voulez parler de cet Italien. Vous le connaissez donc ?

— Un peu, madame ; très peu, en fait…

— Tant mieux. Car je crains fort de ne rien pouvoir en sa faveur.

— C'est qu'il a grand besoin, madame, que quelqu'un ouvre les yeux du roi, et fasse comprendre à Sa Majesté combien cette idée d'empoisonnement est absurde.

— Le fait est que les médecins n'ont relevé aucune trace de poison… Seulement des lésions pulmonaires.

— Et pour cause !

La grande sénéchale se remit en position de prière.

— Je regrette, monsieur, mais ce sont là des matières qui m'échappent. Si cet Italien est l'assassin du ci-devant dauphin, il faudra qu'il paie pour son crime. Sinon, la justice du roi le disculpera.

— Cependant…

— J'aimerais prier en paix, à présent.

Simon se releva et salua comme un automate. Il se demandait vaguement si cette femme, une fois dans sa vie, avait éprouvé des sentiments vraiment humains… Il allait quitter la chapelle quand une voix impérieuse – une voix qui n'était pas sans rappeler celle de la défunte régente – le figea sur place.

— J'espère, en tout cas, pouvoir compter sur la réconciliation des frères de Coisay ! Mon mari vous appelait « les Dioscures »…

Simon sortit sans répondre ; ce rappel d'une complicité perdue venait de lui briser le cœur.

⁂

Trois jours plus tard, Simon fut enfin admis chez la duchesse d'Étampes. Inconséquente ou bien perverse, elle le reçut dans la chambre même où ils avaient, quelques semaines plus tôt, connu des émois de tous ordres… La favorite, au reste, ne se montra guère chaleureuse ; elle lui fit remarquer d'emblée quel risque elle prenait en le recevant, et quelle imprudence il commettait lui-même en revenant sur les lieux de leurs licences.

— Vous imaginez sans doute, madame, ce qui motive ma venue…

— Je n'en ai, pour tout vous dire, aucune idée. Clémence !

Une jeune soubrette apparut dans l'instant, fine et rapide comme une petite souris. Anne de Pisseleu lui tendit un important joyau de perles montées en or blanc – apparemment un serre-tête – qu'elle avait trituré en tous sens.

— Clémence, voulez-vous me trouver un orfèvre capable de réparer ceci. Faites vite, j'en aurai besoin demain soir.

La soubrette prit le bijou avec beaucoup de soin, fit une petite révérence et ressortit aussi vite qu'elle était entrée.

— Parlez, monsieur, dit la duchesse à Simon – mais du ton que l'on réserve aux importuns.

Il songea que l'heure était passée, des rires et des privautés.

— Je voulais vous parler du comte de Montecucculi, madame.

— Taisez-vous donc, malheureux !

Anne bondit de son siège, se précipita vers la porte et, vérifiant qu'on n'avait pu les entendre, revint vers Simon qu'elle prit par le bras.

— Êtes-vous donc mal intentionné, que vous prononciez chez moi de tels noms ?

— Mais...

— Il faut que vous oubliiez ce garçon, Simon. Il était charmant, beau même, je vous l'accorde ; mais considérez-le comme un homme mort ou pire : comme un dangereux cadavre !

L'écuyer ne chercha pas à cacher son désarroi. La favorite reprit, parlant tout bas.

— Ne savez-vous pas que, sous la torture, votre ami a fini par avouer tout ce qu'on a voulu ? Il a reconnu son crime, et dénoncé maints complices... Louez le Seigneur de n'être pas du nombre !

— Mais ce sont des aveux extorqués !

— Bien sûr, et après ? Cela change-t-il en rien le résultat ? Il faut au roi un coupable, Simon, et plus encore une punition éclatante. Pardonnez-moi de vous l'apprendre, mais un Grand Conseil, composé tout exprès, s'apprête à condamner votre ami au pire des supplices : on va l'écarteler en public !

— Ne dites pas cela !

Au regard perdu de son visiteur, devant sa mine défaite, la duchesse d'Étampes se sentit prête à fondre. Une fois encore, elle s'assura qu'ils étaient seuls et, furtivement mais non sans tendresse, déposa un petit baiser sur les lèvres de Simon.

— Quittez cette ville ! lui murmura-t-elle à l'oreille. Éloignez-vous de la Cour, oubliez toute cette histoire... En son nom même, je vous en conjure : ne cherchez pas à défendre un mort en sursis : votre Italien a pris sur lui tous les péchés du royaume.

Lyon, place de Grenette.

C'est de la plus honteuse façon – traîné sur la claie à travers une foule qui le couvrait d'insultes – que le comte de Montecucculi gagna les lieux de son supplice. Livré par les geôliers de Roanne aux mains de l'exécuteur et de ses aides, il fut vivement détaché, soulevé par les aisselles et hissé vers l'estrade sous les cris haineux du public. Les bourreaux, équipés de tabliers de cuir, l'agenouillèrent en direction de la tribune royale et, de lui-même – réflexe ou crânerie dérisoire – il s'inclina piteusement devant la Cour.

La famille royale, encore endeuillée, était moins convaincue que le peuple de la culpabilité du Ferrarais. Si l'empoisonnement paraissait possible, il n'avait pas été prouvé ; et la rétractation du coupable donnait des arguments à ceux qui, dans l'entourage des Fils de France, avaient trop aimé l'échanson pour accepter cette vérité officielle. Le roi, seul, semblait pénétré de la justice de son arrêt – mais n'était-ce pas le moins qu'on pût attendre de sa suprême autorité ? Tout de noir vêtu, le monarque siégeait, impénétrable, au premier rang de la tribune, entre sa sœur Marguerite et son épouse Éléonore. Le petit crachin qui s'était mis à tomber leur mouillait le visage, ce qui pouvait donner le sentiment qu'ils pleuraient.

Déjà les bourreaux dénudaient le condamné, le couchaient sur le banc et, dans un silence de mort, l'enchaînaient par l'abdomen. Sans se presser, les hommes de l'art lui fixèrent des sangles aux poignets, aux coudes et près des épaules ; aux chevilles, aux genoux et sur le haut des cuisses. Durant ces longs préparatifs, Sébastien redressait de temps à autre la tête, afin d'observer le travail des aides sur ses membres déjà gourds ; puis il la laissait retomber en poussant des soupirs déchirants, pleins de terreur et de résignation mêlées. Deux prêtres, penchés à ses côtés, lui donnèrent plusieurs fois le crucifix à baiser. À la fin les bourreaux, voulant éprouver la solidité des attaches, tirèrent à deux sur chaque sangle ; le patient gémit de douleur… Ce n'était rien encore.

Simon, jusqu'au dernier moment, avait voulu se persuader qu'un coup de théâtre viendrait, tôt ou tard, sauver son ami. Il avait joué des coudes pour approcher le plus possible de l'estrade, et n'avait admis l'horreur de la situation qu'en voyant Sébastien, inerte dans ses liens, recevoir l'extrême-onction. Alors une révolte intime s'empara de l'écuyer, qui se sentit seul comme jamais, et tellement impuissant. Se hissant sur la pointe des pieds, il tentait d'apercevoir, dans la tribune, la grande sénéchale, le nouveau dauphin, la belle Anne elle-même. Tous portaient un deuil de façade, qui paraissait celui du Ferrarais lui-même.

⁂

Sur l'échafaud, les atrocités commençaient. Tandis qu'on brûlait au feu de soufre les prétendues potions incriminées, l'exécuteur se saisit de longues pinces et, les portant vers la poitrine du condamné, lui fit aux mamelons de larges entailles, dans lesquelles un aide versait de la poix en fusion. Cette opération fut répétée sur le haut des bras et l'intérieur des cuisses, arrachant au jeune homme autant de plaintes affreuses.

Une certaine fébrilité régnait à présent sur l'estrade. Aux premiers cris, les prêtres avaient tressailli ; le plus courageux revint auprès du supplicié.

— Songez aux tourments de Jésus, mon fils. Le royaume des Cieux n'est plus loin...

— Mon père, écoutez-moi : je n'ai rien fait ! Ce n'était pas moi...

Le prêtre essuya, de sa manche, le visage du Ferrarais.

— Courage, mon enfant, courage ! Tout sera bientôt fini.

Dans la tribune, la reine de Navarre s'était levée. Blanche, guindée, elle se frayait tant bien que mal un chemin vers l'issue, sous le regard courroucé de son frère qui, dans un tel moment, souffrait d'un tel désaveu. Plusieurs dames profitèrent de l'aubaine, et s'engouffrant dans le sillage de la haute princesse, la bénirent de son initiative.

Tandis qu'on attachait les sangles aux huit chevaux, harnachés deux par deux, le condamné, sous l'effet de la panique, fut pris de spasmes et de tremblements. On le vit se redresser et se débattre – sursauts pathétiques et qui n'émurent pas les bourreaux.

Simon de Coisay secouait la tête, dévoré par une insoutenable angoisse. Jamais encore, dans une vie pourtant dure et chargée de moments pénibles, jamais il ne s'était senti aussi mal. Et sans prétendre partager un centième des souffrances infligées à son ami – à son amant – du moins il entendait prendre pleinement sa part, jusqu'à en perdre la raison, de la chose innommable qu'il allait subir. Ce jour-là, sur ce marché poisseux, sous ce ciel de laideur, au sein de cette foule abjecte, l'écuyer picard se jura que jamais – jamais plus une seule fois – il ne se ferait complice de la bassesse des grands.

Des valets fouettèrent les chevaux, et ces masses de muscles se mirent à tirer en croix sur le garçon dont les ligaments, et les os même, craquaient ; Sébastien poussait au ciel des cris abominables – de hurlements de bête, qui glacèrent le public.

— Dieu, suppliait-il entre deux tiraillements, délivrez-moi ! Que je meure, vite !

Les chevaux peinaient à la tâche. Leurs sabots ferrés glissant sur le pavé humide, ils échouaient, malgré leur puissance, à arracher les maudits bras, les maudites jambes de l'Italien. De sorte qu'après bien des efforts, tous vains, l'exécuteur dut se résoudre à seconder leur travail. Mais il lui fallait recourir, pour ce faire, à ses couteaux de boucher…

L'assistance, révulsée, commençait à gronder. Beaucoup pestaient contre cette sauvagerie, certains s'évanouirent. Sur la tribune, le roi s'efforçait à grand-peine de ne pas détourner le regard, mais son entourage n'eut pas la même constance. Les jeunes princes, notamment, paupières closes, et qui s'étaient depuis longtemps bouché les oreilles, émirent de sourdes réprobations.

⁂

Quand enfin, aidés par le bourreau, les chevaux eurent emporté, presque ensemble, les quatre masses sanguinolentes, la foule – un temps sonnée – revint à son exécration première. On vit des fanatiques enfoncer le guet, envahir l'estrade, se jeter sur le tronc du mourant et l'achever dans un débordement de cruauté indicible.

Marchant à contre-courant, Simon ne vit pas les ultimes outrages infligés à son ami ; il ne vit pas ses viscères distribués aux furieux, ni cette tête devenue ballon pour des enfants inconscients et barbares… L'écuyer s'éloignait à toute force de la place rougie du sang du comte ; il marcha longtemps comme un automate, courut même en direction du fleuve et quand, enfin, il fut à peu près seul sur un quai dégagé, s'effondra de tout son poids et vomit, vomit à en perdre l'âme.

Chapitre IV

Le Tout-Puissant (de l'Automne 1537 au Printemps 1538)

De Fontainebleau à Bourg-la-Reine.

La mort de son fils aîné avait réveillé en François Ier de vieilles blessures, jamais résorbées depuis sa captivité en Espagne et l'échange de ses propres enfants… Profondément affecté comme père, il l'était aussi comme souverain, tant la personnalité de son nouvel héritier l'inquiétait. Jusqu'alors, c'est dans les plaisirs de la chair qu'il avait trouvé un dérivatif à ses grandes peines. Mais désormais, son abcès au périnée freinait ses ardeurs ; souffrant dès qu'il montait à cheval, il ne pouvait guère se reporter sur la chasse… Ainsi – et pour la deuxième fois de son existence – le roi François se sentait-il plus que las : usé. Son naturel jovial tenta bien de prendre le dessus : il maria brillamment sa fille Madeleine avec le roi d'Écosse, Jacques V[16], mais la pauvre enfant, sitôt débarquée dans son nouveau royaume, tomba malade et mourut. Elle aussi !

Ce fut un malheur de trop. Le roi de France, accablé, baissa les bras et, incapable d'accepter ce nouveau coup du sort, se laissa glisser dans la maladie. Le dauphin Henri dut partir sans lui pour la Picardie, assiéger Thérouanne et imposer à l'empereur la trêve de Bomy. Sur ce terrain délétère allait prospérer, l'automne venant, une épidémie de jaunisse, et c'est pour ainsi dire toute la famille royale qui, à l'image de son chef, dut s'aliter alors : on vit la reine Éléonore, la dauphine Catherine, la jeune princesse Marguerite, pour ne citer qu'elles, s'incliner tour à tour. Et le château de Fontainebleau, pourtant en pleine croissance, offrit un temps l'image désolante d'une ambulance de campagne.

À peu près seule, Marguerite de Navarre tint bon. Habituée, des années durant, à veiller en sa mère une éternelle malade, elle passait d'un chevet à l'autre, pleine de douceur et de réconfort. Et quand son frère, enfin sur pied, repartit en litière vers le Piémont, c'est à elle qu'il confia le soin des convalescentes.

— Ah, que ferais-je sans vous ? pleurnicha-t-il au moment des adieux.

— Le fait est que vous seriez bien mal, admit la sœur dévouée dans un soudain accès de franchise.

❖

Pour égayer un peu son séjour imposé, la reine de Navarre se mit à recevoir les auteurs qu'elle aimait et qui l'avaient élue souveraine de leur Parnasse. Ainsi Voulté, Jean de Boyssoné, Guillaume Scève, prirent-ils le chemin de Fontainebleau. La poétesse, en elle, les fêtait comme ses autres frères – des frères choisis, ceux-là.

L'après-dîner, très souvent, pour aviver un peu les pâles couleurs de sa nièce, elle l'emmenait se promener dans la forêt majestueuse, empourprée par l'automne et embrasée, malgré la date avancée, d'un soleil plus intense que de coutume. Tendrement les deux Marguerite, la très grande et la plus petite, s'en allaient voir jouter les cerfs dans les taillis – quand elles ne poussaient pas jusqu'aux rives de la Seine, pour cueillir de belles grappes dorées dans les vignes du roi...

— Pensez-vous que Madeleine puisse nous voir, depuis son Paradis ? demanda l'adolescente à sa tante, un soir qu'elles rentraient de promenade, saoulées de grand air et rassérénées.

— Bien sûr : non seulement Madeleine, mais aussi François, et votre sœur Charlotte que vous n'avez pas connue... Et puis votre mère, la bonne reine Claude, et votre grand-mère Louise...

— Ils n'ont donc rien de mieux à faire que de nous observer tous ?

Marguerite admit que la question pouvait être posée.

Mais un matin, on réveilla dès l'aube la reine de Navarre. Un messager venait d'arriver, envoyé d'urgence par la gouvernante de sa fille : alors qu'on emmenait l'infante Jeanne à Blois, d'où il était prévu qu'elle rejoigne un château de Touraine, l'enfant était tombée malade à son tour ; et son état, préoccupant, laissait craindre le pire. Marguerite sentit son sang se glacer dans ses veines. Elle prit hâtivement congé de sa belle-sœur et des autres convalescents ; le midi même, elle était en litière, entourée d'une suite restreinte et, brûlant les étapes à son habitude, filait déjà dans la direction de Blois.

⁂

Marguerite était transie d'inquiétude. Comme elle aurait voulu sauter tous ces maudits relais !

Elle savait, pourtant, que c'était impossible. Il fallait bien changer les chevaux, se nourrir un peu soi-même et offrir à l'escorte un minimum de repos... Bien qu'elle eût pour une fois – au motif de l'urgence – laissé à Fontainebleau Mme du Lude, elle ne pouvait tout de même pas infliger un train d'enfer au vieux Genouillac et à ses hommes...

— Combien de jours de chevauchée entre ici et Blois ? demanda-t-elle pour la troisième fois au moins.

— En comptant aussi les nuits ?

L'impertinence venait du poète Clément Marot[17], rentré de son exil ferrarais et admis de nouveau à la Cour depuis qu'il avait, un an plus tôt, publiquement abjuré l'hérésie. La reine de Navarre l'avait sans hésiter repris à son service, moins par bravade que pour le plaisir de sa conversation.

— Marot, répondit-elle, restez flâner ici à votre guise... Pour moi, j'aimerais revoir en vie ma petite fille !

Cette course contre la maladie rappelait forcément à la souveraine son ancienne épopée dans la sierra de Castille*. Elle était arrivée à temps, cette fois-là ; elle avait même pu rendre la vie à son frère mourant.

— Donnez-moi, Seigneur, donnez à votre servante autant de chance, cette fois-ci !

Mais au relais de Bourg-la-Reine, sur les coups de minuit, Marguerite reconnut de loin, à la lueur d'une lanterne, la silhouette fatale d'un de ses écuyers... Son cœur se serra : quelle nouvelle apportait-il ? La souveraine, bouleversée, comprit soudain la douleur immense que son frère, deux fois de suite, venait d'endurer. Et bien

* Voir *La Régente noire*.

qu'elle eût pleuré de tout son cœur son neveu François et sa nièce Madeleine, elle n'entrevit qu'alors, en anticipant le décès de sa propre fille, à quelles profondeurs pouvait s'immiscer la souffrance.

Surgissant hors de la litière, elle apostropha Gautier de Coisay du plus loin qu'elle put.

— Alors ? Parlez, Coisay !

— Ah, madame, rassurez-vous ! Je suis venu au-devant pour vous tranquilliser. L'infante Jeanne va beaucoup mieux ; elle est tirée d'affaire et Mme de Lafayette me prie de vous dire qu'elle pourra en personne accourir à votre rencontre.

Marguerite ferma les yeux. Elle tourna lentement sur elle-même, épousseta son manteau de voyage... Puis, d'un seul coup, elle se laissa tomber au sol et, agenouillée dans la boue, éclata en sanglots. Son soulagement, sa gratitude, étaient inexprimables. Marguerite sanglotait certes, mais de joie. Et pour la première fois, peut-être, elle réalisa à quel point la maternité avait pu la changer.

En Piémont.

Le maréchal de Montmorency, depuis peu lieutenant général du roi en Piémont, avait cheminé toute la journée par des sentiers tortueux de montagne, luttant contre un brouillard épais qui comblait les ravins et occultait les cimes. Était-ce la raison de sa mauvaise humeur ? Le grand maître, en tout cas, arborait son visage fermé des mauvais jours… C'est peu dire, pourtant, qu'il avait la situation bien en main : à la barbe du marquis del Vasto, général de l'empereur, le grand maître avait, deux semaines plus tôt, forcé le passage au Pas de Suse – un exploit si l'on considère que ses effectifs, ce jour-là, n'atteignaient pas six mille hommes ! Les places françaises du Piémont ainsi dégagées, il lui restait à fortifier son avant-garde en attendant le roi qui descendait de Grenoble avec le gros des troupes.

— Avigliana ne devrait plus être loin, estima son bras droit, Montejehan. Mais avec cette poix, je crains que nous n'ayons perdu la route…

Montmorency demeura de marbre. Officiellement, il servait dans cette campagne sous l'autorité du dauphin Henri, dont c'était le second commandement après Amiens, en Picardie. Dans les faits, il gardait la maîtrise de tout, et prenant le jeune prince sous son aile, complétait sa formation militaire sous couvert de conseils d'état-major. Henri n'était-il pas encore, plus ou moins, un enfant ? Avec le charme et les défauts de son âge… Ainsi, revenant vers le Piémont, quelques semaines plus tôt, il avait chahuté dans sa tente avec des jeunes gens de sa compagnie ; or, sa daguette étant sortie du fourreau, il s'était fait une entaille à la cuisse, assez profonde pour le handicaper et l'obliger à circuler en litière plusieurs jours durant… Les hommes pouvaient-ils obéir à un tel collégien ? Plus récemment encore, envoyé par Montmorency prendre le fortin d'Avigliana, que tenait tant bien que mal une quarantaine de mercenaires, il n'avait rien trouvé de mieux que d'en ordonner l'assaut à l'arraché et, une fois dans la place, d'y passer tous les défenseurs par le fil de l'épée !

Pour tout dire, c'est cette nouvelle qui avait mis le maréchal de méchante humeur.

*

— Monseigneur, voici Avigliana !

Montmorency plissa les yeux. Le brouillard, dans ce vallon piémontais, était si épais qu'il avait fallu attendre de se trouver à un jet de pierre de la forteresse pour en deviner la masse sombre, pour en apercevoir enfin les tours, les créneaux, les échauguettes…

— Mon Dieu ! dit Montejehan quand ils atteignirent le pont-levis.

Le grand maître ne bronchait pas, mais à son sourire mauvais, ses familiers comprirent que sa colère intérieure était vive. Car de part et d'autre du châtelet d'entrée, le dauphin avait fait pendre aux créneaux, comme de vulgaires bandits, quatre des défenseurs du fortin – sans doute le capitaine et ses officiers.

Henri de France, entouré des jeunes Brissac, La Noue et Saint-André, attendait son cher maréchal dans la cour. Tous plastronnaient, la pose avantageuse et le sourire entendu. N'avaient-ils pas fait merveille en emportant le fort d'un seul mouvement ?

— Mon cousin, lança le dauphin, je suis heureux de vous accueillir en cette place d'Avigliana, désormais acquise à la France !

Le maréchal lui donna l'accolade et, restant à portée de l'oreille du prince, lui parla à mi-voix.

— Vous avez fait là un joli travail. Voulez-vous donner des ordres pour que l'on détache ces pendus ; ils vont nous attirer les corbeaux. Ensuite, veuillez me suivre : j'ai à vous parler.

L'élève rejoignit le maître dans la salle noble, au premier étage.

— Avant tout, dit-il, je dois vous expliquer les…

— C'est moi, monseigneur, qui vais vous expliquer pourquoi, dans cette rencontre, vous avez abusé de ma confiance.

Plus massif, plus sanguin, plus imposant que jamais, le maréchal de Montmorency dispensa une grande leçon à son disciple princier. Tout y passa : l'honneur des armes, le respect de l'adversaire, l'adaptation aux fins, l'ouverture diplomatique, la clémence du vainqueur… Henri aurait eu beau jeu d'avancer mille occasions passées où Montmorency s'était montré bien plus cruel que lui, mais il n'osa pas. Le grand maître n'était guère, il est vrai, d'humeur à disputer.

— Où est la noblesse de votre acte quand, laminant sans tactique une si petite place, vous en assassinez les hommes et punissez les chefs ? Où est-elle ?

Le dauphin, s'attendant à ce qu'on lui tressât des lauriers, ne s'était en rien préparé à une telle volée de bois vert. Les larmes aux yeux, il tenta mollement de se défendre.

— Je voulais donner exemple à ceux qui s'obstinent contre nous...

— Et vous n'avez donné qu'une bonne raison de s'obstiner à ceux qui, peut-être, étaient sur le point de céder. Ne comprenez-vous pas, Henri, qu'en exterminant ici quarante soldats, vous venez d'en renforcer quarante mille ailleurs ? Mais quand cesserez-vous donc d'avoir les yeux fixés sur le petit, quand c'est le grand qui, en prince de France, devrait vous occuper ?

Le jeune homme opinait du chef, autant pour apaiser Jupiter que par respect envers son ire céleste... À la fin, alors qu'il s'apprêtait, tout mortifié, à se retirer, le grand maître le prit paternellement par les épaules.

— Il n'empêche, dit-il, vous êtes vaillant et brave.

Le dauphin releva les yeux. Montmorency l'embrassa.

— Et vous avez fait tout juste ce que j'aurais fait à votre âge...

Le menton du jeune homme tremblotait.

— À présent, conclut le grand maître, allez vous reposer. Car demain, nous irons mettre le siège devant Moncalieri. Ensemble.

— Merci, monsieur le maréchal.

— Bonne nuit, monseigneur.

❊

La place forte de Moncalieri, position maîtresse des Impériaux en Piémont, était défendue par le marquis del Vasto en personne. Ses environs s'étaient rendus, sans coup férir, aux Français. Cependant les approches de siège ne pouvaient se faire que par les marais du Pô où, toute une journée durant, de l'aube à la nuit tombée, sans manger ni souffler un instant, le dauphin Henri et ses compagnons menèrent les troupes, à portée de mitraille, avec de l'eau jusqu'aux genoux. À la fin, conformément aux plans du grand maître, des renforts détachés de l'armée du roi se présentèrent à point pour impressionner l'ennemi. Del Vasto donna l'ordre à ses troupes de se retrancher au-delà du fleuve ; et dès lors la victoire était acquise à Montmorency.

— Vous ai-je déjà dit, Henri, que vous étiez un brave ?

— Oui, mon cousin. Pas plus tard qu'avant-hier...

Une complicité filiale s'était instaurée entre le maréchal et son chef officiel – en réalité son élève. Elle trouvait à s'épanouir d'autant mieux que le dauphin chérissait la vie de camp et l'exercice au grand air, au milieu d'un cercle d'amis fiables, dont il ne sortait jamais qu'à regret. La bonne humeur d'un Andouins, la folie inventive d'un Saint-André, le côté chien fou d'un La Noue, apportaient au jeune prince la touche de fantaisie juvénile qui, par ailleurs, manquait à son caractère. Parmi ses écuyers piémontais, il avait ainsi distingué, pour sa faconde souriante et volontiers vantarde, un certain Gian Antonio Duci. Ce joyeux drille fut, évidemment, de la partie quand, Moncalieri tombée, on résolut d'en explorer les tavernes et les bordels...

— Henri, gare à tes aiguillettes ! plaisantait La Noue, un peu lourdement.

Il est vrai que, chez ces jeunes chevaliers, bagatelle et grivoiserie passaient pour des raisons vitales.

— Croyez-moi : les plus belles filles sont chez moi, à Fossano, lança Gian Antonio Duci, après qu'ils eurent écumé quelques adresses.

— Et où est-ce, chez toi ?

— C'est à une lieue d'ici, tout au plus !

Évidemment, la petite bande voulut voir Fossano et ses fameuses donzelles... On y parvint sur les coups de neuf heures du soir, déjà bien alcoolisé, dans un climat d'euphorie assez poussé. Seul, au milieu de ses compagnons titubants, le dauphin de Viennois conservait un semblant de tenue. Gian Antonio lui fit les honneurs de sa maison de famille ; et pendant que l'on improvisait un souper sans manière à la mode italienne, Duci pria sa sœur de réunir, pour l'animer, des musiciens, des danseuses et toutes ses amies...

— Eh, Filippa, seulement les belles ! hurla-t-il à l'approbation générale.

Il faut croire que Filippa Duci n'avait que de jolies amies ; car le souper n'eut rien à envier aux festins de beautés décrits par Dante. Vite dénudées, peu farouches, les jeunes Piémontaises embrasèrent les sens de leurs cavaliers français et, dans la nuit de Fossano, les couples se formèrent pour des jeux effrénés... Naturellement, Gian Antonio avait placé sa sœur à la droite du royal invité ; et Filippa sut séduire le dauphin – si bien même qu'on les vit, parmi les premiers, se retirer vers une chambre à l'étage.

Offerte, appétissante comme un fruit parfait, Filippa sut fouetter les sens d'Henri. Elle était tellement plus désirable que Catherine, tellement plus accessible que Diane ! Oubliant ses femmes en France, le jeune prince sauta littéralement sur la sœur de son hôte et, sans se soucier de détours et de parlottes, lui fit l'amour tout librement – sans grande tendresse, peut-être, mais avec fougue. Et plusieurs fois. Jusqu'au matin.

Il ne s'attarda guère, pour autant… Car aux premières lueurs, dès que le coq eut chanté, Gian Antonio lui-même vint le chercher dans sa chambre ; il lui signala que ses compagnons étaient déjà en selle : il leur fallait remonter en hâte vers Carignan, où le grand maître avait donné rendez-vous au roi François.

— Adieu, murmura-t-il à sa belle, assez légèrement.

Filippa ouvrit de grands yeux et, se jetant sur le jeune prince, tenta de l'empêcher de revêtir sa tenue de guerre. Puis, mesurant ce que son geste avait de dérisoire, elle chercha sa bouche une dernière fois et lui donna le plus entier, le plus furieux des baisers.

— Souviens-toi, lui cria-t-elle alors qu'il s'éloignait déjà, souviens-toi de Moncalieri !

Dans l'esprit d'Henri, ce nom devait résonner longtemps : Moncalieri ! Moncalieri !

Blois.

Bien que guérie, la petite Jeanne d'Albret était encore faible quand sa mère, par une journée lumineuse, fit irruption dans sa chambre, au château de Blois. L'enfant, transportée de joie, n'en bondit pas moins dans les bras de Marguerite, qui profita de son bonheur jusqu'à le trouver douloureux.

— Que vous êtes grandie ! lui dit-elle. Serait-ce la fièvre qui vous a fait pousser ainsi ?

La reine de Navarre n'était restée que quelques semaines loin de son enfant ; mais pour la première fois – ses angoisses récentes en étaient la cause – il lui semblait que leur séparation avait duré des mois.

— Son absence m'a coûté, reconnut-elle.

— Ce fut long pour la petite aussi, répondit la gouvernante. Vous lui avez manqué plus que de coutume.

Aimée de Lafayette, veuve du bailli de Caen, avait élevé Jeanne, près d'Alençon, dans son château de Longray. C'était une nature chaleureuse, pleine de bonté, de rondeurs ; Marguerite, en lui confiant sa fille juste née, s'était dit qu'elle serait pour l'enfant tout ce qu'elle-même, prisonnière de ses devoirs royaux, ne pourrait jamais être.

— La petite n'accepte pas ce départ pour la Touraine, murmura Aimée à l'oreille de Marguerite. Je suis sûre que c'est ce qui l'a rendue malade !

— Je l'y accompagnerai moi-même, proposa donc la reine.

Car François Ier avait décidé d'envoyer sa nièce en Touraine. Le roi, informé de certains projets secrets entre son beau-frère, le roi de Navarre, et l'empereur – projets visant à marier Jeanne à un prince impérial –, voulait s'assurer que l'on n'essaierait pas de soustraire sa nièce à la seule autorité qu'il admît pour elle : la sienne. Et c'est pour s'assurer, en quelque sorte, de la personne de la petite infante qu'il l'assignait au Plessis-lez-Tours, l'ancien manoir tourangeau du roi Louis XI. On avait, dans son entourage, contesté ce choix ; Henri d'Albret, puis Marguerite elle-même, contrariés dans leurs ambitions, avaient vivement protesté… En vain.

Puisque la décision royale semblait irrévocable, la mère avait choisi de parer ce funeste voyage des couleurs les plus gaies, les plus libres possible en apparence.

— Que diriez-vous, ma chère petite, de descendre la Loire ensemble, sur le vaisseau du roi ?

— Avec Bure ? demanda la fillette.

Bure était sa chienne barbette, aussi malicieuse qu'elle-même… Et c'est ainsi qu'embarquèrent, par un matin plein de rosée, l'infante de Navarre et sa ménagerie : Bure, mais aussi l'écureuil brun-roux et le perroquet vert – « tout vert comme un bouquet de marjolaine » selon les mots de Marot. Suivaient la petite folle de

Jeanne, l'écuyer de service – M. de Coisay – et deux demoiselles d'honneur, son aumônier faisant office de précepteur, M. Bourdon, sa gouvernante, et puis sa mère et puis la suite de sa mère...

— Toute une arche de Noé ! s'enthousiasmait Aimée, en vantant la richesse et le confort des aménagements.

Car la barge royale, avec sa proue sculptée, ses lisses cirées, sa population d'étendards et de bannières, mais aussi les décors de stuc et de boiseries de ses chambres, possédait des commodités étonnantes.

— Maman ! s'extasia la petite Jeanne ; il y a même du feu dans la cheminée !

Par cette saison, c'était de fait un raffinement appréciable – et pas seulement pour le perroquet...

— Les cheminées ne nous préserveront pas du roulis ! frémit tout haut Mme de Lafayette.

— Eh bien, demandez à M. de Coisay comment on l'apprivoise, lui conseilla la souveraine.

— Et qu'en sait-il, M. de Coisay ?

— Il a traversé l'océan dans les deux sens, aux côtés de ce M. Cartier !

C'était une raison suffisante.

L'hiver, au reste, était magnifique et le fleuve, alors en crue, offrit aux passagers, sous un soleil constant, ses rivages sablonneux, paresseux, d'une grâce partout renouvelée. Marguerite s'amusait à voir sa fille courir au bastingage à l'annonce du moindre château : Chaumont, si fier, dominant de haut l'alignement des petites maisons serrées à son pied ; Amboise, fleuron des résidences royales du Val de Loire ; ou bien encore La Bourdaisière, tout neuf alors, et qui enrichissait Montlouis de sa splendeur un peu forcée...

❈

Pendant des heures et des heures de nonchalant cabotage, la sœur du roi et ses amis rimaient.

— Vous devriez écrire à votre cousine, avait proposé Marguerite à sa fille. Elle doit s'ennuyer, à Fontainebleau, toute seule.

— Quelle bonne idée ! approuva la petite. Monsieur Marot, m'aiderez-vous ?

Le poète, ainsi élu, s'institua donc le secrétaire de la jeune infante. Idée de Marguerite : il traduirait en vers les idées qui venaient, en prose, à l'enfant.

— Par quoi commencerons-nous, princesse ?

— Eh bien... Pouvez-vous dire à ma cousine Marguerite combien j'ai pu être heureuse de retrouver la reine, ma mère ?

— Essayons ! Voyons...

Pour commencer donc à rimer,
Vous pouvez, Madame, estimer
Quelle joie à la fille advenait...

La petite infante, aux anges, n'en croyait pas ses oreilles...

Quelle joie à la fille advenait,
Sachant que la mère venait,
Et quelle joie est advenue
À toutes deux, à sa venue !

— Bravo ! lança Jeanne en riant et en battant des mains.

Marguerite aussi riait ; et Aimée ; et même la petite chienne Bure qui se mit à japper furieusement.

Pendant que Jeanne apprenait ainsi à rimer, sa mère assaillait Coisay de questions sur sa traversée, M. Cartier, les Indes occidentales, les gentils sauvages, le royaume de Saguenay et ses prétendus trésors...

— Dites-nous, monsieur, dites, dites...

— Je vous aurai tout dit, madame, quand je vous aurai révélé que ces terres, que tout le monde nomme indiennes, sont aussi différentes du reste des Indes qu'on puisse l'être.

Et l'écuyer, devenu grand explorateur, de décrire, avec force détails les bisons, les rennes, les loutres, les tortues, les grands vols d'oies...

— Il n'y a donc que des bêtes, en votre pays ? demanda la petite infante dont les oreilles avaient traîné.

— Non, rectifia Coisay. Il y a aussi des humains très étranges, qui se partagent de grandes maisons et possèdent une herbe qu'ils placent dans un cornet, avec un charbon dessus, pour en aspirer la fumée ; et tellement qu'elle leur ressort par le nez comme la fumée de cette cheminée-ci ! expliqua le gentilhomme.

L'enfant demeura coite un moment.

— Voilà un usage que personne ne leur enviera ! conclut-elle.

Pendant des heures, Gautier de Coisay raconta son expédition : la baie de Saint-Laurent et l'île de l'Assomption, avec ses ours immenses, friands de saumon ; le grand fleuve « qui va si loin que personne n'est jamais allé au bout » ; les deux grands royaumes de la côte Nord, appelés Canada et Saguenay par Domagaya ; et puis l'île d'Orléans à l'embouchure de la rivière Sainte-Croix...

— Vous l'avez baptisée Orléans en hommage à notre jeune prince Henri ? demanda la reine de Navarre.

— Oui, madame. À cette époque, il n'était pas encore le dauphin.

Marguerite se signa, et tout le monde, à bord, l'imita. Le grand voyageur parla aussi du Mont-Royal et de la petite ville d'Hochelaga, bâtie à son pied : une cité toute ronde avec une cinquantaine de grandes maisons que se partagent les familles d'indigènes.

— Est-il vrai, demanda Aimée de Lafayette, que vous soyez tombés malades ?

— Moi pas. Mais en effet, presque tout l'équipage a subi les ravages du scorbut. Nous étions vingt, à peine, à y échapper.

— Il y a eu des morts ?

— En nombre ! Un quart d'entre nous y est passé. Or, jusqu'au 15 avril, la terre de ces contrées est tellement gelée que nous ne pouvions donner de sépulture à nos compagnons ; nous devions nous contenter de recouvrir les corps d'un peu de neige... Heureusement, les Indiens possèdent contre ce mal un souverain remède : la décoction des feuilles d'un arbre appelé « anneda », qui a remis sur pied le gros des équipages.

Quand Gautier évoqua la croix, haute de trente-cinq pieds*, plantée par Jacques Cartier en l'honneur du roi François Ier, Marguerite qui, jusqu'ici, avait écouté ses histoires avec un sourire détaché, ne put cacher son émotion.

— C'est ce qu'il y a de beau dans ce voyage, conclut-elle.

---

* Environ onze mètres.

Moulins, château des Bourbons.

Moulins, en Bourbonnais... Après quatorze années, le souvenir du connétable félon n'avait pas déserté son ancienne capitale. En chaque rue, sur chaque place, les armes de la maison de Bourbon, les vestiges d'écuries et de corps de garde, et jusqu'aux inscriptions laissées par Anne de Beaujeu, entretenaient la mémoire d'une cour fugace mais grandiose, parmi les plus riches qui furent jamais. Le grand retournement* de 1524 n'était pas vécu, ici, comme une trahison ; et bien que la couronne ait fait en sorte, depuis, d'éradiquer toute trace du funeste faux pas, nombreux étaient les témoins en vie pour lesquels le « bon temps d'avant » restait celui de la fille de Louis XI et de son gendre.

C'est en pleine conscience de ces choses que François Ier avait choisi « sa bonne ville de Moulins » pour le grand événement qu'il mûrissait depuis des semaines. Il était temps, se disait-il, de

* Voir *La Régente noire*.

récompenser dignement le maréchal de Montmorency des prouesses militaires dont il venait de gratifier la France ; mais quitte à faire de lui le nouveau connétable – autant dire le premier soldat du royaume – il semblait important au monarque de l'adouber dans la cité même de son indigne prédécesseur. Comme pour lui indiquer, à toutes fins utiles, que la roche Tarpéienne demeurait proche du Capitole...

En ce dimanche 10 février, toute la Cour s'était ainsi faite bourbonnaise. Et le légat du pape, entouré des cardinaux français, les chevaliers de l'ordre de Saint-Michel avec leur grand collier, le chancelier en tenue, les ministres, les maréchaux, bien entendu les princes et princesses – tout ce que le pays comptait de hauts dignitaires, se pressait dans les anciens salons de Charles de Bourbon. Même le grand amiral de France, adversaire déclaré du grand maître et depuis des années son rival en politique, avait été convié à se réjouir sur commande, et n'avait pu s'épargner d'assister au triomphe de « l'autre » !

— Voir ce gros maréchal remâcher sa gloire promet d'être un supplice, lui souffla, sincèrement lasse, la duchesse d'Étampes. C'est une journée bien triste... J'imagine que la Vieille est aux anges...

— Non seulement cette dame, mais tout le mauvais parti qui s'accroche au nouveau dauphin...

Chabot de Brion lissait les queues d'hermines de son lourd manteau officiel, flanqué de sa chaîne d'or et de différentes plaques étrangères. Il tenait, dans sa main gauche, un chapeau de velours à grand panache.

— Ce qui m'inquiète le plus, confia-t-il à la favorite, c'est cette cohorte de gens de finance que le nouveau connétable est en train de placer dans tous les rouages de l'État. Je ne serais pas étonné que ces gens-là se mettent à nous chercher noise d'ici peu…

— Parlez pour vous, rectifia la belle Anne. Car pour moi, je n'ai rien à me reprocher.

— Raison de plus pour vous abattre, répliqua le grand amiral en s'éloignant pour aller saluer le nonce apostolique.

La maîtresse du roi se sentit blessée par ces mots de son ami et allié. Elle en mit la méchanceté sur le compte d'une amertume bien légitime ; après tout pour Chabot, l'apothéose de ce brillant rival signait un peu l'échec de toute une vie…

⁂

Ainsi les fastes de la monarchie consacraient-ils Montmorency. Le roi, précédé des Cent-Suisses, des archers de la garde et des deux cents gentilshommes de sa maison portant leur hache de cérémonie, accompagné de six hérauts d'armes en grand habit et du représentant du grand écuyer de France, portant l'épée royale, entra, suivi du dauphin Henri et du prince Charles, duc d'Orléans, dans la haute salle parée de bleu et d'or. Et si François Ier subissait, ce jour-là, une recrudescence pénible de son abcès, il prit du moins sur lui de n'en rien laisser paraître devant la brillante assistance.

Le maréchal, dont l'entrée discrète, par une autre porte, était passée presque inaperçue, se trouvait vers le fond de la pièce, non loin de la reine, de la reine de Navarre de retour de Touraine, de la dauphine Catherine et de la grande sénéchale, rayonnante. Il fit quelques pas en avant et, sur un signe du cardinal Le Veneur, vint poser la main sur un reliquaire contenant un morceau de la Vraie Croix. Se trouva-t-il, dans cette foule triée, quelqu'un pour remarquer que c'était l'objet même qui, quinze ans plus tôt, avait consacré la trahison des conjurés de Montbrison ? Rien n'est moins sûr... Sa Majesté reçut le serment de son premier sujet, puis elle tira de son fourreau l'épée royale et la remit, nue, entre les mains du nouveau connétable.

— Ainsi rendons-nous justice aux très grandes, louables et recommandables mœurs et vertus de notre très cher et aimé cousin Anne, sire de Montmorency, déclara François d'une voix ferme et grave.

Les hérauts firent un pas en avant et crièrent trois fois, en chœur : « Vive Montmorency, connétable de France ! » pendant que se mettaient à rouler, dans les murs et jusqu'au-dehors, tous les tambours de la garde. Le roi devant ensuite se rendre à la chapelle, il en indiqua la direction au récipiendaire qui, honneur inouï, lui ouvrit la voie en marchant, seul, devant lui, portant les marques de sa nouvelle dignité.

Diane de Brézé se pâmait de joie. Anne de Pisseleu frémissait de rage.

L'une comme l'autre avaient calculé qu'outre les gages, pensions, dons et bienfaits divers dont il bénéficiait par ailleurs, le nouveau connétable allait percevoir pour sa charge vingt-quatre mille livres par an ! Ses pouvoirs statutaires lui conféraient désormais, outre la représentation du roi en tout lieu, la haute main sur les opérations militaires, la police des gens de guerre, le contrôle des finances sur ce vaste domaine et quelques autres... Les maréchaux de France devenaient ses simples lieutenants ; tous les officiers royaux seraient désormais ses obligés ; sa puissance allait être immense et faire de Montmorency, en

France, selon le surnom dont certains l'affublaient déjà : « le Tout-Puissant ».

⁂

Parmi les joies innombrables de cette journée si belle pour lui, il en est une qui combla le connétable au plus profond de son cœur. Et c'est l'accolade que le dauphin, de lui-même, bravant et l'étiquette et sa propre timidité, vint lui donner avec chaleur à l'entrée de l'église.

— Si je n'étais prince, dit Henri en le serrant dans ses bras, je vous envierais.

— Mais vous devriez m'envier !

Le dauphin demeura un instant interdit. Montmorency se fit plus précis.

— Vous devriez m'envier car je reprends, dès demain, la route de Moncalieri…

Manoir du Plessis-lez-Tours.

Un bon demi-siècle après la mort de Louis XI, la gentilhommière avait perdu les grilles et les défenses dont un roi vieillissant, inquiet, l'avait autrefois hérissée. Remaniée depuis pour l'agrément d'Anne de Bretagne, elle découvrait un abord riant ; et la jeune infante n'avait pas tardé à s'y plaire. La vie que l'on menait autour de sa petite personne était du reste bien réglée ; sous la houlette d'Aimée de Lafayette, la maisonnée s'adonnait aux joies du terroir : promenades et chevauchées, dévotions, fêtes champêtres et bonne table...

Les cuisines de la demeure en étaient, avec les caves, le principal attrait. Dans ces pièces basses où la lumière, filtrée par de grands soupiraux, se reflétait sur une batterie infinie de cuivres briqués comme des armes, dans ce palais des fourneaux, des billots et des très lourdes tables, antre odorant et suave où rôtissait toujours quelque gibier, où des ragoûts appétissants n'en finissaient pas de mijoter sur des potagers pendant qu'on émincait les herbes et les petits légumes, régnait non pas un chef, mais une cuisinière – à la fois bourrue, tyrannique et merveilleuse : Françoise.

Gautier de Coisay, maintenant détaché au Plessis par la reine de Navarre, avait compris tout l'avantage qu'il pourrait tirer de relations confiantes avec l'ogresse. Et chaque soir ou presque, c'est ici qu'il venait s'installer, un long moment, pour causer, pour boire, pour goûter en passant de succulents chefs-d'œuvre...

— Sieur Gautier, grondait Françoise, je m'en vas vous donner de ma movette* sur les doigts !

— C'est trop bon, répondait le fautif en se brûlant plus ou moins, avec des mines d'enfant effronté.

⁂

Un soir de grande pluie, en l'absence de Mme de Lafayette, il s'appliquait sans vergogne à saucer le fond d'un civet quand un valet descendit le chercher aux cuisines.

— Monsieur, dit-il, il y a là-haut un visiteur qui se recommande de Sa Majesté le roi de Navarre.

— Un visiteur... Il est seul ?

— Oui. Espagnol.

— Espagnol ! Et gentilhomme ?

À la moue du valet, Gautier se sentit autorisé à bousculer un peu les formes.

— Montre-le-nous, dit-il, que Françoise puisse juger sur pied, s'il faut nous le faire en rôt ou en bouilli...

Le valet ne comprit pas ce qu'on lui demandait.

---

* Grande cuiller en bois.

— Ramène donc ton bonhomme, béjaune ! hurla Françoise qui, elle, se fit comprendre.

L'intrus descendit donc. Une fois débarrassé de sa cape ruisselante, il fit plutôt forte impression ; il n'était plus jeune mais paraissait dans une forme admirable. Il se présenta comme le seigneur Juan Martinez d'Ezcurra.

— Pardonnez-moi de vous recevoir aux fourneaux, bredouilla soudain Gautier.

— Il est des endroits pires pour un voyageur affamé.

Françoise lui fit sans peine accepter une jatte de son civet. Coisay se présentait enfin.

— Je suis le chevalier de Coisay. J'ai longtemps servi, entre autres, le duc d'Alençon, et suis aujourd'hui écuyer ordinaire de l'infante. Mme de Lafayette, qui est en ce moment...

— Je sais bien qui vous êtes, coupa Ezcurra, puisque c'est vous que je suis venu voir. Voici mes créances*.

Tandis que Coisay, méfiant, déchiffrait la fine écriture d'Henri d'Albret, le visiteur vida son assiette – assez discrètement du reste.

— Fameux ! approuva-t-il en se resservant sans manières.

— Le roi de Navarre me dit que vous êtes porteur d'un message pour moi...

— Oui, mais un message oral, confirma Ezcurra. Je vous en ferai part tout à l'heure.

Il jeta un œil en direction de Françoise qui affecta de ne pas comprendre. Elle lui sourit seulement et lui, bien élevé, répondit à son sourire.

* Ce sont ici des lettres de recommandation.

La pluie avait cessé. Gautier entraîna son visiteur jusqu'aux bords du fleuve, où se mirait une lune presque pleine. L'Espagnol admirait.

— *Magnífico* !

— Alors, ce message ?

— Je sais pouvoir compter sur votre discrétion...

— Naturellement.

— Voici de quoi il s'agit. Le roi de Navarre se pose en ce moment de multiples questions. Et notamment, il aurait aimé savoir s'il vous paraît possible d'envisager un départ discret de sa fille vers le Béarn...

— Vous voulez enlever l'infante Jeanne ?

— Qui parle d'enlèvement ?

— Je vous en prie : ôtez tout de suite cette idée de la tête du roi Henri. Sa fille n'aurait pas fait dix lieues que tous les archers du roi de France se répandraient sur les terres séparant le Plessis de Pau...

L'Espagnol argumenta pour la forme, mais l'opinion de Coisay lui parut si ferme qu'elle allait peser d'un grand poids dans le renoncement des Navarrais à ce projet aventureux.

Château d'Ecouen.

Un escadron de cavaliers déchaînés surgit de la haute futaie en poussant de furieux cris de guerre. Les écuyers, jeunes, sveltes, étaient vêtus de manteaux courts et sombres – à l'exception d'un seul qui, bien plus âgé, plus corpulent aussi, arborait un long caban blanc passementé de noir, col et manchettes en vison. Car même dans ses délassements familiers, Montmorency manifestait quelque singularité... Les fougueux amis du dauphin, François d'Aumale en tête, entraînaient volontiers le connétable dans ces chevauchées endiablées à travers son domaine d'Ecouen. N'était-ce pas l'esprit des campagnes de Picardie et du Piémont qu'ils convoquaient à leurs jeux virils ? Déjà ils remontaient, bride abattue, vers les terrasses.

— Prince ! cria Jean de Dinteville[18], ennemi droit devant !

En fait d'ennemis, le roué désignait tout un aréopage de jeunes femmes accortes et printanières, conviées par le maître des lieux à venir égayer

Ecouen de leurs papillonnages. Elles s'étaient aventurées sur le haut de la perspective, dans l'espoir d'admirer l'adresse à cheval de leur hôte et de ses amis.

— Et ta chevalerie, Dinteville ?

Des valets se présentèrent pour tenir les montures, tandis que les jeunes seigneurs, prenant chacun dans ses bras l'une des demoiselles, faisaient la course vers le château. C'est le dauphin Henri, comme souvent dans ces jeux de force, qui l'emporta.

— Vous êtes trop fort, déclara Melle de Lestrange. Pour votre peine, vous aurez un gage.

Et sans se soucier d'aucune étiquette, elle baisa gentiment le dauphin sur le bout du nez.

Dans la demeure elle-même, c'est une armée d'une autre sorte qui s'activait sans trêve : marbriers, sculpteurs, vitriers, s'échinaient presque nuit et jour à transformer la résidence d'agrément du connétable en un palais des nymphes. Les décors imaginés pour plaire à leur commanditaire avaient en commun la galanterie, la féminité, pour ne pas dire une certaine licence... Par exemple, si les poignées de portes empruntaient leur tête à certaines jouvencelles, c'est plutôt leur poitrine qui ornait les frontons des verrières !

⁂

Entre deux courses endiablées, le connétable mettait à profit la gaieté ambiante pour prolonger, d'autre manière, les leçons qu'il entendait prodiguer au dauphin. Ce soir-là, il entraîna son disciple vers la grande volière aux hérons, édifiée du côté des serres. Il avait convenu d'y retrouver Diane de Brézé. D'ailleurs elle paraissait les attendre ; en les apercevant de loin, elle leur fit signe de presser le pas.

— Voyez, dit-elle en désignant un des oiseaux, comme ce vieux héron, dans le coin, s'y prend pour pêcher les poissons. Ah, trop tard ! Vous n'avez pas été assez rapides...

C'est qu'un ruisseau poissonneux serpentait dans la cage, offrant aux hérons du maréchal tous les plaisirs de la pêche à domicile.

— Notre jeune prince, dit Montmorency, me demandait tout à l'heure dans quel état j'avais trouvé Moncalieri.

— Le lui avez-vous dit ?

— Je vous attendais, ma chère Diane...

Le dauphin fronça légèrement les sourcils. L'autre reprit.

— Me croirez-vous, monseigneur, si je vous dis que j'ai revu mademoiselle Duci ? Euh... Filippa, je crois...

Le jeune prince rougit jusqu'aux oreilles. Désignant Diane d'un regard, il en appela, le plus allusivement possible, à la discrétion de son ami. Mais celui-ci passa outre.

— Enfin, ne voulez-vous pas savoir comment elle se porte ?

— Il... Je ne suis pas sûr que cela intéresse Mme la sénéchale...

— Je suis au courant de tout, dit Diane en souriant si fort qu'elle acheva de déconcerter le jeune homme.

Le connétable de Montmorency faisait mine de chercher un colimaçon à jeter aux oiseaux.

— Ces gaillards-là se font rares, dit-il. Que disais-je ? Ah oui : Filippa Duci !

— Mon cousin...

— Eh bien j'ai l'honneur, monsieur, de vous apprendre qu'elle est dans une position avantageuse.

— Tant mieux.

Diane de Brézé insista.

— Vous n'avez pas bien entendu, Henri. Votre Filippa est enceinte ! Enceinte de cinq mois maintenant.

Le dauphin demeura interdit, comme frappé par la foudre. Puis, émergeant peu à peu de son ébahissement, il se mit à sourire et à rire, à rire comme un homme soulagé.

— Y serais-je pour quelque chose ?

— C'est en tout cas ce que la demoiselle affirme, confirma Diane, heureuse. Elle porte votre enfant, Henri – votre premier enfant !

De l'incrédulité à la joie, de la stupéfaction à l'euphorie, le fils aîné du roi de France passa par tous les stades d'une surprise merveilleuse.

— Alors... Vous voulez dire... Enfin...

— Oui ! confirma le connétable.

Et il serra dans ses bras celui qu'il regardait, chaque jour un peu plus, comme son propre fils.

⁂

À Ecouen, la chambre occupée par Diane était bien plus riche, bien plus raffinée, que celles dont elle disposait dans ses propres demeures. Tentures de fils précieux, émaux, verrières peintes de vives couleurs... Cette belle pièce embrassait, par-delà de vastes terrasses, toute une partie de la plaine de France. Parfois le matin, plutôt que de rester assise à sa toilette, la grande sénéchale se faisait coiffer devant une croisée ouverte, pour profiter tout à la fois de cette vue, si prenante, et de la brise matinale.

— Monseigneur le dauphin de Viennois ! annonça la camériste.

Diane sourit à Henri. Elle le dévisagea, comme souvent, et lui trouva l'air fatigué ; assez étrangement, sa beauté mâle – quoique juvénile encore – s'en trouvait renforcée.

— Madame, j'ai cueilli tout cela pour vous !

Et il posa, de façon un peu brusque, un gros bouquet de fleurs champêtres sur une table, au bout du lit. Une femme de chambre allait s'en emparer quand sa maîtresse intervint.

— Non ! dit-elle. Cela, je m'en occuperai moi-même. Laissez-nous.

Les femmes s'égaillèrent aussitôt comme une volée de moineaux. L'adolescent, tout heureux de cette intimité provoquée, s'approcha de Diane et, comme chaque matin, lui baisa la main. Mais cette fois, il en conserva les doigts tout fins, si fragiles, dans les siens. Elle fit mine de n'y attacher aucune importance.

— Vous, dit-elle, vous me faites l'effet d'un jeune prince qui n'aurait pas fermé l'œil de la nuit.

— Tout juste, répondit Henri avec, dans le regard, comme un petit éclair de défi.

— L'effet, aussi, d'un garçon peu sérieux, et qui aurait bu.

Il rit.

— Si peu, madame, je vous assure.

Il la contemplait avec un bonheur plein, naïf, évident – étrangement engageant. Diane retira doucement sa main. Henri lui donnait le sentiment d'avoir mûri de plusieurs années en quelques heures. Elle se leva et ferma la fenêtre.

— Serait-ce la paternité qui vous confère de l'assurance ?

L'adolescent ne répondit pas. Mais il saisit le gros bouquet des champs et le jeta, d'un mouvement ample, sur le lit de sa dame.

— Oh ! fit Diane.

Elle avait senti que, désormais, tout allait être différent.

— Que faites-vous ? demanda-t-elle alors qu'il déboutonnait, tranquillement, son pourpoint.

— C'est vous, dit-il, qui m'avez appris à dédaigner les questions évidentes.

Il était à présent en chemise, et dégrafait son haut-de-chausse.

— Henri, vous n'allez pas m'obliger à appeler, n'est-ce pas ?

— Appelez, madame, si vous l'osez !

Il y avait, dans son sourire, une part de défi certaine – mais elle n'était rien, comparée à la part de confiance.

Elle-même, quoique inquiète, sans doute, ne pouvait s'empêcher de le trouver drôle – si drôle pour une fois...

— Henri, voulez-vous cesser cette provocation ! gronda-t-elle en se retenant de rire.

La situation lui échappait grandement. Lui, n'avait plus sur le corps que sa paire de bas – des bas blancs qu'il retira lentement, langoureusement, comme aurait pu le faire une fille de mauvaise vie.

— Henri, voyons !

L'adolescent marchait à présent vers elle, la mine épanouie et le sexe de même. La dame respirait fort ; elle était sur ses gardes, mais elle le laissa venir, la toucher, l'enlacer. Elle l'aida même un peu à la porter sur le lit, parmi les fleurs ; elle l'aida délibérément à la dénuder à son tour... Sa terreur devait être qu'on les surprît ; elle le lui dit ; il s'interrompit pour aller fermer, au verrou, les deux portes de la chambre. Alors, à sa stupéfaction, c'est elle qui l'appela, et de manière impérieuse encore.

— Viens ! demanda-t-elle. Viens vite !

— Diane...

Il l'appelait par son prénom pour la première fois.

Le jeune dauphin remonta sur le lit, saisit quelques fleurs et les passa sur le corps haletant de sa belle. Soulignant le galbe du ventre. Effleurant son sexe huilé, parfumé.

— Je voudrais, déclama-t-il gravement, avoir autant de mains qu'il y a de fleurs dans ce bouquet, autant de lèvres qu'il y a de pétales sur ces fleurs, pour vous couvrir de mes caresses, pour vous engloutir sous mes baisers.

— On dirait du Marot. Un Marot ivre...

Ils rirent. Elle n'attendait plus que son étreinte juvénile et forte, et avide... Comme si toute cette vie de soins, d'attentions, de privations, trouvait un sens, enfin, dans ce qui paraissait en nier le sens.

— Je m'offre à toi ! dit-elle au jeune prince en lui dévorant les lèvres, le cou, les épaules ; en lui labourant le dos de ses ongles.

— Ma Diane...

— Ô Henri !

Pour lui, ce matin-là fut un retour à la vie. Pour elle, comme une seconde naissance. Et puis – mais cela devait rester secondaire – comme une marche de plus vers le sommet.

Chapitre V

Vive l'Empereur !

(Hiver 1539-1540)

Bayonne.

Après deux ans et demi de combats entre la France et l'Empire, une trêve de dix ans – voulue par le nouveau connétable et obtenue par lui à force de ténacité – avait été conclue à l'été 1538. Charles Quint et François Ier s'en étaient mutuellement congratulés à Aigues-Mortes, chez Montmorency lui-même. Ainsi, quinze ans après le traité de Madrid, et sans accoucher vraiment de la paix, avait-on posé les bases d'ententes futures, peut-être même de mariages... En cet automne 1539, l'empereur devant se rendre au plus vite à Gand, dans les Flandres, pour y mater un soulèvement bourgeois, il s'était cru en assez bons termes avec le roi de France pour lui suggérer de traverser son territoire ; et ce dernier, bon prince, ne crut devoir le lui refuser. Mieux : François, qui n'avait rien oublié des anciennes humiliations castillanes*, sauta sur cette occasion d'impressionner, sinon Charles que rien ne pouvait

* Voir *La Régente noire*.

éblouir, du moins les Grands d'Espagne entraînés à sa suite – foi de Gaulois, on leur en mettrait plein la vue !

⁂

Aussi bien par un matin venteux de novembre, le dauphin Henri et le connétable de France, entourés d'une escorte brillante de plusieurs dizaines de chevaliers cuirassés, casqués, emplumés – eux-mêmes flanqués d'une lourde suite – attendaient-ils l'empereur à Bayonne pour lui souhaiter la bienvenue. Côté espagnol, vingt-cinq gentilshommes à peine, tous en tenue de voyage, et une petite cinquantaine de cavaliers seulement encadraient leur auguste maître. D'ailleurs Charles, d'un naturel déjà sombre, se trouvait rembruni encore par le deuil tout récent de son épouse, la charmante Isabelle de Portugal – la seule personne qu'il eût jamais aimée... Victime de surcroît d'un gros rhume qui le forçait à conserver la bouche ouverte et – à ce qu'il se disait en sourdine – d'une crise d'hémorroïdes, le souverain Très Catholique voyageait en litière fermée, accompagné de moines qui, à mi-voix, débitaient des antiennes.

— *Confiteor Deo omnipotenti et vobis fratres quia peccavi nimis cogitatione...*

Le dauphin Henri avait conservé, de ses années passées comme otage dans les geôles impériales, une aversion quasi physique pour les Espagnols en général, et l'entourage dévot de l'empereur en particulier. Mais il avait déjà revu Charles Quint à Aigues-Mortes ; et se trouver dans la situation de l'accueillir, au nom du roi son père, sur des terres où il sollicitait le passage, n'était pas pour déplaire au jeune prince.

— Sire, lui dit-il après les phrases d'usage, j'ai à vous transmettre, par avance, les chaleureuses embrassades de la reine Éléonore, votre sœur.

— Alors embrassez-moi ! dit l'empereur en français.

Le dauphin, non sans se forcer sans doute, s'exécuta sans manières... C'était une entorse considérable aux façons de Tolède, et le connétable ne manqua pas d'en apprécier toute la valeur. Pour lui, ce long voyage qu'entamait l'empereur à travers la France était un peu le couronnement d'années d'efforts, tant diplomatiques que militaires – car ses victoires sur l'Empire, Montmorency les avait toujours regardées comme des moyens de revenir plus vite à la paix. Charles Quint connaissait ses alliés véritables. Et dès ce premier jour, il ne manqua aucune occasion de mettre en avant le connétable, lui octroyant même le traitement réservé d'habitude aux seuls chefs d'État.

— Mon cousin, lui disait-il de manière bien audible en s'effaçant devant chaque porte, me ferez-vous l'honneur ?

— Sire, enchérissait Montmorency, vous obéir fait toute ma joie !

Derrière ces politesses se cachaient pourtant d'innombrables points de conflit ; notamment, Charles n'avait pas davantage renoncé à conquérir un jour la Bourgogne que François n'avait fait une croix sur son cher Milanais. De part et d'autre, personne n'ignorait que d'épineuses questions territoriales demeuraient sans règlement.

De Lyon à Saint-Vallier.

Pendant que l'empereur remontait vers le Val de Loire, la grande sénéchale, partie de Fontainebleau, avait, de son côté, pris la route du Valentinois : son père venait de rendre l'âme en son château de Pisançon. La famille l'avait enterré dans la chapelle des Saint-Vallier, à Saint-Vallier... Louise, la fille cadette de Diane, accompagnait sa mère sans trop se plaindre. L'aînée, Françoise, n'était plus aussi libre depuis son mariage.

Le « gentil seigneur » Jean de Saint-Vallier, jadis condamné à mort[*] pour avoir pris part à la trahison du connétable de Bourbon, puis gracié sur intervention de sa fille et de son gendre, était devenu de ce fait un poids pour Diane, et un danger. Sa position à la Cour et l'avenir de ses filles avaient justifié, pensait-elle, un éloignement complet. Sans appel.

Mais à présent que ce père si peu commun était mort – mort loin d'elle et, disait-on, en implorant

* Voir *La Régente noire*.

une fois encore son pardon – elle ne pouvait se défendre d'un reflux de sentiments enfouis, d'une remontée de souvenirs d'enfance. Parce qu'elle avait très peu connu sa mère, Diane s'était, petite, raccrochée de force à ce père amusant et léger ; et lui-même, plus attaché, sans aucun doute, à cette fillette étonnante qu'à ses quatre frères et sœurs, avait su tisser avec elle des liens que même le temps, même les graves soubresauts de la vie, n'avaient pu détruire tout à fait. Diane se revoyait chevauchant avec lui, intrépide, sur leurs terres accidentées du beau pays diois ; elle le voyait encore lui rendant visite à Chantelle, chez Madame la Grande* – à la main une cage contenant un couple d'inséparables ; il lui semblait l'entendre, à côté d'elle, pérorer sur ses procès contre Madame, tandis qu'ils assistaient, à Rouen, à quelque grand-messe...

Diane se complaisait à ces évocations, et l'intimité de sa litière cachait des sourires plus que des pleurs qui ne vinrent pas. C'est tout juste si elle regrettait de n'avoir pas été présente lorsque son père, remarié, rangé, avait – jusqu'à ces derniers temps – exprimé l'espérance de la revoir. En revanche elle se promettait de lui rendre justice auprès de ses filles et de leur propre descendance. Plus tard...

À Lyon, Diane et Louise se reposèrent à l'abbaye de Saint-Just, pleine encore du souvenir de la mère du roi quand, après le désastre de Pavie et la capture de son fils, elle avait, seule,

* Anne de Beaujeu.

tenu le royaume à bout de bras depuis ce cloître et ces terrasses.

Diane avait été sa dame d'honneur ; elle évoqua le souvenir de cette figure hors du commun, lors d'une promenade à travers les jardins, dans le soleil doré du soir.

— Madame cultivait au plus haut point ce que, nous autres femmes, sommes peu nombreuses à posséder : le sens concret des puissances. Elle savait, d'un regard, jauger la force ou la faiblesse d'un sujet, d'un ministre, d'un souverain. Elle avait, présents à l'esprit, tous les aspects d'une situation ; elle n'avançait jamais un mot sans en avoir pesé les éventuelles conséquences, et parlait toujours pour être entendue à un double – parfois triple – degré.

Louise de Brézé fronça les sourcils.

— N'étiez-vous pas à Rouen avec nous, du temps de Pavie ?

— C'est vrai. Mais j'ai si bien connu la régente que je l'imagine sans peine au sein de ces rosiers !

Les ombres, fort longues, de la mère et de la fille, se rejoignaient par instant.

— Et vous aimeriez, à l'occasion, jouer le même rôle qu'elle…

— Ces occasions ne se présentent pas souvent.

Diane souriait intérieurement de l'étrange pertinence dont sa fille donnait constamment des preuves. On leur fit savoir qu'un ancien écuyer, nommé Simon de Coisay, avait eu vent du passage à Lyon de la grande sénéchale, et qu'il la « suppliait humblement » de le recevoir. Avant que Diane ait eu le temps de répondre, l'importun était dans le jardin, genou à terre.

— Madame, un moment seulement !

— Eh bien Coisay, mais... Que vous est-il arrivé ?

Simon, de fait, n'était plus que l'ombre de lui-même. Une mine effrayante, des habits élimés, l'air traînant d'un vagabond trahissaient chez lui la plus complète déchéance.

— Madame, les temps sont rudes pour votre serviteur.

— Avez-vous revu votre frère ?

— Non, madame. J'aimerais le voir ; mais je n'ai plus de cheval, plus de tenue décente… Je ne saurais même pas où le trouver. Aidez-moi, madame, s'il vous plaît !

La sénéchale ne voulait surtout pas paraître insensible aux yeux de sa fille. Arborant son sourire le plus doux, elle releva Simon et lui fit remettre une bourse dodue.

— La Cour entière doit bientôt accueillir l'empereur à Loches, lui révéla-t-elle. Même l'infante Jeanne sera de la fête. J'imagine donc que M. de Coisay y sera aussi. Ne lui dites pas qui vous en a prévenu.

Diane espérait la réconciliation des frères, afin de pouvoir se servir du plus jeune pour se venger un jour de l'aîné… Du reste, il y avait tant d'ironie dans son regard, que le bénéficiaire de ses soudaines largesses n'en ressentit presque aucune gratitude.

❈

Aux confins du Dauphiné, déjà presque en Provence, le vieux château de Saint-Vallier dressait sa curieuse silhouette sur une éminence en surplomb du bourg, au confluent du Rhône et d'un cours d'eau baptisé la Galure. Ancien monastère, il était devenu château fort quand des ancêtres de Diane avaient bâti ses hautes tours et ses défenses.

— Je regrette, dit la jeune Louise de Brézé, de n'être pas venue ici avant mes dix-neuf ans. Et quant à ma sœur…

— Les circonstances ne s'y prêtaient pas, laissa tomber Diane en penchant la tête hors de la litière pour tenter d'apercevoir les tours familières.

Tout en cheminant, elle faisait sa correspondance.

— Notre dauphine Catherine est bien malheureuse, dit-elle à Louise qui ne perdait rien du paysage.

— Comment cela ?

— Elle maudit ce ventre incapable de donner un petit-fils au roi.

— Après sept ans de mariage, concéda Louise.

— Six ans tout juste. Mais il est vrai que la venue au monde d'une enfant naturelle rend délicate la position de notre cousine… Toute la faute, désormais, reposera sur elle.

La jeune fille détourna un instant les yeux du paysage pour regarder filer la plume de sa mère sur le beau papier blanc.

— Et vous la consolez ?

— Je fais ce que je peux… Je lui dis de prendre son mal en patience. Je l'assure de mon entier soutien auprès du dauphin. Quant au roi…

— Si j'étais elle, dit Louise, je me jetterais aux pieds de Sa Majesté et remettrais tout mon avenir entre ses mains. Le roi est bon, il pourrait comprendre…

— Mais oui, dit Diane. Votre conseil est avisé, ma fille.

Et elle traduisit dans sa lettre l'idée qu'avait eue sa fille.

Soudain, des paysans qui fumaient des branchages aperçurent la litière et, pleins de bonnes attentions, accoururent. L'escorte s'interposa mais Diane, soucieuse toujours de l'exemple qu'elle donnait à Louise, voulut qu'on ouvrît grand les rideaux pour les saluer et leur jeter des piécettes. Par un accès de dignité qui toucha la jeune fille, les laboureurs attendirent, pour les ramasser, que le convoi se remît en route ; tenant leurs bonnets dans leurs mains, ils s'inclinaient sans cesse devant leur maîtresse, montrant bien qu'ils l'avaient reconnue – ou tout au moins, identifiée.

Le lendemain, Louise se rendit sur le tombeau de ce grand-père qu'elle avait peu connu. Diane ne put l'y accompagner aussi vite ; elle avait trop à faire avec les notaires et les hommes de loi qui, dès son arrivée, l'entretinrent de la succession. Elle mit, à défendre les intérêts de sa partie contre ses intendants, contre ses métayers, contre les communes franches de son fief et – en fin de compte – contre ses propres frères et sœurs, une hargne et une passion telles que sa fille en fut édifiée.

Diane de Brézé décida, ce jour-là, qu'elle reprendrait le titre de son père et signerait désormais : Diane de Poitiers.

Chambord.

Le roi François aimait tant la chasse que, surmontant la douleur, il s'efforçait presque chaque jour de se mettre en selle et à tenir ainsi plusieurs heures à cheval. Dans la « petite bande » qui l'accompagnait, personne n'ignorait les évolutions de l'abcès royal ; et selon l'avis des médecins, l'on adaptait la chasse, quitte à l'écourter au besoin... Ce jour-là, Brissac avait opté pour le haut vol – une chasse au gerfaut, physiquement moins exigeante que d'autres. En vérité, la sortie ne s'était révélée qu'un dérivatif ; et quoiqu'il fût tôt encore, on remontait déjà vers le logis.

Parmi les chasseurs, la moins assidue n'était pas la dauphine Catherine que son époux Henri, parti au-devant de l'empereur, avait laissée avec la Cour. Sa finesse d'esprit, sa constante bonne humeur, sa résistance physique aussi, avaient fini par l'imposer comme un pivot de ces chevauchées quotidiennes.

— Sire mon père, dit-elle, admirez, je vous prie, le point de vue sur Chambord ! Le chef-d'œuvre de Léonard paraît achevé, vu d'ici.

— Il l'est quasiment, dit le roi, en tirant sur ses brides pour venir se placer à hauteur de sa bru. Il faut bien qu'il le soit pour recevoir l'empereur dignement.

Les autres chasseurs avaient fait halte ; mais ils manifestaient moins d'intérêt que la dauphine pour cette architecture nouvelle, un peu trop hardie à leurs yeux.

— C'est très beau, n'est-ce pas, Catherine ?

— Sire, c'est au-delà des mots. L'on dirait l'Empyrée de Dante... Ces tours rondes agrégées, ces croisées alignées en rythme, cette forêt de hautes cheminées... Ce bâtiment est un navire en suspens, dans lequel tiendrait tout un port !

François jeta vers la petite Médicis un regard fier et ravi.

— Voyez-vous, messieurs, déclara-t-il en relançant son cheval, vous avez là toute la différence entre notre France et son Italie. Entre Blois et Florence ! Ici aussi, nous savons construire de grandes choses ; seulement nous ne savons pas encore en parler !

Pendant le débotté qui, à chaque retour de chasse, voyait les gentilshommes se bousculer pour l'honneur de retirer ses cuissardes au monarque, le vieux duc de Guise, un prince lorrain pénétré de l'importance de sa maison, fit rouler le propos sur sa fille, Marie. Elle venait d'épouser le roi d'Écosse Jacques V. C'était un sujet douloureux pour François, la petite Guise ayant tout bonnement pris la place de sa fille défunte, la princesse Madeleine.

— Je prie tous les jours Dieu qu'elle soit bientôt grosse, dit le duc Claude.

— Son mariage est encore bien récent... fit remarquer le roi.

— Mais il est besoin d'avoir une lignée en Écosse ! objecta l'autre, non sans cruauté.

Car ce besoin-là se faisait sentir en France plus qu'ailleurs, et la présence au débotté de la dauphine, toujours inféconde après six années, conférait à une telle remarque des résonances assez pénibles. Sans compter que tout le monde, à la Cour, avait eu vent depuis longtemps de la bonne fortune du dauphin, et de la naissance, à Moncalieri, de son premier enfant – la fille de Filippa Duci...

Non sans courage, Catherine de Médicis choisit d'affronter le duc.

— Je me suis laissé dire, insinua-t-elle en essayant de rester calme, que vous verriez fort bien votre fille cadette, la jeune Louise, à ma place dans le lit du dauphin.

— Madame, pure calomnie !

Le roi, lui-même gêné, tenta une diversion.

— Cette Écosse est une étrange contrée...

Mais Catherine insista. Suivant le conseil de Diane de Poitiers, elle prit le risque de s'en remettre au roi sans détour, de son avenir à la Cour de France. À la stupéfaction des quelques témoins, la jeune Florentine s'agenouilla devant François Ier et, ne cherchant pas à retenir ses larmes, se déclara désespérée de ne pouvoir donner au dauphin, à la famille royale et, finalement, à la France, l'héritier que tous étaient en droit d'attendre.

— Je suis peut-être maudite, hasarda-t-elle.

— Bien sûr que non...

— Je suis résolue à suivre, en tout point, la volonté de Votre Majesté, et à régler mon sort sur son bon vouloir.

— Mais de quoi parlez-vous ?

Catherine sanglotait à présent.

— C'est tellement dur, gémit-elle, tellement dur !

— Pauvre enfant...

On crut pouvoir arrêter ses jérémiades. Mais les choses étaient allées trop loin.

— Oh, sire, s'il le faut, je consens à me retirer dans le monastère qu'il vous plaira de m'indiquer et même, si telle est votre décision, de changer de rang à la Cour, et d'entrer moi-même, comme dame d'honneur, au service d'une nouvelle dauphine !

Le désespoir de la Florentine était sincère, même si son abnégation, un peu trop poussée, donnait le sentiment d'avoir été méditée. Se tournant soudain vers le vieux duc de Guise, la dauphine le prit à témoin de son abaissement volontaire et de sa parfaite soumission aux décisions du souverain.

— Oui, monsieur, si l'on optait pour l'annulation de mon mariage et que l'on en vînt à unir votre fille à mon époux, je vous assure que j'accepterais de la servir en tout, bien honnêtement.

— Voyons, madame...

— Je le ferais, hoqueta Catherine, par amour du dauphin !

Elle s'étranglait à présent de sanglots et le roi François, bien surpris d'une telle scène, tentait de la relever pour la serrer dans ses bras.

— Là, là, dit-il, paternel et compatissant. Qu'allez-vous inventer, ma fille ?

— Oh, sire !

— Calmez-vous, je vous le demande. Personne ne vous a priée de quitter ma Cour, et je n'imagine pas que de telles idées aient sérieusement effleuré quiconque !

C'était une petite pierre dans le jardin des Guise. François se rassit et plaça Catherine, comme une enfant, sur ses genoux. Elle avait sorti de ses jupes un grand mouchoir dans lequel son visage disparaissait tout entier. Le roi prit une voix rassurante, à la fois bien nette et très douce.

— Dieu a voulu que vous soyez ma bru… dit-il sur un ton presque chantant.

Catherine fondit en larmes de plus belle ; mais le roi ne se laissa pas désarmer.

— Dieu a voulu que vous soyez ma bru, que vous soyez la femme du dauphin… Eh bien je ne veux pas, moi, qu'il en soit autrement ! M'entendez-vous ?

La malheureuse dauphine sanglotait encore en silence.

— Nous devons être patients, ma fille. Et mettre toutes les chances de notre côté… Peut-être, à la fin, Dieu voudra-t-il se rendre à vos désirs… et aux nôtres ! Sommes-nous d'accord ?

Catherine de Médicis ne répondit pas.

— Sommes-nous bien d'accord, Catherine ?

— Oui, souffla-t-elle.

Elle reniflait à présent comme une enfant.

Logis de Loches.

C'est à Loches, par un beau temps froid et sec, et devant de belles façades de tuffeau pavoisées de tentures et de toiles peintes, que le roi de France accueillit l'empereur. François Ier souffrait d'une aggravation de son abcès et Charles Quint, d'une rechute assez sensible de son rhume. Cependant l'un et l'autre mirent un point d'honneur à surmonter leurs maux pour faire bonne figure et se montrer vaillants.

Du logis royal, bâti sur un éperon rocheux dominant la vallée de l'Indre, la Cour était descendue jusqu'aux rues et aux places de la ville basse, pleines d'une population si dense et remuante que la suite espagnole, à peine arrivée, s'empressa de la comparer aux foules du Caire et de Constantinople.

— Mon cousin, clama François, une main sur le cœur, mon royaume vous est grand ouvert, comme vous l'ont dit et prouvé, sans doute, mes propres fils.

— Mon cousin, répondit Charles, je m'en suis remis à vous de ma sûreté ; seuls quelques-uns de mes gentilshommes m'accompagnent.

Comme dans toutes les villes traversées depuis Bayonne, l'entrée de l'empereur s'était faite selon un protocole réglé. Le connétable ouvrait la marche, dans une robe de drap d'or et sur un cheval caparaçonné de parements d'or, l'épée nue à la main ; l'empereur vêtu de noir chevauchait derrière lui, sous un dais surmonté de l'aigle ; il avait le dauphin à sa droite et, de l'autre côté, le duc d'Orléans.

Des festivités populaires étaient prévues par ailleurs, mais la Cour n'y assista pas ; ses propres réjouissances se déroulaient en effet à l'intérieur de l'enceinte royale.

⁂

Simon avait conservé assez de connaissances dans l'entourage du roi et des Fils de France, pour accéder sans trop de peine aux quartiers de la Cour. Il se mit en quête de son frère Gautier, que tout le monde paraissait avoir vu sans pouvoir le localiser.

— Gautier de Coisay ? Je l'ai croisé ce matin du côté du fort Saint-Ours.

Certains étaient même plus précis.

— Ton frère Gautier, mon vieux Simon, il est en ce moment avec l'infante Jeanne chez le roi, aux salles neuves !

Depuis qu'il avait quitté Lyon, rhabillé de neuf, pour gagner la Loire à Roanne – suivant un trajet qu'avait suivi, dans l'autre sens, Montecucculi jusqu'au supplice – Simon s'était interrogé sur le bien-fondé d'aller retrouver son frère ; et d'autant plus que la grande sénéchale, dans son insistance à les réunir, lui laissait redouter le pire. Mais en même temps, l'envie de renouer ce lien si important pour lui, si nécessaire même, n'avait cessé de le tarauder depuis l'affreux épisode de Poitiers*.

Soudain Gautier sortit, suivi d'un ami du dauphin. Simon, à présent tétanisé, ne trouva pas la force de se précipiter vers lui. Au contraire, il se cacha lâchement derrière un fort pilier où il resta, transi, jusqu'à ce que Gautier eût disparu de nouveau.

Alors Simon, le cœur battant, gagna la porte royale et s'éclipsa vers la ville grouillante... Il n'avait pas eu le courage d'aller au bout de sa tentative.

---

* Voir *La Régente noire*.

Château de Fontainebleau.

Le cortège impérial atteignit Fontainebleau peu de jours avant la Noël. Charles Quint, toujours en deuil, et montant un cheval noir harnaché de sombre, chevauchait dans la compagnie des Fils de France. À l'approche de cette énième halte royale, surgit des fourrés une troupe de musiciens et de danseuses travestis en dieux et déesses du bocage. Les gardes espagnols, surpris, tirèrent l'épée, et furent un moment avant que le connétable ne les eût rassurés tout à fait : l'animation faisait partie des réjouissances offertes par le roi de France…

L'empereur, soupirant, échangea un regard entendu avec le duc de Najara : toutes ces surprises, censées l'amuser, l'exaspéraient en fait au plus haut point. Et ce n'était, assurément, qu'un début… De fait, à peine eut-on entamé la chaussée conduisant à la porte d'Orée – tellement inspirée du palais d'Urbino – que des musiciens prirent le relais pour un concert champêtre balayé, dès l'entrée de la cour du Donjon, par le roulement des tambours et la sonnerie de grandes trompes. Fastes. Splendeurs. Encore et encore...

— Vous êtes le seul souverain de ces lieux ! lança, magnifique, le roi François en accueillant son invité dans la superbe galerie de l'étage, achevée juste à temps par Le Rosso et son atelier.

Plus que les boiseries étourdissantes et les stucs richissimes, ce sont les belles fresques ornant les lieux qui plurent à Charles Quint. Elles lui arrachèrent même des cris d'admiration qui, pour une fois, n'étaient pas forcés. L'empereur voulut s'attarder devant plusieurs compositions et, notamment devant celle figurant l'éducation d'Achille par Chiron. L'on reconnaissait sans peine le dauphin Henri sous les traits du disciple, et derrière ceux du maître, à peine changé, le visage immuable et large du connétable.

— C'est bien vous, là ? fit mine d'interroger l'empereur.

Montmorency avait dû préparer sa repartie.

— Le haut seulement, sourit-il.

Car Chiron était un centaure ! L'empereur passa outre ; il ne s'attarda pas sur les captifs de plâtre, enchaînés de part et d'autre de la fresque – allusion transparente aux victoires encore fraîches du roi de France sur son adversaire éternel...

— Mon cousin, compatit François, la route a dû vous épuiser ; laissez-moi vous conduire jusqu'à vos quartiers.

Car en dépit du peu de temps dont avaient disposé ses architectes, François avait fait aménager pour Charles un pavillon entier, dans l'angle de la cour de la Fontaine. L'aigle impériale des Habsbourg, noire sur fond d'or, flanquée de la devise impériale : « Plus qu'oultre », sommait l'entrée monumentale d'appartements de grand confort, chauffés – attention plus que délicate – par toute une population de poêles de faïence à la mode allemande ; d'où ce nom qui devait rester de « pavillon des Poêles ».

Charles Quint, toujours transi de froid, se précipita vers le plus proche d'entre eux et se frotta les mains à cette bonne chaleur. Les traits de son visage ingrat, prognathe, se détendirent enfin.

— Votre hospitalité ne connaît point de limites, reconnut-il à son hôte.

— Mon seul souci est de vous plaire, admit François.

— En quoi vous réussissez à merveille !

L'empereur Charles – après encore quelques présentations et des propos aimables, diplomatiques, attendus, répétés – put enfin jouir d'un peu de repos, retiré dans sa chambre avec quelques intimes. Il scruta en silence la soie cramoisie des cimaises, les aigrettes au sommet du baldaquin, la pyramide de fruits confits sur la table d'argent, et les bannières brodées et rebrodées... Il envisageait avec soulagement de sacrifier à une sieste réparatrice ; mais s'approchant du lit, ce fut pour constater que ces Français impénitents, ostentatoires, avaient été jusqu'à coudre des perles vraies et des pierreries sur le ciel de lit et la courtepointe de drap d'or !

— Voyez cela, dit-il aux seigneurs espagnols qui l'accompagnaient. N'est-ce pas dément ?

Ils partirent ensemble d'un bon rire libérateur – rire de défense contre une volonté si déplacée de les éblouir par tous les moyens.

❦

À l'issue de la messe de minuit, divinement chantée par la Chapelle royale, un banquet digne du Messie fut servi dans la galerie nouvelle. L'empereur était assis entre sa sœur, la reine Éléonore, épouse légitime du roi de France et... la duchesse d'Étampes, maîtresse officielle et déclarée ! Le souverain Très Catholique, de surcroît veuf inconsolable, trouvait *in petto* cette situation aberrante ; mais il n'en montra rien et, souriant même à la belle, alla jusqu'à en rajouter dans la prévenance à son égard. C'est alors que survint un de ces petits épisodes que la chronique, friande d'images fortes, s'empresse de consigner pour les livrer à la postérité.

Des laquais en grande tenue présentaient, au début du festin, de vastes bassins de vermeil, fort travaillés et remplis d'eau parfumée pour les mains des convives. L'empereur, par précaution, retira l'énorme bague qu'il portait et, au moment de la repasser à son doigt, la laissa – peut-être de volonté délibérée – glisser dans la serviette de lin brodé que lui tendait, en personne, la duchesse d'Étampes. La jeune femme, habilement, se saisit du joyau avant qu'il ne tombât au sol et, dans un ravissant sourire, le rendit à son propriétaire.

— Oh non, dit Charles à mi-voix.

On le vit s'approcher de la favorite, pour lui parler tout bas.

— Gardez-la, dit-il, je vous en conjure ! Elle sera trop heureuse d'orner une si jolie main.

Sur quoi la duchesse, sans trop se faire prier, mit la bague à son doigt et, peu discrète, la montra au roi aussitôt. Celui-ci remercia l'empereur, et d'autant plus vivement qu'il regardait comme une grâce personnelle, la moindre gentillesse adressée à sa tendre amie.

Un peu plus tard dans le cours du banquet, François Ier – qui pourtant avait promis à Montmorency de n'aborder, de tout le séjour, aucune question territoriale avec son hôte – s'autorisa, le vin aidant peut-être, une légère entorse.

— Mon cousin, dit-il en désignant Anne, cette dame me supplie d'évoquer avec Votre Majesté la question, certes préoccupante pour un père, du devenir d'un autre Charles…

Le plus jeune fils du roi se prénommait Charles, en effet ; il était désormais duc d'Orléans.

— Votre fils est un jeune homme fort agréable et de beau maintien, répondit l'empereur, un peu froissé de cet échange imprévu. Il ne serait pas mauvais, nous semble-t-il, d'envisager son mariage avec doña Maria…

— Oh, ce serait la meilleure des choses ! s'enthousiasma la reine Éléonore qui, pour une fois, sortait de son extrême réserve politique.

Pour compléter ce chœur de dames, la reine de Navarre qui, toujours à l'affût, s'était penchée par-dessus son frère pour contempler la bague offerte à la duchesse, approuva chaudement.

— Et pourquoi pas, lança-t-elle, unir ma fille, l'infante Jeanne de Navarre, à votre fils don Philippe ?

— Pourquoi pas, en effet ? approuva l'empereur, de plus en plus dépassé par le tour – bien trop ouvert et libre à son goût – de la conversation.

— Laissons l'empereur passer la Noël en paix, intervint heureusement François.

— Oui, joyeux Noël ! dit la reine.

Le roi retint par le bras un laquais qui passait.

— Dites-moi : vous n'auriez pas de fille à marier ? demanda-t-il.

Un tonnerre de rires fusa, auquel l'auguste convive, en dépit de sa bonne volonté, eut toutes les peines du monde à souscrire.

❊

L'étape de Fontainebleau tira un peu en longueur, afin de laisser aux Parisiens le temps de préparer l'entrée inoubliable qu'ils réservaient à Charles Quint. Celui-ci bouillait sur place, impatient qu'il était d'aller en découdre avec ses mauvais sujets de Gand... Pour tromper son attente et plaire à son hôte, il accepta plusieurs fois d'aller courre le cerf, dans une forêt, du reste belle et giboyeuse. Les jeunes princes accompagnaient alors les souverains ; et si Henri, réservé de nature, se montrait de surcroît méfiant à l'égard de l'empereur, le bouillant Charles, en revanche, s'était pris pour cet invité austère d'une sympathie d'autant plus vive qu'elle n'était pas désintéressée.

— Je crois que l'empereur m'aime bien, se vantait-il à la cantonade.

Un jour qu'ils avaient donné la curée du côté du Prieuré, l'on vit le jeune intrépide approcher sa monture blanche très près, trop près assurément, de la cavale noire de l'empereur. Les gardes espagnols n'osèrent s'interposer. Alors le prince, oubliant toute réserve – pour ne rien dire de la politesse – sauta du cheval blanc sur le noir, et entourant le souverain de ses bras, se mit à lui crier dans les oreilles.

— Sire, rendez-vous, vous êtes mon prisonnier !

Les chasseurs français rirent de bon cœur, et le jeune Orléans, tout fier de son bon tour, s'en frappa les cuisses. Mais les observateurs impériaux notèrent que leur maître avait blêmi. Pire : Charles Quint, de surprise et d'indignation, n'avait pu retenir un tremblement qui, chez lui, n'annonçait vraiment rien de bon.

— Il me faudra donc boire le calice jusqu'à la lie, devait-il confier, dans la soirée, à son confesseur.

— Sire, convint le prêtre, ces gens se comportent comme de parfaits sauvages.

Route de Valenciennes.

Loches, Chenonceaux, Blois, Chambord, Cléry, Orléans, Fontainebleau, Vincennes, Paris, Ecouen, Chantilly, Saint-Quentin... Après deux mois ininterrompus de fêtes, de festins, d'entrées solennelles, de bals de cour, de réjouissances plus ou moins publiques et de cavalcades à peu près aussi spontanées que les processions de la semaine sainte en Andalousie – sans compter les chasses, les visites, les promenades, les soupers, les concerts et les présentations diverses – l'empereur Charles, épuisé au-delà de l'exprimable, voyait arriver sa libération avec une joie sans mélange.

Il avait, à Saint-Quentin, embrassé chaleureusement le roi François pour des adieux dignes de frères aimants. À Valenciennes, il entrerait dans ses États, et pourrait enfin s'estimer dégagé de ce peuple attachant, sans doute, mais démonstratif au-delà de toute raison. Il serait enfin libre de gagner, à marche forcée, cette cité de Gand où son autorité, un temps bafouée, allait pouvoir s'abattre avec une implacable dureté, donnant à voir à l'Europe ce qu'il pouvait en coûter, à des sujets dévoyés, de défier la puissance du premier souverain de la Terre.

⁂

— Vous devez afficher là-bas une férocité très grande, et ne surtout montrer aucune humanité.

Ces beaux conseils étaient du connétable de Montmorency qui, dès qu'il s'agissait de discipline intérieure, pouvait se révéler d'une violence inouïe. L'empereur, un peu étonné de cette soudaine rigidité, remercia son allié de ses bons avis. Le maréchal rouvrit la bouche.

— Pour ce qui est du Milanais…

Charles grimaça : ce mot, deux mois durant, avait été soigneusement évité ; et voilà qu'il surgissait, comme un prurit trop longtemps camouflé, à la dernière minute.

— Tout sera, coupa-t-il très vite, réglé à la pleine satisfaction du roi.

Le connétable sourit de manière un peu forcée. Alors l'empereur lui glissa, dans le creux de la main, un petit sac de velours vert sombre qui se révéla contenir la plus grosse, la plus magnifique des émeraudes, taillée « en table » – cette formule traduisant assez bien l'impression produite par la gemme… Les Fils de France reçurent, de leur côté, de très beaux et gros diamants. Présents impériaux.

— Dès que j'aurai puni, comme il convient, tous ces rebelles…

Charles Quint ne finit pas sa phrase, mais Montmorency combla mentalement son silence : « … je veillerai à trouver une solution agréable à la question du Milanais ». Il avait été convenu, du reste, qu'il appellerait le connétable à lui dès qu'il en aurait fini avec les Gantois.

— Adieu, mes enfants ! lança l'empereur dans un accès de liberté qu'expliquait en fait son soulagement.

Les princes agitèrent la main ; Charles s'éloignait déjà au milieu de son escorte légère ; quant à Montmorency, il réalisa d'un coup le risque énorme qu'il avait pris : sa parole en cause, la gloire du roi largement engagée, des sommes immenses englouties – à commencer par ses propres deniers... Tout cela sans contrepartie certaine, sans garantie de retour d'aucune sorte. Le dauphin, du reste, remarqua l'air sombre du connétable.

— Vous paraissez songeur, lui dit-il.

— Tout va bien !

⁂

Les semaines passèrent. L'ordre fut rétabli à Gand. Mais jamais l'empereur n'invita le connétable à le rejoindre...

Manoir d'Anet.

En politique, le temps estompe habituellement les échecs. Il n'en fut rien cette fois ; et plus les semaines passaient, plus le camouflet infligé à Montmorency par le silence et l'oubli de l'empereur alimentait les médisances. L'atmosphère de la Cour finit par devenir irrespirable pour les partisans du connétable. Et Diane de Poitiers préféra se retirer quelque temps sur ses terres, où elle convia – sans égard au qu'en-dira-t-on – le dauphin, mais aussi son épouse.

Un malaise de plus en plus tangible s'était immiscé entre Henri et Catherine. Après six longues années d'union stérile, il apparaissait que leur couple était voué à l'échec. Et si la dauphine, encore éprise en dépit de tout, continuait secrètement d'espérer quelque chose, son mari cachait de moins en moins sa liaison platonique – disait-on – avec Diane.

Ainsi, le monogramme* qu'il s'était choisi ne trompait-il personne. Officiellement, il s'agissait

* C'est la réunion de plusieurs initiales formant l'emblème d'une personnalité.

d'un *H* mêlé avec deux *C*. En fait, les *C* étant collés aux barres du *H*, ils dessinaient des *D* assez provocateurs qui, tout en ménageant l'honneur de la dauphine, lui déchiraient le cœur. On en trouverait désormais partout : sur les bannières de tournoi, les harnais des chevaux, les assiettes en vermeil…

⁂

Par un matin pluvieux de février, Henri et Catherine se retrouvèrent seuls, ce qui devenait rare, dans la bibliothèque du défunt mari de Diane.

— Vous paraissez bien maussade, soupira la princesse en s'approchant de son époux.

En vérité, Henri était nerveux, plus que maussade ; il ne quittait pas des yeux la porte marquetée, comme s'il avait redouté l'irruption d'un intrus.

— Il paraît que ma fille vient d'arriver, lâcha-t-il sans ménagement.

Catherine se détourna pour cacher à son mari un visage décomposé.

— Vous parlez de cette enfant piémontaise…

— C'est cela.

Si le dauphin manifestait quelque embarras, c'était moins par regret de cette liaison adultère que par gêne d'évoquer devant sa femme une fécondité quelconque.

— La verrons-nous, cette enfant ? demanda toutefois Catherine avec complaisance.

La réponse lui fut apportée aussitôt : la porte s'ouvrit sur Diane de Poitiers, menant par la main une enfant de dix-huit mois. Impressionnée par les deux inconnus, celle-ci commença par se réfugier dans les jupes de la sénéchale. Mais le dauphin, soudain magnétisé, s'accroupit et lui tendit les bras.

— Tu viens me voir ? demanda-t-il à l'enfant. *Vieni, bambina** !

— Elle est un peu farouche, dit Diane, de l'air que prendrait une mère pour excuser sa propre enfant.

— Ne trouvez-vous pas qu'elle me ressemble ?

— Elle est très belle, approuva la grande amie.

Catherine souffrait. Cette apparition physique de l'enfant de son mari la torturait cruellement ; elle était pâle, avec des sueurs froides. Pour la première fois, peut-être, elle se sentait gagnée par la haine – une haine qui ne visait pas l'enfant, naturellement, ni son père qu'elle ne détesterait jamais, mais bien Diane de Poitiers. Diane qui, l'air de rien, semblait vouloir donner le sentiment que la fille d'Henri était un peu la sienne.

— Et comment s'appelle-t-elle ?

Henri et sa maîtresse échangèrent un regard gêné. Ils s'abstinrent de répondre, et la grande sénéchale feignit d'être accaparée soudain par l'enfant.

— *Sii gentile*** !

Catherine sentit la dérobade. Or, si elle pouvait se montrer complaisante, elle ne renonçait jamais à rien.

— Cette enfant n'a donc pas de nom ? insista-t-elle.

— Elle va s'appeler Diane, bredouilla Henri. Et si le roi veut bien : Diane de France.

Catherine serra les mâchoires.

— Diane, c'est joli, convint-elle aussitôt qu'elle put de nouveau parler.

---

* Viens, petite !

** Sois gentille !

❋

Jacqueline de Longvic, duchesse de Montpensier, était toujours là pour recueillir les douloureuses confidences de la dauphine, si souvent outragée dans son honneur d'épouse ou – simplement – de femme. Offrir son épaule, essuyer des larmes : ces gestes lui étaient devenus familiers, hélas... Avec patience et discrétion, elle consolait sa royale amie, tentait d'excuser à ses yeux les impairs d'un mari jeune et mal conseillé, s'attachait, autant qu'elle le pouvait, à entretenir la confiance de Catherine en elle-même, et sa foi dans la vie.

Lors de ce séjour au vieux manoir d'Anet, la chambre de la duchesse de Montpensier se trouvait au-dessus de celle de la grande sénéchale. Ce n'était qu'une contingence ; cela devint une circonstance. Car – ainsi qu'il arrivait souvent dans ces demeures campagnardes[19] – les étages n'étaient séparés que par un plancher, certes robuste, mais perméable aux sons... Or, dès le premier soir, la confidente de la dauphine en avait perçu d'éloquents, provenant de la chambre du dessous ! Une curiosité bien pardonnable l'avait dès lors amenée à déceler quelques défauts dans les vieilles planches et, aux surprises de l'ouïe, à joindre bientôt les plaisirs de la vue...

Aussi lorsque, une fois de plus, Catherine se plaignit de la froideur d'Henri et des soins exclusifs qu'il réservait à Diane, Jacqueline se hasarda-t-elle à faire à son amie la plus malhonnête des propositions.

— Il faut croire, hasarda-t-elle, que Mme de Poitiers procure à votre mari des plaisirs dont vous ne soupçonnez même pas l'existence...

— Comment les découvrir ? gémit la dauphine.

— Eh bien... J'en aurai peut-être le moyen.

C'est ainsi qu'après bien des hésitations, et des accès de scrupules entrecoupés d'impatiences presque enfantines, Catherine de Médicis passa la soirée dans la chambre de Jacqueline de Longvic, allongée sur le sol et l'œil collé au plancher !

— Vous allez prendre un orgelet, ironisait doucement la confidente.

— Taisez-vous, taisez-vous : les voilà qui entrent !

Catherine avait éprouvé – au-delà d'un sentiment de culpabilité assez vite dissipé – une certaine anxiété à l'idée d'épier son époux adoré dans les bras de sa maîtresse. Et quand elle les vit, persuadés d'être seuls, se couvrir le cou et le visage de baisers, son cœur se serra au point de lui faire craindre un malaise. Les amants disparurent sous le baldaquin, et demeurèrent tout un moment cachés aux regards de l'intruse. Mais soudain, comme mus par une force qui les dépassait, ils surgirent hors du lit, haletants, extatiques, et se roulèrent sur l'épais tapis de haute fourrure. Ils riaient à moitié, et cependant paraissaient graves.

Le spectacle que, loin de s'en douter, ils offraient à Catherine, par sa nouveauté, par sa grâce aussi, devait la troubler durablement.

— Oh ! dit-elle, c'est incroyable !

— Alors, que font-ils ? se permit Jacqueline, pour une fois indiscrète.

La dauphine ne répondit pas. Au-dessous d'elle, dans la vaste et belle chambre, s'accomplissait une sorte de rite dont la beauté même semblait interdire toute pensée malsaine. L'athlétique Henri était nu, comme lors de sa première nuit avec sa femme, à Marseille. Étendu sur le dos, les bras en croix, il se laissait couvrir de baisers, de morsures, de suçotements par Diane, transfigurée – Diane dont la chemise, en grande partie défaite, magnifiait le teint d'ivoire et de rose. Elle se dépouilla elle-même de ce restant de vêture.

— Je dois dire qu'elle est belle, très belle… articula Catherine.

Les amants s'enlacèrent comme s'ils flottaient au-dessus du sol ; leurs bras et leurs jambes, imbriqués comme les membres d'un même corps, donnaient le sentiment d'une étreinte juste effleurée. Ils respiraient d'harmonie. Mais par instants, il semblait que tout en eux s'affolait d'un même souffle ; s'empoignant alors comme en une lutte à peine esquissée, ils donnaient libre cours à leurs pulsions. Une tendresse joyeuse, presque religieuse, semblait les animer. Henri prit dans sa bouche le téton généreux de Diane, couleur d'abricot mûr, et se mit à jouer avec lui d'une manière qui sidéra son épouse ; quand la maîtresse fit de même avec le sexe de son amant, Catherine estima qu'elle en avait assez vu.

Son cœur humilié battait la chamade. Connaîtrait-elle jamais, avec celui qui était son mari devant Dieu, ne serait-ce que l'ombre d'une telle entente ?

— Alors ? insista Jacqueline, vaguement inquiète.

La dauphine, la gorge nouée, serrait les lèvres dans une étrange grimace ; elle tomba dans les bras de son amie et s'y épancha. Cette leçon l'avait bouleversée plus qu'enseignée, et sans vraiment regretter l'initiative de sa complice, elle se dit qu'elle aurait mieux aimé ne jamais constater ce que son imagination avait été si loin d'entrevoir.

Château de Fontainebleau.

— Comme je suis heureuse que vous passiez me voir !

La duchesse d'Étampes fit entrer Françoise de Longwy, amirale de Brion, dans son boudoir doré. La malheureuse traversait des temps difficiles. Sur les instances du connétable et de ses agents, son mari, Philippe Chabot, avait été traduit en justice pour ses multiples prévarications ; on lui reprochait notamment d'avoir touché des pots-de-vin du Portugal, sur le dos des armateurs français.

— Madame, dit la visiteuse éplorée, je ne sais comment vous remercier de tous vos bons offices…

— Laissez cela. La disgrâce qui frappe votre mari m'atteint personnellement. En essayant d'adoucir vos peines, ce sont mes propres intérêts que je défends.

Anne de Pisseleu était là dans son meilleur rôle : la négation de ses mérites au bénéfice de sa supposée modestie. Elle se laissa tomber sur un lit de repos, où la rejoignit dans l'instant un petit singe au pelage gris tirant sur le vert.

— Qui aurait pu prédire, gémit Mme de Brion, que mon mari serait ainsi inquiété, puis traduit en justice ?

— Moi, j'aurais pu vous le dire. Du reste, je l'avais prévenu ! Notre grand amiral s'est montré imprudent, ma bonne...

Le petit singe jouait avec le très long collier de la favorite. Il affectait d'en détailler chaque perle, comme un joaillier sourcilleux. L'amirale se dérida un peu à le voir faire ; puis son rictus se déforma et elle fondit en larmes.

— Sans vous, madame, je serais bientôt à la rue, pleurait-elle.

— Allons, vous n'allez pas vous laisser démonter.

— Pardon, madame, oh pardon de vous donner ce spectacle !

La maîtresse en titre fit asseoir auprès d'elle son amie dolente.

— Je vous promets de tout faire pour obtenir que les juges ne se montrent pas trop sévères, lui confia-t-elle. J'ai beaucoup travaillé le roi en ce sens, et je puis vous assurer que j'ai bon espoir.

— Le roi, madame ? Mais ce maudit connétable l'a braqué contre nous ! Je l'ai croisé en venant, dans toute sa suffisance...

— Ne vous y fiez pas, susurra la duchesse. Quand vous l'avez vu, tout à l'heure, Montmorency ne se rendait chez le roi que pour s'y faire laver la tête. Voyez-vous, il semblerait qu'il a commis l'erreur de s'en prendre à la seule personne que Sa Majesté protégera toujours : sa sœur Marguerite !

— Mais pourquoi ce monsieur de Montmorency s'acharne-t-il ainsi contre nous ?

— Parce qu'il y est poussé par la vieille sénéchale, pardi ! Voilà pourquoi…

Le singe avait entrepris de se parer lui-même d'un bout du collier, qu'il enroulait soigneusement autour de son buste. Anne le laissa faire, moins par négligence qu'en vertu d'une indulgence envers la coquetterie…

— Vous verrez que ce fieffé coquin – il est mon ennemi autant que le vôtre – finira par chuter tout seul. Il a fait croire au roi que l'empereur lui donnerait Milan, alors qu'il savait pertinemment qu'il n'en serait rien. Montmorency est devenu l'agent stipendié de l'Empire au sein du Conseil, ma chère. Et cela, Sa Majesté ne saurait le tolérer longtemps.

La visiteuse observait la duchesse avec les sentiments imprécis d'une femme trop secouée par l'urgence pour se permettre de tabler sur l'avenir. Anne poursuivait.

— Vous voulez que je vous dise où finira ce bandit ?

Françoise acquiesça.

— Au bout d'une corde !

En prononçant ces mots, Anne de Pisseleu avait frappé de toutes ses forces sur une petite table. Le singe, effrayé, voulut se sauver. Mais le collier dont il s'était paré le retint. Alors le petit animal tira sur le fil et le cassa : les perles, tombant en pluie, allèrent rouler partout dans la pièce.

— Mon Dieu ! lâcha Françoise de Brion.

Les deux jeunes femmes s'agenouillèrent pour récupérer les joyaux qui s'étaient glissés dans les coins, sous les meubles et même entre certaines lames du vieux parquet. L'amirale en réunit toute une poignée qu'elle tendit avec précaution à la duchesse. Alors celle-ci eut l'élégance de repousser sa main.

— Gardez-les, dit-elle. Elles vous seront plus utiles qu'à moi…

⁂

Un tronc entier, couché sur un lit de braises incandescentes, flambait dans la cheminée. Les vitraux verdâtres, cloisonnés de plomb, filtraient un jour de mars avare en lumière[20]. Assis sur une caquetoire*, non loin du feu échauffant son visage, le roi de France jetait dans l'âtre, d'un geste désabusé, toutes sortes de papiers qu'il extirpait d'un maroquin.

Sa sœur, la reine Marguerite, se tenait debout, immobile, à droite du haut manteau qu'ornait un paysage peint en grisaille. Le connétable lui faisait pendant, toujours massif et figé comme une statue. Leur silence n'était rompu que par le crépitement des flammes s'attaquant aux feuillets.

— À la fin, dit le roi, il faut bien que ce recueil soit quelque part ! N'avez-vous aucune idée, mon cousin, de ce qu'il a pu devenir ?

— Sire, soupira le connétable, je ne suis pas certain d'avoir bien compris de quel recueil il est question…

La sœur du roi éclaira sa lanterne.

— Il s'agit, maréchal, d'un recueil de poèmes manuscrits que m'adressait la marquise de Pescaire[21] avec qui je suis en relation de courrier.

— Des poèmes manuscrits, dites-vous… La marquise de Pescaire… Je crois que j'ai vu passer cela, en effet.

Marguerite étouffait de rage.

— Mais par quel prodige ce pli s'est-il retrouvé entre vos mains ?

---

* Petite chaise volante, propice à la conversation.

— Il faudra, madame, qu'on me l'ait adressé par erreur.

La souveraine hoqueta. Elle ne comprenait que trop la raison d'un tel détournement : Vittoria Colonna, marquise de Pescaire, était connue depuis longtemps pour entretenir des amitiés luthériennes... Le connétable, averti par ses agents d'une correspondance de cette hérétique avec la reine de Navarre, avait cherché là de quoi démontrer au roi les penchants peu orthodoxes de sa vieille adversaire. Il s'était donc procuré le recueil, espérant y trouver de quoi tenir la trop libre Marguerite.

— Si vous l'avez feuilleté, vous avez pu vous rendre compte qu'il ne contenait rien que de très innocent.

— Oh, madame, si c'est l'ouvrage auquel je pense, je me suis bien gardé de le parcourir.

— Menteur !

— Marguerite !

Le roi François détestait que sa sœur perdît contenance. Il était bien placé pour connaître son caractère entier, et savait qu'une fois lancée, elle devenait difficile à contenir.

— Marguerite, calmez-vous, de grâce.

La reine, furieuse, alla s'asseoir près de la fenêtre. Le connétable, quant à lui, demeurait comme un écolier pris en faute. Le roi jeta toute une liasse de papiers dans le feu.

— Il m'est pénible, mon cousin, que vous traitiez avec tant de légèreté un courrier destiné à une personne de ma famille. Je veux croire que vous allez retrouver ce recueil au plus vite, et le rendre à sa légitime destinataire.

— Je ferai pour le mieux, sire.

— Comment ose-t-il se défiler ainsi ?

Marguerite, outrée par la suffisance du connétable, s'était relevée pour l'affronter. Mais de nouveau son frère s'interposa.

— Ma chère sœur, le mieux serait, maintenant, que vous nous laissiez. Monsieur le connétable et moi avons quelques affaires à traiter ; et pour ce qui est de votre livre, je suis certain qu'il ne tardera plus à vous parvenir.

— Cela vaudrait mieux, dit-elle avec courroux.

Avant de quitter le cabinet de son frère, elle se retourna une dernière fois pour qualifier son ennemi du seul nom qui, décidément, lui semblait s'imposer.

— Menteur !

Puis elle sortit d'un pas altier. Le roi, brûlant toujours ses feuillets, secoua la tête d'un air désolé.

— Moi qui me réjouissais, dit-il, de vous savoir à nouveau bons amis !

— Pour dire vrai, sire, j'ignore ce qui a pu mettre Madame Marguerite dans une telle fureur !

— Vous devez bien vous en douter un peu…

Le roi regarda son grand serviteur d'un air d'extrême lassitude. Tant de force, tant d'efficacité – pour ne rien dire du génie militaire – tout cela, gâché par une incapacité radicale à faire utilement sa cour.

— Savez-vous, lui demanda-t-il, ce que je suis en train de brûler avec tant de constance ?

— Non, sire.

— Ce sont des mémoires que l'on m'adresse quotidiennement et qui, tous, s'appliquent à dénoncer vos procédés.

Le connétable ne répondit pas, mais il blêmit sous ce coup imprévu. Le roi insista.

— Cette guerre à outrance, que vous voulez mener contre les réformés, n'est certes pas propice à la paix de mes peuples…

— Sire, c'est une purge nécessaire, quoique désagréable comme sont souvent les purges. Mais c'est un mal véniel pour en éviter un terrible ! Car si nous n'éradiquons pas l'hérésie aujourd'hui, elle trouvera en France un terreau si fertile que, tôt ou tard, le royaume Très Chrétien sombrera dans les pires errances.

— Ne pensez-vous pas qu'un peu de douceur, et beaucoup de temps, produiraient dans ce domaine des résultats meilleurs que la violence ?

Le connétable, une fois encore, préféra ne pas répondre. Le roi soupira, en jetant au feu les ultimes libelles dirigés contre son grand serviteur.

— Après tout, dit-il, c'est peut-être vous qui avez raison.

D'un geste à peine esquissé, il fit comprendre à Montmorency qu'il pouvait disposer. Le connétable, nullement troublé, mais sincèrement navré que sa politique ne fût pas mieux comprise et soutenue davantage, aurait aimé se lancer dans un grand plaidoyer ; seulement l'épanchement n'était guère dans sa nature, et c'est sans un seul mot qu'il tira sa révérence. Il avait déjà le bouton de la porte en main quand le roi le rappela.

— Montmorency !

— Sire ?

Le monarque soupira douloureusement. Il paraissait chercher ses mots.

— Au fond, je n'ai rien à vous reprocher…

— Alors, tant mieux.

— Je n'ai rien à vous reprocher, si ce n'est que vous n'aimez pas ceux que j'aime.

Chapitre VI

Mariage forcé

(Hiver et Printemps 1541)

Château de Fontainebleau.

Jeanne de Navarre et son petit convoi atteignirent Fontainebleau avec le soulagement visible des voyageurs épuisés. Dans les premiers jours de janvier, un messager royal était venu au Plessis, près de Tours, porteur d'une convocation de François Ier. Le roi, toutes affaires cessantes, souhaitait entretenir la jeune infante de choses apparemment importantes. Lui avait-il trouvé un mari ? À défaut d'une alliance impériale, peu probable en ces temps de durcissement des relations avec Charles Quint, son oncle allait peut-être proposer à Jeanne un époux anglais – à moins qu'un prince français ne fît l'affaire…

— Vais-je épouser mon cousin Charles ? avait demandé la fillette.

Elle avait treize ans ; Orléans, bientôt dix-huit.

— C'est au roi d'en décider, avait répondu, déférente, sa gouvernante Aimée de Lafayette.

Tout au long de la route, il avait fallu multiplier les haltes, du fait des malaises répétés de Jeanne qui, travaillée par la puberté, était souffrante alors ; des pertes continuelles la fatiguaient et la rendaient fragile.

— Voilà ce que c'est que de vouloir être femme ! feignait de plaisanter Aimée, dont la bonne nature cherchait à minimiser les épreuves.

Son amour de la vie était communicatif. Mais sous ses apparences légères, elle se souciait fort, en vérité, de la santé de sa pupille, de même qu'elle s'inquiétait du mari qu'on lui destinait en haut lieu... Pour les accompagner jusqu'à Fontainebleau, Aimée avait choisi deux matrones, quelques archers et l'écuyer Gautier de Coisay qui, connaissant fort bien la route, avait beaucoup contribué à contenir leur retard.

Henri et Marguerite de Navarre, néanmoins fort inquiets, étaient accourus à la rencontre de leur fille, qu'ils embrassèrent et câlinèrent comme si elle venait de réchapper d'un naufrage.

En parents attentifs, mais surtout en souverains responsables, ils se préoccupaient du mariage de leur fille. Henri d'Albret n'oubliait jamais que son petit royaume avait été, trente ans plus tôt, amputé de sa moitié méridionale. Il espérait bien récupérer ces territoires ; or, parmi les maigres atouts dont il disposait, figurait à l'évidence la main de Jeanne.

⁂

Cet hiver-là, le château de Fontainebleau, en dépit du froid, paraissait en ébullition. Ses couloirs et ses antichambres, tout odorants encore des relents de peinture et de plâtres frais, bruissaient en effet des algarades de la duchesse d'Étampes avec le bouillant Benvenuto Cellini. Cet orfèvre italien, également sculpteur et faiseur de décors, s'était vu passer commande de sujets importants pour la porte et l'hémicycle du séjour royal. Il en avait présenté les modèles au souverain mais, peu au fait des usages de cette cour, avait négligé de solliciter, à leur propos, l'avis de la favorite. Anne, forcément, avait vu rouge.

— Si Benvenuto, avait-elle lâché, glaciale, m'était venu montrer ses beaux ouvrages, il m'aurait donné lieu de penser à lui !

Le lendemain, l'artiste s'était présenté chez la maîtresse en titre avec, pour se faire pardonner sa bévue, un vase qu'il avait l'intention de lui offrir. Elle l'avait fait patienter une journée entière, et avait si bien découragé ses prévenances qu'en fin de compte, Cellini s'en était allé offrir son vase au cardinal de Ferrare !

Dès lors, la duchesse d'Étampes avait résolu de détruire la réputation du maître.

Au moment où s'installaient, dans leurs appartements, l'infante Jeanne et sa suite, on annonça la présentation par Cellini de son dernier chef-d'œuvre : un Jupiter d'argent de toute beauté, monté sur un piédestal en or ! Aimée de Lafayette avait la passion de ces choses ; aussi bien elle se faufila dans la galerie, pour ne rien perdre d'un si grand événement.

Las ! Anne de Pisseleu s'était arrangée pour que le Jupiter fût noyé au milieu de bronzes à l'antique du Primatice, et pour que l'éclairage, insuffisant, ne permît pas d'en apprécier toutes les qualités... C'était compter sans l'ingéniosité de Cellini.

Alors qu'on annonçait le roi de France, le maître disposa, dans la main de son Jupiter, une torche allumée qui mit le roi de l'Olympe en pleine lumière, et souligna toutes ses beautés. Les courtisans riaient sous cape. La favorite était furieuse.

— Il faut croire que vous n'avez pas d'yeux ! lâcha-t-elle à celles qui, trop heureuses de la taquiner, s'extasiaient devant le chef-d'œuvre d'argent. La vraie beauté, la perfection, sont à chercher dans ces bronzes et non... là-dedans !

Elle avait prononcé le dernier mot avec un souverain mépris. Le roi, lui, ne tarissait pas d'éloges devant le génie si évident de Benvenuto. Anne revint vers le Jupiter.

— Vous lui avez drapé la cuisse, remarqua-t-elle. Pour cacher quelque défaut, sans doute...

Piqué au vif, l'Italien, d'un geste un peu rude, arracha le voile qui, par pudeur, avait été jeté sur les parties de la statue. Un murmure parcourut l'assistance.

— Il est parfait aussi de ce côté, crut devoir ajouter l'artiste.

La maîtresse du roi prit cette soudaine exhibition pour une insulte à sa personne. Tournant les talons, elle mit un point d'honneur à déserter la galerie et, presque de force, entraîna le roi vers son souper. Le souverain trouva tout de même le temps de féliciter le maître, et le plus chaleureusement possible.

— J'ai enlevé à l'Italie, conclut-il, l'artiste le plus grand et le plus universel qui ait jamais été !

Cellini s'inclina, mais il paraissait amer. Tant d'efforts pour ce résultat saumâtre... Aimée de Lafayette s'approcha de lui et, gloussant à son habitude, complimenta l'artiste à sa manière.

— Laissez-le donc tout nu, dit-elle. Il est bien mieux ainsi.

⁂

François avait réuni, dans un cabinet d'angle, sa sœur Marguerite et son beau-frère, le roi de Navarre, sa nièce Jeanne et le cardinal de Tournon. La petite infante, ragaillardie sans doute par la présence de ses parents, paraissait avoir repris des forces ; poudrée, parée, elle faisait plutôt bonne figure.

— Ma chère petite, déclara le roi, je vous ai tous fait venir pour vous annoncer une grande nouvelle.

Marguerite et Henri échangèrent un regard tendu. François poursuivit.

— Vous êtes presque une dame, à présent, et il faudrait songer à vous marier.

— Vous connaissez, sire, dit le roi de Navarre, la position de sa mère et la mienne quant aux alliances qui...

— Soyez tranquille, mon cher frère*. Le cardinal et moi-même avons beaucoup réfléchi à ce qu'il convenait de faire, et nous avons adopté la solution qui, de loin, se révélera la meilleure.

— Allons-nous asseoir la paix avec l'Empire ? hasarda la reine de Navarre. Dans ce cas, je ne regretterai pas de voir s'éloigner ma fille.

— Les intérêts de mon État... commença Henri.

— Je sais, je sais. Rassurez-vous : je suis la question navarraise avec un soin personnel. N'y va-t-il pas de l'avenir de ma chère Marguerite ? Cependant nous devons tout considérer...

Le roi donna la parole au cardinal de Tournon qui, onctueux, ébaucha plusieurs révérences avant de se lancer dans l'exposé de la situation.

— Il apparaît bien clairement, dit-il, que monsieur de Montmorency s'est laissé abuser : l'empereur Charles n'a pas la moindre intention de nous donner satisfaction sur aucun des points que vous connaissez. Pis : son récent passage parmi nous, n'en déplaise au connétable, l'a

* On ne disait pas, alors, « beau-frère » ou « belle-sœur ».

davantage braqué contre la France que bien disposé.

— S'achemine-t-on vers une nouvelle guerre ?

— Point encore, madame. Cependant, c'est une issue qu'il pourrait paraître imprudent d'écarter... Aussi bien, nous aurons besoin, dans le prochain conflit, de l'entier soutien des princes d'Allemagne...

Pour Henri d'Albret, dès cet instant, tout fut dit. Il avait assisté, l'été passé, à l'alliance contractée avec le duc de Clèves, puissant héritier de la riche province de Gueldre. L'accord avait vu le jour à Anet, chez Diane de Poitiers qui avait, de son côté, marié sa fille aînée avec un La Marck, cousin de Clèves.

— Ne me dites pas... commença-t-il.

— Ma chère nièce, coupa François en affectant d'ignorer son beau-frère, nous allons faire de vous une princesse puissante et riche. Nous entendons, si vos parents le veulent bien, donner votre main à monseigneur le duc de Clèves.

La petite demeura silencieuse. Ses yeux fixés sur ceux du roi, elle n'osait manifester d'autre émotion qu'une gratitude de circonstance. Dès qu'elle put, toutefois, elle détourna le regard vers sa mère qui, d'un sourire certes crispé, la rassura plus ou moins. Son père paraissait déçu, mais – diplomatie, faiblesse ou fausse habileté – il finit par la prier de débiter le compliment qu'on lui avait appris. Alors Jeanne, rassemblant ses souvenirs, prononça des paroles qui, en son cœur, n'avaient aucun écho.

— Sire, récita-t-elle, je remercie Votre Majesté de toutes les bontés qu'elle a pour nous, et tâcherai de me montrer digne, par ma conduite dans le mariage, de l'honneur qu'elle fait à mes parents et de la confiance qu'elle place en moi.

— À la bonne heure ! dit François sans cacher son soulagement.

Mais il comprit, au visage tendu de sa sœur, que l'affaire était loin d'être réglée.

❈

Le 8 février, une commission spéciale avait lourdement condamné Philippe Chabot de Brion. Pour trafic d'influence et prévarications diverses, parmi lesquelles ses manigances portugaises avaient fini par passer même au second plan, le « ci-devant » grand amiral se voyait privé de toutes ses charges, à vie, dépouillé de l'essentiel de ses biens, incarcéré à Vincennes et taxé d'une amende énorme. C'est tout juste si la favorite, fidèle en amitié, avait obtenu que le condamné ne fût pas déchu de l'ordre de Saint-Michel et sa famille frappée d'infamie.

Devant cette sentence implacable, le clan d'Étampes avait fait bloc. La plus noble initiative de la duchesse, en vue d'adoucir le sort de Brion, avait été le mariage de sa propre sœur, Louise, avec un neveu du ci-devant amiral. Guy de Chabot, baron de Jarnac, était un damoiseau fluet, pas très viril, et qui donnait l'impression, lorsqu'il accompagnait sa jeune femme, d'en être l'impudent petit frère. Louise de Pisseleu ne s'en plaignait pas, au demeurant, et s'amusait même à coiffer et parer son charmant mari comme elle eût fait d'une poupée.

Dans les jours qui suivirent le mariage, tous deux passèrent leurs journées chez la favorite, à jouer avec le singe, à siroter des liqueurs, à faire sauter des osselets – quand ils ne mêlaient pas leur voix aux méchantes rumeurs de la Cour... Anne brocardait volontiers sa sœur.

— Je vous ai trouvé un rude époux, dit-elle en les voyant un soir comparer leurs dentelles. Il vous défendrait contre mille, mais armé d'une épingle à chapeau !

— Il me plaît bien ainsi, rétorqua Louise, piquée au vif.

Guy l'embrassa pour sa peine.

— Madame, intervint un huissier, il y a là un écuyer de la reine de Navarre...

— Qu'il entre, bien sûr !

Gautier de Coisay se présenta devant la duchesse, un peu embarrassé de n'avoir pas de message à transmettre. Mais elle sut se montrer engageante.

— C'est agréable de vous voir, dit-elle. Il y a si longtemps !

— Pardonnez-moi, madame, si je me suis permis de venir chez vous de mon propre chef...

— Mais quelle bonne idée, au contraire !

Comme lors de sa visite, cinq ans plus tôt, à l'hôtel de la rue Saint-Antoine, Gautier sentit que sa belle prestance ne laissait pas la favorite indifférente.

— Vous êtes très aimable, vraiment, dit-il.

— C'est ce qu'il se dit, en effet... Mais en quoi puis-je vous le prouver ?

Ils s'isolèrent dans un cabinet voisin. Gautier commença par déplorer, pour la forme, la condamnation de l'amiral de Brion. Puis, baissant d'un ton, il en vint à ce qui le préoccupait : depuis que le roi, l'année passée, avait octroyé aux parlements tout pouvoir en matière de poursuite de l'hérésie, des familles entières de réformés se trouvaient traquées, arrêtées, persécutées.

— Je sais cela, mon pauvre ami, soupira la duchesse d'Étampes. Mais je n'y peux rien, malheureusement !

— Il se trouve, madame, que des gens d'armes sont venus, tout récemment, inquiéter ma famille à ce sujet, et...

— Où vit votre famille ?

— Tout près de Compiègne. Au château de Coisay.

— Coisay... A-t-on arrêté quelqu'un des vôtres ?

— Pas encore, madame, mais je voulais m'assurer...

— De ma bienveillance ? Oh, pour ça, vous l'avez.

Elle irradia l'écuyer d'un sourire plus que bienveillant – une véritable invite. Puis elle revint sur ce nom de Coisay, qui lui rappelait quelque chose.

— Vous n'avez, je crois, aucun lien avec Simon de Coisay...

— Simon est mon demi-frère. Mais il est bon catholique.

Anne reçut ces deux nouvelles avec surprise. La première, surtout.

— Votre demi-frère m'avait dit...

— Vous connaissez donc Simon ? l'interrompit Gautier, étonné à son tour.

— Je l'ai connu, naguère. À Lyon...

Un sourire – fugace il est vrai – effleura les lèvres de la duchesse, mais elle ne raconta pas à Gautier comment son frère avait commencé une nuit dans son lit, avant de la finir... au-dessous !

L'écuyer la trouvait plus troublante – plus désirable aussi – que jamais. Elle s'était approchée de lui et, comme on tournerait autour d'un objet d'art, le détailla du regard, puis du bout des doigts.

— Ne restez plus si longtemps sans venir me voir, lui souffla-t-elle à l'oreille. Revenez...

Château de Pau.

Sur la vieille forteresse de Gaston Phébus, en surplomb du Gave, les Albret avaient fait fleurir la plus agréable des résidences, avec des jardins, des terrasses, une belle cour bordée de façades à l'italienne, un escalier d'honneur digne des châteaux les plus neufs du Val de Loire... Par une après-dînée bien douce, la reine Marguerite de Navarre s'était installée avec sa vieille compagne, Mme du Lude, et la fille de celle-ci, Mme de Bourdeilles* au nouveau balcon qui, côté sud, offrait une vue magnifique sur la chaîne des Pyrénées. Elles devisaient nonchalamment, à propos de nouvelles en provenance du Louvre : il était question de la hâte du duc de Clèves à épouser la petite Jeanne, et de l'empressement du roi François à le satisfaire. Or, la reine ne parvenait pas à se montrer optimiste.

— Les États de Béarn** ont rejeté solennellement la perspective de cette union, dit-elle, mais

* Mme de Bourdeilles était la mère du fameux Brantôme.
** Il s'agit d'une assemblée souveraine à laquelle étaient soumis certains actes importants des rois de Navarre.

je ne suis pas sûre que mon mari sache tirer parti de leur refus. Il dispose pourtant là du meilleur argument que l'on puisse opposer à mon frère…

L'écho de cris, de bruits de sabots, de portes qui claquaient, tira les trois dames de l'espèce de torpeur qui les avait gagnées. Une sourde inquiétude les envahit ; déjà un page affolé se précipitait vers la souveraine.

— C'est le roi Henri, madame. Une mauvaise chute !

— Oh, Seigneur !

Marguerite sentit le sang lui affluer à la tête. Elle délaissa ses amies et, courant presque, suivit le garçon jusqu'aux appartements du roi. On s'écartait sur son passage, avec des mines inquiètes.

— Qu'est-il arrivé ? demanda Marguerite au page, tout en courant.

— Une chute de cheval, redit-il sans plus de précisions.

⁂

Autour du lit royal, médecins, officiers, compagnons de chasse et courtisans se pressaient dans un désordre qui, l'espace d'un instant, rappela sinistrement à la souveraine la mort de son premier mari, le duc d'Alençon, au retour de Pavie. Elle se fraya un chemin jusqu'au chevet d'Henri et s'inquiéta de son état.

— Je ne suis pas mort, répondit le roi de Navarre dans une grimace.

— Dieu soit loué ! dit Marguerite en se signant.

— Du reste, c'est heureux…

Le blessé s'interrompit pour souffler de douleur. Il toisait son épouse d'un regard peu amène.

— Imaginez que je sois mort aujourd'hui. À coup sûr, ma fille devenait allemande !

Marguerite, bien qu'habituée aux sautes d'humeur de son époux, et même à ses violences, fut surprise de cette attaque, en un tel moment et devant tout ce monde.

— Comment pouvez-vous dire une chose pareille ?

Elle espérait que la dispute en resterait là, pour n'avoir pas à se justifier en public de ses faiblesses répétées envers François Ier. C'était compter sans le cynisme d'Henri d'Albret.

— Sans moi, vous seriez, comme toujours, à la botte de votre frère adoré. Que ne l'avez-vous épousé, du reste ?

— Henri !

— « Henri ! », l'imita méchamment le blessé. « Henri, comment pouvez-vous dire cela ? » Je le dis parce que c'est vrai. Vous obéissez si bien à François que vous seriez prête, pour lui dire amen, à trahir mes sujets. Et à vendre ma fille au premier Teuton venu !

Marguerite aurait pu répondre que, face au roi de France, son mari non plus n'avait guère brillé par sa ténacité... Mais devant tant d'injustice et d'irrespect mêlés, elle choisit de n'opposer que des larmes muettes. L'assistance, incommodée par la scène, désertait la chambre sur la pointe des pieds ; bientôt ne restèrent, au chevet du blessé, que ses médecins et son chirurgien.

— Vous n'avez jamais su choisir entre lui et moi, s'acharna le roi Henri.

— Vous savez que ce n'est pas vrai.

— Non, vous avez raison : vous l'aviez choisi, lui. Avant même que je ne vienne au monde...

Ce rappel mesquin de leur différence d'âge était le mot de trop. Marguerite se détourna et, titubant de chagrin, quitta la chambre de son mari.

Elle se dit, en sortant, qu'il ne lui avait pas laissé le temps d'embrasser son joli visage.

※

Le soir même, la reine essayait, au milieu des enluminures de sa bibliothèque, de se remettre de ses émotions. Mais la colère qui l'étouffait lui interdisait toute sérénité. Cette fureur visait moins son mari, dont elle avait appris à essuyer les foudres, que son frère. Oui, ce petit frère François auquel elle avait tant donné ! Henri, elle devait se l'avouer, n'avait sûrement pas tort lorsqu'il affirmait que François, depuis toujours l'objet de sa tendresse, l'avait constamment négligée. Il se moquait d'elle, d'Henri, de la Navarre entière – et de Jeanne, bien sûr !

— Je n'ai qu'une fille, ressassait-elle, et mon frère, mon propre frère, se permet de la marier contre mon gré ! Il ne m'a seulement pas consultée.

Marguerite, emportée par une bouffée d'indignation, soulevée par sa rage soudaine, ne tenait plus en place ; elle voulut ouvrir une fenêtre. Mais à mi-course, elle fut prise de vertige, dut s'appuyer à un lutrin et, avant même que son secrétaire ait eu le temps de réagir, s'effondra sur le sol.

Le vieil homme appela à l'aide. On accourut, on ranima la reine, on la porta jusqu'au lit le plus proche ; elle reprenait péniblement ses esprits. Mais à mesure que s'égrenaient les minutes, puis les heures, il fallut bien constater qu'un flux de sang avait gagné le cerveau – au point de la rendre infirme de tout le côté gauche. Elle peinait à articuler.

Marguerite n'osait se l'avouer, mais elle était devenue presque aveugle.

La dureté de ce monde avait eu raison de ses forces.

Manoir du Plessis-lez-Tours.

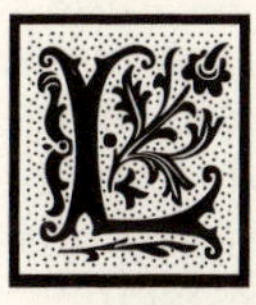

Le vicomte de Lavedan était le gendre d'Aimée de Lafayette, mais il avait cinquante ans, comme elle. Il surgit en trombe dans la chambre de Jeanne d'Albret.

— Eh bien ? questionna la gouvernante.

— Ils sont sous les arcades, ma chère, et vont monter d'une minute à l'autre.

— Mon Dieu, mon Dieu !

On avait appris, deux heures plus tôt seulement, que le roi de France en personne, arrivant d'Amboise par la route, amenait au Plessis le duc de Clèves, afin de lui présenter sa promise.

— Pouvez-vous nous aider, Jean ?

— Volontiers, mais à quoi faire ?

La nervosité, dans la pièce, était à son comble. Déjà en soi, une telle visite aurait eu de quoi retourner la douce Aimée ; mais en l'occurrence, la situation se compliquait du changement d'avis radical de la jeune infante. Car depuis quelques jours, Jeanne avait décidé de refuser ce mariage.

— Pourquoi mon père et ma mère sont-ils retournés en Navarre ? se plaignait-elle. Comment peuvent-ils me laisser seule face à mon oncle ?

L'infante ignorait tout de la crise qui venait de foudroyer Marguerite.

— Pensez-vous que j'ai le droit de tenir tête au roi de France ?

Aimée de Lafayette la regarda un moment, les yeux lourds de sympathie.

— C'est votre mariage, lui dit-elle. C'est votre vie, mon enfant. Vous ne devez permettre à personne, fût-ce au roi, d'en disposer à votre place.

Les conceptions de la gouvernante, sur ce chapitre, étaient plus qu'avancées – en totale contradiction avec l'éducation d'une princesse. Mais il est vrai que depuis quelques semaines, autour de Jeanne, tous les conseils allaient dans le même sens. Par le truchement de Gautier de Coisay, l'infante avait reçu de son père une longue missive, argumentée, l'enjoignant à la résistance ; puis elle avait eu la visite d'un envoyé des États du Béarn, M. Beda, qui lui avait notifié l'opposition pleine et entière de ses futurs sujets à une alliance allemande qu'ils rejetaient.

Le roi, forcément, avait eu vent de cette volteface ; aussi se garda-t-il d'amener tout de suite avec lui le duc de Clèves. Sous prétexte de surprendre sa nièce, il vint seul, tout d'abord, s'assurer de son obéissance.

À peine entré, François reçut la révérence et le baiser de l'infante. À côté d'elle, il faisait figure de géant, et dut se plier en deux pour qu'elle atteignît sa joue royale.

— Comment va ma petite Jeanne ?

— Un peu mieux aujourd'hui...

Tournant et retournant l'adolescente, il s'assura de sa tenue et parut satisfait de ce qu'il découvrait. Quoique gracile, Jeanne était assez jolie ; et bien que souvent malade, elle gardait le teint rose et frais. Elle portait fort bien, de surcroît, sa robe de satin pervenche.

Alors le roi se redressa de tout son haut et, prenant la posture la plus avantageuse, aborda d'entrée la question sensible.

— Qu'ai-je entendu dire ? Vous auriez songé à remettre en cause une alliance conclue et signée ?

— C'est vrai, sire.

Cette réponse fut murmurée, ce qui contrastait avec la voix sonore du roi, et permit à celui-ci de feindre la surdité.

— Qu'en est-il ?

— Je vous dis que c'est vrai, susurra la petite.

— Mmm...

Le monarque dévisagea sans bienveillance Aimée de Lafayette et le vicomte de Lavedan.

— J'aimerais comprendre ce qu'il se passe ici, lança-t-il d'un ton presque menaçant.

Jamais la stature immense de François Ier n'avait paru si impressionnante que ce matin-là, confrontée à cette frêle silhouette de treize ans. L'oncle vrilla son regard dans celui de sa nièce. Il sortit un papier de son pourpoint, peut-être pour y noter une idée.

— À Fontainebleau, vous m'avez dit que vous étiez satisfaite d'épouser le duc de Clèves. Qui donc vous a conseillé de changer d'avis ?

— Je ne savais pas, alors, le dommage que je causerais à mon père.

— Quel dommage ?

Le roi n'entrait pas assez dans les idées de son beau-frère pour partager ce point de vue. Sa nièce s'agenouilla.

— Sire, mariez-moi en France ! Car plutôt que d'épouser le duc de Clèves, je préférerais entrer au couvent.

Jeanne avait dit cela sur un ton bien modeste, mais elle l'avait dit cependant. Et le roi de France, qui savait que son allié patientait dans une antichambre, sentit le sol se dérober sous ses pieds.

— Mais enfin, qui vous a parlé des prétendus dommages que ce mariage causerait à votre père ?

La colère, perceptible dans la voix du roi, intimida un peu plus la récalcitrante. Il fallut lui reposer la question.

— C'est un gentilhomme...

— Un gentilhomme !

— Un gentilhomme envoyé à Votre Majesté par les sujets béarnais de mon père.

— Ah, les sujets béarnais !

Le roi, de rage, froissa la feuille qu'il tenait et la jeta. Il fit deux ou trois fois le tour de la pièce, exactement comme un fauve en cage, puis il trancha.

— Vous ferez ce que vos parents, le roi et la reine de Navarre, vous ordonneront.

— Si le roi mon père m'ordonnait d'épouser le duc de Clèves, ce ne serait que pour obéir à Votre Majesté.

Peu à peu, l'indignation – ou bien la conscience de jouer son avenir – donnait de la consistance à cette petite voix qui se rebellait. François frappa du poing sur une table.

— Vous verrez que votre père vous l'ordonnera ; ce mariage se fera malgré qui que ce soit !

— Non, sire.

Il est fort probable que jamais encore, dans un règne d'un quart de siècle, François Ier n'avait rencontré d'opposition si résolue. Il n'en croyait tout simplement pas ses oreilles. L'enfant, de son côté, la première crainte passée, s'enferrait dans un refus qui commençait à la grandir à ses propres yeux. Le souverain se baissa de nouveau pour la regarder bien en face.

— Mademoiselle, nous vous ordonnerons d'épouser qui vous savez !

— Plutôt que d'épouser le duc de Clèves, j'irai me jeter dans un puits !

Attendrie par sa propre formule, et peut-être consciente de dépasser la mesure, Jeanne fondit en larmes. Elle commit l'imprudence d'aller se réfugier dans les bras de sa gouvernante, détournant sur la pauvre femme l'ire du monarque.

— Quant à vous, madame, vous me répondrez des grands désordres que je déplore ici ! Je ne sais trop quelle cabale s'est fait jour dans ce coin de Touraine, mais je puis vous assurer que, s'il le faut, j'y mettrai bon ordre moi-même.

— Sire... crut devoir intervenir le vicomte de Lavedan.

— Et nous verrons tomber quelques têtes !

C'est sur ces mots, effroyables dans la bouche d'un roi, que François Ier quitta la pièce.

Jeanne avait attendu ce moment pour s'évanouir dans les bras d'Aimée.

Moins d'une heure plus tard, le roi était de retour dans la chambre, tout sourire, l'air dégagé. Il avait à sa droite le duc de Clèves, un guerrier blond de vingt-cinq ans à la barbe courte, l'air aussi fermé que noble, et à sa gauche le cardinal de Tournon, artisan de l'alliance nouvelle et de la politique de durcissement à l'égard de l'empereur.

— Laissez-moi donc vous présenter ma chère nièce, dit François tout patelin, comme si rien n'était venu obscurcir le ciel printanier du Plessis.

L'infante paraissait momifiée. Sa rigidité conféra d'emblée aux présentations un tour parfaitement irréel. Figée comme un automate, elle fit une révérence absente au duc de Clèves, et se laissa, telle une morte, embrasser par lui tout en fixant le plafond d'un œil vide.

— Elle est un peu intimidée, c'est l'âge ! s'excusa le roi dans un accès d'hypocrisie louable.

Le fiancé, de son côté, refroidi par tant de raideur, et d'une nature distante au demeurant, n'insista pas. Après avoir salué la gouvernante et son gendre, il s'inclina sobrement, à l'allemande, et se laissa raccompagner par le roi. Jamais fiancé n'avait passé si peu de temps avec sa tendre élue...

⁂

Le cardinal sortit un instant sur les talons des souverains puis, faisant bientôt retour et fermant derrière lui la porte, se chargea de réitérer, en les précisant, les ordres du roi.

— Votre attitude est inqualifiable, madame ! grondait-il en sourdine, sans que l'on pût discerner s'il s'adressait plutôt à Jeanne ou à sa gouvernante. Le roi est ulcéré, et je dois vous avouer que, dans cette rencontre* je lui trouve, pour ma part, encore bien de la patience !

Avec le visage allongé d'un rongeur, le cardinal de Tournon présentait une silhouette d'oiseau dégingandé. Un oiseau rouge sang dont les mouvements, étrangement élastiques, laissaient toujours une impression de malaise. Il s'en prit, bien clairement cette fois, à Mme de Lafayette et à son gendre.

* Circonstance.

— Il ne faudrait pas, dit-il, que cette union vînt à échouer, car alors je ne pourrais répondre du roi, et serais bien en peine de calmer sa colère.

Il pointa vers le Ciel un index comminatoire.

— Et vous savez que l'on ne survit pas à la colère des rois !

Un souffle glacé traversa la pièce.

— Monseigneur, osa pourtant Aimée de Lafayette, vous trouverez bon que je m'étonne, sachant tout ce que vous devez vous-même à la reine et au roi de Navarre, de vous voir insister pour marier leur fille contre leur volonté.

— C'est vous qui avez mis cela dans la tête du roi François, enchérit le vicomte de Lavedan.

— Mais taisez-vous donc, malheureux ! Ah...

Le prélat paraissait désolé d'avoir à prononcer d'aussi rudes sentences.

— Je le déplore, croyez-moi, mais je sens déjà que cette hardiesse va vous coûter très cher.

Aimée s'imaginait que le bon sens, pour peu qu'on l'énonçât, pouvait dissiper tous les conflits.

— Enfin, reprit Aimée en secouant la tête, vous voyez bien que la petite infante n'en veut pas, de votre Allemand.

— Votre vulgarité, s'emporta Tournon, me rend malade. L'affaire est bien trop importante pour le roi, pour la couronne, pour les affaires du monde ! Et quoi que vous pensiez ou disiez jamais, je vous promets, je vous certifie qu'elle se fera.

Sur quoi le cardinal gagna la porte, non sans avoir, avant de s'éclipser, lancé vers la princesse une ultime mise en garde.

— Et vous, je puis vous garantir que si vous révélez à vos parents un mot, un seul, de ce qui s'est dit ici, vous irez finir votre vie dans une tour !

— Elle est tout juste commencée, sa vie ! cria presque Mme de Lafayette.

Mais Tournon avait disparu.

Saint-André-de-Cubzac.

Au moment où, dans son exil de Touraine, leur fille affrontait seule la colère de François Ier, ses parents, loin d'imaginer de telles scènes, s'étaient mis en route de leur côté. Le roi de France leur avait donné rendez-vous à Châtellerault pour les noces de Jeanne, dont il avait fixé la date au 14 juin.

« C'est la meilleure saison, lui avait fait répondre Henri d'Albret ; il faut que les cérémonies soient belles ! » Ce changement soudain d'attitude avait un peu surpris son beau-frère ; mais puisque les choses avançaient dans le bon sens – autrement dit : le sien – il n'avait pas cherché plus outre.

En vérité, ce revirement brutal obéissait à un basculement de la situation ; il était lié, naturellement, à la maladie de Marguerite. Longtemps restée entre la vie et la mort, la reine de Navarre demeurait fragile, en effet. Peu à peu, sa santé s'était en partie rétablie. Mais si la reine avait recouvré, progressivement, l'usage de ses membres gauches, puis celui de la parole, ainsi que ses facultés auditives et gustatives, la vue tardait à lui revenir. Son œil gauche demeurait presque aveugle.

Forcément, un tel accident avait donné à réfléchir aux Albret. Ils s'étaient dit que si Marguerite, d'un jour à l'autre, venait à disparaître, Henri aurait tout loisir de se remarier et que, probablement, sa nouvelle épouse lui donnerait des enfants mâles. Ainsi, Jeanne perdrait son statut d'héritière du petit royaume ; et dans ce cas, la prestigieuse alliance d'un duc de Clèves ne serait plus à mépriser.

❖

Voyageant lentement, afin de ménager la convalescente, les souverains navarrais entraient dans Saint-André-de-Cubzac, aux confins nord du Bordelais, quand ils eurent la surprise de trouver, à l'entrée du relais, le gendre d'Aimée de Lafayette.

M. de Lavedan, visiblement ému, les attendait depuis la veille pour leur communiquer une nouvelle importante. La litière de la reine était vaste, et le roi le pria d'y monter avec eux.

— Que s'est-il donc passé ? s'inquiéta Marguerite.

— Ne vous agitez pas, la supplia son mari en lui caressant le front ; il ne vous faut point d'émotion…

Car il pouvait se montrer aussi doux, aussi prévenant, qu'il était parfois brusque et emporté.

— Sachez que votre fille est digne de ses parents ! déclara Lavedan. Elle a, toute seule du haut de ses treize ans, tenu tête au roi l'autre matin.

Henri et Marguerite étaient partagés entre leur fierté amusée de parents et leur embarras politique de souverains. Ils décidèrent de mettre le gendre d'Aimée dans la confidence.

— La dégradation si rapide de mon état nous oblige à tout reconsidérer, expliqua Marguerite. Car tout peut changer très vite ! De deux choses l'une : ou bien je meurs incessamment et, dans ce cas, je préfère savoir ma fille mariée, et mariée richement ; ou bien je dois vivre, et alors, il sera toujours temps de faire annuler cette union allemande...

Le messager opina poliment du chef. Ainsi donc, se dit-il, l'objectif des parents de Jeanne avait changé ; il ne s'agissait plus, pour eux, d'empêcher ce mariage, mais plutôt de multiplier les ouvertures en faveur de son annulation éventuelle.

La litière était arrivée dans la cour du relais, mais ses occupants étaient trop affairés pour songer à en descendre.

— Voici une copie de la lettre que j'ai moi-même adressée au roi de France, dit Henri en tendant une missive au vicomte. Celui-ci devait y lire des phrases surprenantes. « Jeanne est bien jeune, avait ainsi argumenté le roi de Navarre, et vous savez comme moi combien sa santé est fragile. Il me paraîtrait dangereux pour elle, et délicat pour cette alliance, que l'union fût trop tôt consommée. » Ce dont François Ier avait convenu sans peine.

— Je crains seulement que votre fille ne comprenne pas cette stratégie, jugea Lavedan.

— Nous ne la mettrons pas dans la confidence, précisa Henri.

— C'est plus sûr, approuva Marguerite.

Elle était encore affreusement pâle.

Ces noces de Châtellerault, décidément, s'annonçaient semées de périls.

Château de Châtellerault.

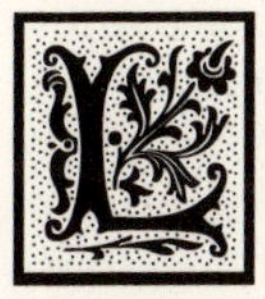

Le lundi 13 juin, à sept heures du soir, le roi fit une entrée magnifique au château de Châtellerault. La cour d'honneur accueillait un pavillon circulaire de toile brodée, tenu par un grand mât central. L'intérieur, couvert et tendu de tapis et tapisseries dont les fils d'or étincelaient déjà sous une myriade de flambeaux, accueillait des joueurs de trompettes, tambourins, fifres, hautbois, doucines* et flûtes. Leur symphonie retentit au moment où le monarque franchissait l'entrée, accompagné du duc de Clèves, du dauphin et – quoique sa disgrâce fût consommée – du connétable de Montmorency, en tant que grand maître.

Les seigneurs et les dames, resplendissant de fastueux atours, firent un triomphe au futur marié qui, lui-même richement vêtu, la mine altière et le regard noble, aurait pu aisément passer pour un prince charmant. Seulement, l'épouser

* Trompette.

entrait moins que jamais dans les vues de la jeune promise…

Les échos du premier bal, vite engagé, remontèrent jusqu'à la chambre de l'infante qui, par une fenêtre ouverte, contemplait tristement la Vienne scintillant au soleil déclinant. De grosses larmes, presque sèches à présent, avaient dessiné comme des ridules sur les joues encore tendres de cette princesse à peine sortie de l'enfance.

— Jeanne, intervint sa mère, il faut vous préparer ; nous allons être en retard !

L'infortunée fiancée ne put retenir tout à fait un haussement d'épaules. Elle se laissa conduire à sa toilette, et garnir les cheveux de fleurs de nacre minuscules, et nouer sur les bras une infinité de petits rubans jaunes d'or qui prenaient l'apparence de roses. Elle soupirait comme une condamnée aux marches du supplice, et jetant par moments, vers la reine de Navarre, des regards lourds de reproche, s'apprêtait à se sacrifier sur l'autel de la lâcheté parentale.

— Vous êtes si belle ! hasarda la bonne Aimée de Lafayette.

Jeanne ne releva pas. Quant à Marguerite, elle souffrait d'avoir à jouer un double jeu…

Par précaution, elle n'avait pas mis l'intéressée dans la confidence. Il valait mieux, pour que Jeanne fût crédible, qu'elle ignorât tout des plans de ses parents. Aussi Marguerite lui avait-elle caché sa congestion récente, et sa demi-cécité. Elle feignait, comme son mari, d'avoir pris son parti d'une alliance d'abord redoutée ; même, elle était allée jusqu'à menacer sa fille de la faire fouetter si elle résistait !

Autant dire qu'elle prenait le risque, en cas de mort prématurée, de passer pour marâtre aux yeux de la postérité et – pis encore – de sa propre fille. Comment Jeanne aurait-elle pu deviner tout cela ?

— Je me sens si seule, ce soir ! gémit l'infante.

— Cessez un peu de vous lamenter sur vous-même, gronda Marguerite ; après tout, nous avons obtenu, votre père et moi, que le mariage ne soit pas consommé tout de suite…

— Il le sera plus tard !

Le regard brouillé de l'infante foudroya celui de sa mère dans le miroir vénitien.

— Et je sais que ce n'est pas vous, ni mon père d'ailleurs, qui avez obtenu ce pis-aller ; c'est mon oncle lui-même.

— C'est votre oncle, mais à notre demande…

Cette fois, Jeanne ne se gêna pas pour hausser les épaules. Marguerite, blessée, esquissa le geste de la gifler.

Quatre seigneurs, vêtus trop sobrement pour se confondre avec les convives, entrèrent à ce moment dans la chambre. Marguerite fit semblant d'en être surprise – mais en vérité c'est elle qui, par l'entremise d'Aimée, avait soufflé cette initiative à sa fille.

— Je vais dicter, devant ces témoins, ma rétractation[22] dans les formes, asséna l'adolescente.

— Vraiment, est-ce bien raisonnable ? affecta de s'inquiéter la mère, fière en son for intérieur de la pugnacité de Jeanne.

— Eh bien non, ce n'est pas raisonnable. Mais c'est absolument nécessaire. Êtes-vous prêt ? demanda-t-elle au secrétaire qui, déjà, trempait sa plume.

Marguerite s'écarta pour sourire à son aise ; sa fille dicta.

— Nous, Jeanne d'Albret, infante de Navarre, tenons à déclarer devant témoins que le consentement que nous donnerons ce soir nous a été arraché par force et contrainte et qu'il est donc vicié dans son principe...

— Après « devant témoins » ? demanda le secrétaire, perdu.

L'adolescente souffla, secoua la tête ; pourquoi fallait-il qu'elle fût seule, seule à se battre contre la terre entière ?

※

C'est entre son père, le roi Henri, et sa mère, la reine Marguerite, et suivie de seigneurs et de dames de la cour de Navarre, que Jeanne fit son entrée sous le pavillon nuptial. Le bal venait de s'achever et l'assistance, tant française qu'allemande, cessa de bavarder. Mais le silence ne s'installa pas vraiment. Comme Jeanne, à peine plus présente que lors des présentations au Plessis, ne faisait guère d'efforts pour se rapprocher de son époux désigné, le roi François n'hésita pas à s'avancer vers elle ; la prenant alors par la main, il la conduisit jusqu'au duc de Clèves qu'il empoigna de l'autre côté. Il les tenait ainsi tous deux, mais ne prit pas le risque de réunir leurs mains...

— Ma nièce, dit-il au duc, n'est pas seulement une belle jeune fille ; elle apprécie, comme sa chère mère, la poésie et la musique...

— Fort bon, répondit le duc de Clèves dans son français approximatif.

Jeanne affectait de les ignorer tous deux : un semi-sourire figé aux lèvres, elle donnait le sentiment d'une folle déguisée en princesse, et qu'on eût lâchée dans une réception pour en amuser l'assistance. Du reste, le public avait senti que l'événement ne serait pas pleinement vécu ; et déjà les conversations reprenaient leur train.

— Jeanne, vous pourriez peut-être dire quelque chose, s'impatienta François.

— Fort bon, dit-elle.

L'oncle comprit qu'il n'en tirerait rien. Il les mena donc, tous deux, vers le cardinal de Tournon, chargé ce soir-là de recueillir les consentements en prévision de la cérémonie du lendemain. Le fiancé se prêta de bonne grâce à la formalité, et quand le prélat lui demanda s'il voulait prendre Jeanne pour épouse, répondit bien nettement.

— *Ja wohl* !

C'est ensuite que les choses se gâtèrent...

— Et vous, madame Jeanne, acceptez-vous de prendre pour époux le prince Guillaume de La Marck, duc de Clèves, de Juliers, de Gueldre ?

L'infante n'abandonna pas son étrange sourire, mais elle ne dit mot.

— Répondez, madame, je vous en conjure...

— Allons, Jeanne ! insista son oncle.

Le roi de Navarre, Henri d'Albret, crut de son devoir d'intervenir.

— Le cardinal, je crois, vous a posé une question.

Jeanne redevint grave ; elle décocha un regard noir à son père.

— Pas vous ! dit-elle seulement.

— Je vais reposer la question, tenta Mgr de Tournon avec un embarras confinant à la panique. Jeanne, songez à l'honneur, au devoir, à votre position. Acceptez-vous, oui ou non, de prendre pour époux...

— Ah, ne me pressez point !

— Enfin, madame, je...

— Ne me pressez point.

Personne ne put en obtenir davantage. Et tandis que les danseurs reprenaient le bal d'un air un peu déconfit, l'on vit la délégation navarraise quitter le pavillon avec un sentiment de gêne et de fierté mêlées.

Jusqu'où, se demandait-on, cette incroyable enfant pourrait-elle tenir tête à tant de puissances coalisées ?

※

Le connétable de Montmorency connaissait, depuis des mois maintenant, les vexations cuisantes de cette défaveur qui, dans les cours, précède la disgrâce. Homme de pouvoir et d'influence, il vivait fort mal cet état de quasi-relégation. Sans ses obligations protocolaires et s'il n'avait craint, en désertant la place, de laisser le champ libre à des ennemis dangereux pour lui et les siens, il eût, depuis un an déjà, quitté la Cour pour de bon. Son seul motif de satisfaction avait été la déchéance publique de l'amiral de Brion ; encore les effets de la sentence avaient-ils été atténués sous l'influence de la duchesse.

À présent, ce mariage venait couronner le retournement d'alliance, la marche à la guerre et, plus que l'échec, l'effondrement de toute sa politique. La présence, aux places d'honneur, de ses vieux ennemis Tournon et d'Annebault, entre autres, soulignait assez à quel point la roue avait tourné. Tout – jusqu'au temps radieux, jusqu'à l'étalage de ses plaques et cordons devenus dérisoires – tout concourait à son déplaisir.

— Eh bien, maréchal, lui lança le dauphin avant la messe nuptiale. Vous me semblez songeur...

— Ah, Henri !

Il le serra sur sa large poitrine, comme le seul ami qu'il eût encore en cette Cour.

— Je songeais simplement que c'est une cruauté bien grande que m'inflige votre père, en m'obligeant d'assister au triomphe de mes ennemis dans le conseil. Si l'on m'avait dit qu'un jour que je devrais donner ma caution à un Tournon !

— Le roi ne voit peut-être pas les choses ainsi, temporisa le dauphin. Je sais qu'il vous apprécie...

— Conjuguez cela au passé, Monseigneur, et dites qu'il m'appréciait. Trop de gens ont parlé, maintenant. Trop de voix m'ont assassiné... À propos, je ne vois pas votre grande sénéchale...

Assimiler Diane de Poitiers au concert des assassins était sûrement injuste de la part de Montmorency. Mais il entendait souligner par là les esquives de la dame, et ses évitements depuis qu'il était moins en cour.

— Pardonnez-moi, coupa le dauphin, je crois que c'est moi que l'on cherche.

Tandis qu'il s'éloignait, Montmorency se dit que ce jeune prince, vers lequel le ramenaient pourtant des bouffées de tendresse, ferait un jour un souverain aussi fuyant que ses pairs... Il entra sous le pavillon, mué en chapelle pendant la nuit, et tapissé maintenant de drap d'or, de velours cramoisi et des armes mêlées de Clèves et de Navarre.

L'usage aurait voulu qu'il n'entrât qu'en dernier, après la Cour et les ambassadeurs, avec le roi et ses grands officiers. Mais il savait que nul ne s'offusquait plus de le voir prendre la tangente – bien au contraire.

C'est le dauphin qui conduisit le duc de Clèves à l'autel ; quant à l'irréductible Jeanne, elle finit par apparaître au bras de sa mère. « Pauvre enfant ! » songea Montmorency en la découvrant affublée, comme une relique de procession, d'un monceau d'étoffes richissimes : double jupe tissée d'or et brodée de pierreries énormes, manteau immense de gros velours violet fourré d'hermine – par cette chaleur ; sans oublier, au crâne, une pesante couronne constellée de diamants.

Le duc de Clèves, galanterie ou discipline, vint chercher sa promise assez loin dans l'allée ; et sans attendre, il lui passa au doigt une pierre de dimensions étonnantes. Jeanne ne réagit pas plus que s'il lui avait remis un morceau de nougat... Montmorency, qui se trouvait près de là, entendit même l'infante marmonner des mots déplaisants.

Or, feignant d'être entravée par ses jupes trop lourdes et par son encombrant manteau, Jeanne s'immobilisa. Un frémissement parcourut l'assistance.

— Qu'attend-elle ? demanda le roi François d'une voix un peu trop forte.

Le cardinal de Tournon eut un étourdissement ; il dut se tenir à l'autel pour garder son équilibre. Henri d'Albret fit signe à sa femme d'entraîner leur fille ; Marguerite esquissa donc le geste ; mais elle se fit rabrouer méchamment. Et cette fois, la Cour murmurait.

— Il suffit, décréta le roi en remontant de quelques pas dans l'allée.

Avisant soudain le connétable, il le héla comme un valet.

— Eh bien, que ne la portes-tu ? ordonna-t-il du ton le plus désinvolte.

Montmorency sentit bien que le monde, autour de lui, s'écroulait sans appel. Indigné, le souffle court, il ne vit pas comment échapper à ce commandement. Alors il s'approcha de l'infante Jeanne, la prit de force dans ses bras et, comme une poupée désarticulée, la conduisit péniblement jusqu'à l'autel, jusqu'aux pieds de Tournon, l'ennemi dont il était devenu, sur un mot – aux yeux de tous – le serviteur ! C'était à hurler...

Le chef vaincu venait de livrer au vainqueur le tribut de sa victoire. Ainsi, non seulement ce mariage allait sceller la fin de l'ère Montmorency, mais elle marquerait la date de son retrait définitif de la cour de François Ier.

Chapitre VII

La Joute des dames

(Hiver 1542-1543)

Forteresse de Nérac.

Une pluie drue, incessante, transforma l'arrivée du roi de France chez sa sœur en une scène de sauvetage ; on eût dit que la longue caravane des cavaliers, des litières et des chariots, détrempée, n'avait fait cette halte que pour échapper au déluge. La reine de Navarre, indisposée, n'avait pu trouver la force de se lever ; et c'est François qui dut venir à sa rencontre, tout ruisselant encore, mais heureux.

— Plus nous vieillissons, dit-il, et plus j'ai de joie à vous revoir.

— Comment pouvez-vous trouver des degrés dans un tel bonheur ?

François embrassa Marguerite. Pour lui, l'automne s'était révélé désastreux. Installé à Narbonne, dans un camp de l'arrière où l'avait accompagné la Cour, il avait suivi, de loin, les sièges menés par les Fils de France devant Perpignan – pour le dauphin – et Luxembourg – pour Orléans. Cette dernière place, grâce aux conseils du duc de Guise et de son fils, François d'Aumale, avait fini par se rendre. Mais le prince Charles, alerté par la duchesse d'Étampes, n'avait pas voulu laisser à son aîné tout le mérite d'avoir fait tomber Perpignan ; il avait donc quitté le Nord pour accourir au Midi.

Las, il était arrivé trop tard. Le dauphin peinant devant Perpignan, et s'y embourbant avec ses compagnons, Charles de Brissac et Jacques de Saint-André en tête, avait reçu l'ordre – prématuré à son avis – de sonner la retraite. Pour mettre un comble au désastre, on avait finalement appris qu'à Luxembourg, l'ennemi tirant parti du départ de Charles, avait repris la place – c'était donc un échec sur toute la ligne.

Le dauphin, persuadé que la présence de Montmorency aux commandes aurait tout changé, n'en finissait pas, par ailleurs, de pester contre la favorite, qu'il rendait nommément responsable de son retrait prématuré. Le roi, de son côté, bien chapitré par la dame, en voulait beaucoup à Henri qu'il envoya, séance tenante, expier ses fautes en Piémont.

Là-dessus, la nouvelle arriva qu'à l'Ouest, plusieurs places dont La Rochelle, profitaient du désordre ambiant pour se rebeller contre la gabelle. Le roi voulant profiter d'une rémission de son mal, et prenant Charles avec lui, voulut aller mater cette révolte lui-même.

C'est sur le chemin de l'Aunis qu'il s'était ménagé cette halte à Nérac.

❖

Quand la pluie cessa, la beauté du site put apparaître aux visiteurs. Du dehors et d'un peu loin, la silhouette imposante de la forteresse occitane, avec ses quatre logis massifs, fichés de tours rondes, tout hérissés de défense, faisait songer aux plus sévères bâtisses médiévales. Mais à mesure qu'on approchait, se découvrait une demeure gracieuse en vérité, et même assez riante. La cour intérieure, notamment, était agrémentée d'une belle galerie ouverte, toute en hauteur, que supportaient des colonnes torses.

C'est là que François, s'occupant de sa sœur malade avec des soins inédits jusque-là, avait conduit Marguerite pour une courte promenade, dans la lumière dorée de cette fin d'automne.

— Est-ce encore cette congestion qui vous fait des misères ?

— Mais non, c'est oublié, tout ça ! J'ai même retrouvé l'usage de mon œil !

— Alors, qu'avez-vous donc ?

La reine de Navarre rougit, se troubla ; son frère le sentit.

— Ne me dites pas que vous êtes allée contracter quelque maladie honteuse…

La supposition, plus qu'offensante, était ridicule ; et Marguerite choisit d'en rire franchement. Appuyée au muret de la galerie, elle emplissait ses poumons du bon air armagnac.

— Mais alors ? insista François.

— Mon frère, je « souffre » d'un mal qu'on avoue volontiers à vingt ans, mais qu'à cinquante, on aimerait pouvoir cacher.

— Vous voulez dire…

Marguerite opina du chef : elle était enceinte.

— Vous me surprenez, je l'avoue… Ce n'est pas dangereux, au moins ? s'enquit François, décidément plein de sollicitude.

— Mes médecins m'affirment le contraire, le rassura sa sœur.

Il la serra dans ses bras – mais avec des précautions redoublées.

— C'est Jeanne qui va être surprise !

— Oui... Peut-être, bientôt, ne sera-t-elle plus infante...

Dire que cette grossesse, tellement inattendue, allait de nouveau brouiller la situation de sa fille ! Marguerite était sur le point de lui avouer quel calcul elle avait dû faire, l'année passée, quant au mariage de Châtellerault.

Mais déjà le roi Henri venait à leur rencontre. Il embrassa son épouse avec une douceur qui fit plaisir à François.

Le chef de la maison d'Albret venait de préparer Navarrenx* à quelque siège improbable, dans l'espoir d'une campagne menée de concert avec son beau-frère contre l'empereur et roi d'Espagne – l'échec de Perpignan ayant, une fois encore, tout remis en cause.

— Croyez-vous, demanda-t-il quand tous trois furent installés devant un bon feu, que je recouvrerai un jour ce royaume perdu par mon père ?

— Mais oui ! dit le roi de France d'un air peu convaincu.

Il se tourna vers sa sœur.

— Vous devriez peut-être aller vous recoucher... Dans votre position...

Les dames d'honneur, quand elles entendirent ce conseil, émirent un petit rire complice.

C'était un bien curieux secret, au fond, que celui de Nérac...

⁂

La veille de Noël, Gautier de Coisay, qui avait suivi la reine de Navarre dans sa retraite occitane, fit un long périple à cheval parmi les

---

* La principale place de la Navarre septentrionale, à l'Ouest de Pau.

coteaux d'Armagnac. Il songeait à la duchesse d'Étampes, qu'il avait revue brièvement, deux fois, et dont le regard si franc, dont le sourire si vrai, l'avaient comme irradié. Lors de la dernière entrevue, elle lui avait lancé une invite à peine déguisée – se pouvait-il, se demandait le modeste écuyer, que la maîtresse du roi de France eût jeté sur lui son dévolu ? Question naïve, en vérité, et Gautier le savait – mais la naïveté n'était-elle pas son génie propre ?

Alors qu'il remontait vers la forteresse, il remarqua, attaché au bord d'un chemin, un assez beau coursier dont le cavalier, de toute évidence, était grimpé sur le talus pour satisfaire à la nature. Gautier n'y aurait guère prêté attention, si la proximité de la demeure n'avait laissé deviner sa destination… Quelque voyageur attiré par la messe de minuit au château ? Il allait être déçu : la cour de Navarre n'entretenait ni chœur, ni maîtrise ; les messes y revêtaient la rigueur d'un office luthérien.

Soudain, alors que Gautier dépassait le joli cheval bai, son regard fut comme accroché par le monogramme brodé sur son tapis de selle. Un *S*, un *C*… Son cœur se serra. Au même instant, le cavalier dévala le talus, puis s'arrêta, comme frappé par la foudre. Simon ne s'était pas attendu à tomber si tôt sur son frère. Il le dévisageait, tout interdit, comme un gibier surpris par le chasseur.

— Je croyais, dit Gautier d'un ton qu'il aurait voulu glacial, ne jamais te revoir.

Simon demeura coi ; l'autre poursuivit.

— Eh bien, tu ne m'embrasses pas ?

Sidéré, comme sonné, Simon commença par rire en silence. Puis il se précipita vers son frère et, le désarçonnant, le fit descendre de cheval pour le serrer longtemps dans ses bras.

— Quel bon vent ? demanda Gautier.

— Plutôt mauvais, répondit Simon.

Et tout en montant vers la forteresse, il lui raconta les dangers que, partout en France, les réformés couraient du fait d'une vague sans précédent de « chasse aux hérétiques ». Partout se montaient des procès, partout s'allumaient des bûchers...

— Tu dois rester ici, lui conseilla Simon. C'est ce que je suis venu te dire : ne sors pas de la Navarre ; reste dans ce royaume enchanté ! En France, tu courrais de trop grands dangers.

Gautier l'avait écouté en silence.

— Je sais tout cela, dit-il. Madame Marguerite est mieux informée sur ces matières que, toi ou moi, ne le serons jamais !

— Certes...

— Cependant, tu voulais me le dire...

— Oui.

Simon s'arrêta, juste à l'entrée du château.

— Gautier, avoua-t-il, il fallait que je te revoie.

Château d'Amboise.

La Cour s'était réunie à Amboise pour le nouvel an[23], ce qui n'avait pas été sans frictions. Les griefs et les rancœurs accumulés dans la dernière campagne avaient en effet dégradé les relations entre les deux partis ; et des amis du dauphin – donc partisans de Diane de Poitiers – qui, un an plus tôt, auraient pu s'entendre encore avec le cercle de la favorite, s'en déclaraient à présent les adversaires farouches. De son côté, Anne de Pisseleu ne faisait rien pour arrondir les angles. N'avait-elle pas été, pour les étrennes, jusqu'à commander à Marot des vers plus acerbes encore que de coutume ? S'adressant d'abord à la duchesse, son petit poème commençait gentiment.

Sans préjudice à personne
Je vous donne
La pomme d'or de beauté,
Et de ferme loyauté
La couronne…

Mais plus loin, le rimeur décochait contre « la Vieille » un trait d'une malveillance inouïe.

Que voulez-vous, Diane bonne,
Que vous donne ?
Vous n'eûtes, comme j'entends,
Jamais tant d'heur au printemps
Qu'en automne.

Ces insultes scandées, jointes à toutes sortes de rumeurs colportées de part et d'autre, rendirent irrespirable l'air si doux, par ailleurs, du Val de Loire. Chaque jour qui passait semblait rapprocher les camps hostiles d'une confrontation inévitable ; et les déplacements des deux dames dans le château et les jardins se mirent à obéir de plus en plus à un jeu irritant d'esquive et d'évitement.

※

Un samedi vers midi, la rencontre tant redoutée finit par se produire au cœur du beau jardin dominant le fleuve. L'escouade de la duchesse, au détour d'un bosquet de grands ifs, tomba sur la brigade de la sénéchale… On sentit se hérisser les deux groupes, et certains gentilshommes, par réflexe, touchèrent même la garde de leur épée. Mais le sang-froid de Mme de Poitiers, la diplomatie de Mme d'Étampes, la nécessité aussi où se trouvaient l'une et l'autre de sauver la face devant leurs affidés, écartèrent tout affrontement direct. C'est la plus jeune qui affecta de plier la première.

— Il fallait que je vous voie, lança-t-elle, tout sourire, à son ennemie.

— Le moment me paraît aussi choisi que l'endroit.

— Belle journée, n'est-ce pas ? L'hiver en ce pays est comme un été sans chaleurs.

— Je reconnais ici votre goût pour la poésie…

Ces dames se mesuraient encore, à la manière de jouteurs qui, lors des premières passes, se seraient contentés de jauger la force adverse. À la surprise générale, elles plantèrent là leurs escortes et, marchant de concert comme auraient pu le faire de vieilles amies, s'éloignèrent ensemble vers la terrasse, d'où la vue est si belle.

— On veut nous opposer, dit Anne de Pisseleu sans détour, quand nous gagnerions tant à nous entendre !

— Le roi, je crois, ne demanderait pas mieux, approuva Diane de Poitiers. Il me le disait hier encore.

Cette évocation des relations privilégiées entre le monarque et la belle veuve atteignit le but visé : Anne se crispa au point de frissonner sous ses hermines.

— Il n'est pas bon, dit-elle, que vous embarrassiez le roi de nos petites querelles. Voyez-le autant que vous voulez, cela ne m'inquiète en rien... Mais tâchez plutôt de le distraire comme je le fais de mon côté.

— Je n'ai certes pas les mêmes arguments !

— Chaque âge a les siens...

Le premier choc avait été sérieux. Les deux cercles de spectateurs qui, d'un peu loin, surveillaient la joute, le comprirent à la façon dont la grande sénéchale remonta nerveusement sa chape de vison noir.

— Vous allez partout exhibant votre jeunesse, et répétant que vous êtes jeune, très jeune, la plus jeune ! Je vous le concède d'autant plus volontiers que cette jeunesse-là, après avoir été un état de nature, est en train de devenir, chez vous, un fait de culture. Oui, il me paraît fort que vous serez toujours jeune – au sens où l'on dit d'un guerrier qu'il est court.

— Si la jeunesse vous est indifférente, pourquoi vous acharnez-vous tant à retenir la vôtre ?

— Oh, je ne retiens rien, madame, et vous confondez en ce moment jeunesse et vitalité... Voyez-vous, lorsque vous remuez ciel et terre pour faire lever un siège dont le succès porterait ombrage à vos intérêts, vous faites preuve de jeunesse ; mais lorsque, consciente de ce mauvais service, je m'emploie à en limiter autant que possible les effets délétères, alors je ne marchande pas ma vitalité.

— Quitte à prêter un peu de cette vitalité à des princes qui, sans vous, en seraient démunis...

— Il me paraît préférable d'insuffler de l'ardeur à un jeune prince, que d'en soustraire à un roi vieillissant.

— Je ne dérobe rien à personne, madame !

— Je n'ai pas dit que vous dérobiez... Il est des prêts consentis qui se révèlent funestes.

À leurs pieds, la Loire coulait sous le soleil, tranquille et langoureuse – visiblement étrangère aux mesquineries humaines. Des bateliers y conduisaient quelques chalands débordant de marchandises.

Diane estimait avoir désarçonné son adversaire. Elle s'apprêtait, du reste, à quitter la lice quand, ne boudant pas son plaisir, elle se retourna pour un dernier trait.

— Vous me faites, dit-elle, songer à ces hermines dont vous portez si joliment la fourrure... Comme elles fuyante et fouineuse, comme elles mordante jusqu'au sang – et vulnérable pourtant, vulnérable pour la même raison qu'elles.

Anne voulut bien sourire, mais de défi plus que d'amusement.

— Et cette raison, quelle est-elle ?

— Vous a-t-on jamais dit qu'au moment des amours, il devient très facile de les prendre ?

Car leurs plaisirs, dont elles sont aveuglées, prennent alors le pas sur le reste, et les conduisent à négliger toute prudence.

Le sourire de la duchesse se figea.

— Puisque les hermines vous passionnent, vous savez sans doute pourquoi les ducs de Bretagne les ont prises pour emblème.

— Vous brûlez de me l'apprendre.

— Je l'avoue… Un jour donc, un duc de Bretagne, chassant l'hermine avec ses hommes, s'étonna qu'une de ces petites bêtes, acculée devant un ruisseau de boue, s'arrêtât soudain et fît face aux chasseurs. On dut lui expliquer que l'hermine aimait mieux sacrifier sa vie que maculer son joli manteau blanc. Alors il défendit qu'on tuât la malheureuse… N'est-ce pas ce qui s'appelle un symbole de pureté ?

En disant cela, la duchesse d'Étampes avait serré contre elle la voluptueuse douceur de son manteau immaculé.

— J'y vois surtout, répondit la sénéchale de Poitiers, une preuve d'inconséquence.

Elle s'éloignait déjà vers le logis, mais par le bord de la terrasse – en prenant soin d'éviter ses gens.

— Et ces bateliers vous le diraient mieux que moi, conclut-elle : l'inconséquence est un travers qui, sur le long cours, ne pardonne jamais.

⁂

Dans la guerre qu'elle soutenait contre son ennemie, Diane de Poitiers avait dû apprendre à se passer, désormais, de l'appui – si longtemps décisif – du connétable de Montmorency. Elle s'en consolait en songeant que « la Pisseleu », de son côté, avait perdu celui de l'amiral de Brion, et que la disgrâce feutrée du premier valait mieux, à tout prendre, que le procès retentissant infligé au second. Cependant, la position de la grande sénéchale à la Cour demeurait plus que jamais liée à la puissance du dauphin ; or, tant que la princesse Catherine n'aurait pas donné d'héritier à la dynastie, cette puissance-là continuerait de manquer d'assise.

Puisque l'on savait, maintenant, que le dauphin Henri n'était point stérile, la priorité de Diane pouvait s'énoncer en quelques mots : rendre féconde la petite Médicis !

C'est la raison pour laquelle chaque soir – et souvent en dépit de ses sentiments propres – elle poussait son jeune amant vers le lit de son épouse. Elle lui recommandait de se montrer entreprenant, vaillant, tenace... Rien n'y faisait. La sénéchale priait, jeûnait et faisait dire des messes, tandis que la dauphine, elle-même obsédée par ce devoir dont elle ne pouvait s'acquitter, se lançait dans d'improbables pèlerinages à quelque saint local, à quelque pierre antique... Catherine s'entourait aussi d'astrologues, de mages et de guérisseurs qui, pas mieux que les herboristes missionnés par Diane, ne contribuaient à sa fertilité.

On en vint, à force de tout essayer, aux procédés vils et sordides. Et la pauvre princesse se laissa couvrir la matrice d'un cataplasme fait de bouse et de vers de terre écrasés, avant de consentir, en désespoir de cause, à ingurgiter chaque jour une pleine timbale d'urine de mule encore chaude ! On n'ose imaginer jusqu'où serait allée la malheureuse si Mme de Poitiers, ramenant tout à la raison et mettant à profit son bon sens maternel, n'avait su dénicher la perle rare : un bon médecin.

Jean Fernel, à première vue, ne payait pourtant pas de mine : à la fois maigre et rougeaud, le cheveu gris, rare et hirsute, il tenait plus du charlatan de foire que de l'archiatre*, et paraissait voué, par sa mise, à l'éradication des verrues malignes. Mais à la plus riche expérience, il alliait ce don du Ciel qu'est la mobilité d'un esprit ouvert. Aussi bien dès le premier examen, il lui parut que ce qui entravait le couple princier dans sa procréation, relevait d'un souci mécanique en tous points. En effet, si la malformation du dauphin était chose connue, Fernel révéla que son épouse aussi, par une malchance rare, présentait de ce côté une légère infirmité... De sorte que, féconds l'un et l'autre, ils formaient un couple stérile !

Le médecin en savait assez dans l'art d'aimer pour livrer à Henri, en quelques mots discrets mais parlants, la façon de passer l'obstacle. Un peu de contorsion ne pouvait guère embarrasser un tel athlète – sans compter qu'elle offrirait à sa conjointe un peu de la variété qu'elle enviait à sa rivale...

⁂

C'est l'apanage des solutions limpides que d'offrir des résultats clairs : quelques mois plus tard seulement, l'annonce que la dauphine était grosse faisait le tour de la Cour, du royaume, de l'Europe entière.

Pour la joie de la sénéchale. Et le tourment de la duchesse.

---

* Médecin attitré d'un grand personnage.

Chapitre VIII

Enfin !

(Automne 1543 et Hiver 1544)

Château de Blois.

Le cardinal de Tournon, plus prompt à garantir sur le papier le soutien de la France qu'exact à le prodiguer dans les faits, avait laissé le duc de Clèves se battre seul contre les Impériaux dans tout le Cercle de Bourgogne*. Charles Quint en avait bien évidemment profité ; et s'assurant le renfort de sa sœur, Marie de Hongrie, il s'apprêtait à faire subir à l'héritier de la Gueldre une défaite sur tous les fronts.

Afin de calmer la colère de cet ami trompé, les Français avaient évoqué, en conseil, l'opportunité d'envoyer au malheureux duc cette épouse un peu forcée que son oncle avait instituée garante charnelle de l'alliance… Et Tournon, qui n'était plus à une vilenie près, soutint l'idée sans réserve.

Il avait donc fait venir Jeanne à Blois, où se trouvait la Cour, et lui avait expliqué qu'elle devait se préparer à partir pour l'Allemagne

* L'assise de ce « cercle germanique » s'étendait de la Comté à la Hollande.

rejoindre son époux... Outrée de cette infamie supplémentaire, mais courageuse et confiante dans son étoile, la jeune infante avait relevé le menton ; elle ne pouvait plus prétexter ni de la santé, ni de l'âge. Elle demanda donc que l'on préparât ses bagages. Une semaine durant, c'est elle qui avait dû consoler la pauvre Aimée de Lafayette, effondrée à l'idée de voir sa future reine de Navarre s'empêtrer dans le destin brumeux d'une duchesse de Clèves...

Un beau matin, dès l'aube, la bonne Aimée surgit, tout agitée, dans la chambre de sa pupille.

— Madame, lui dit-elle avec la plus grande excitation, il semble que le Ciel ait entendu mes prières !

Jeanne s'étira dans l'obscurité bleutée de sa chambre. Elle bâillait.

— Quelles prières, Mimi ?

— Un messager est arrivé dans la nuit, porteur d'une nouvelle étonnante. Le conseil s'est déjà réuni pour en parler ; c'est Mme d'Étampes qui m'a fait prévenir.

— Quelle nouvelle ? Allez-vous me dire ?

— Pardon. Je ne sais pas par où commencer. Je suis tellement contente !

— Mimi !

— Voilà : votre « époux », le duc de Clèves, vient d'être mis à genoux par l'empereur. Il a capitulé. Tournon n'a pas su le soutenir à temps, et maintenant tout est perdu. C'est un changement complet de politique.

— Mon Dieu, faites qu'elle dise vrai !

— L'empereur, selon Mme d'Étampes, aurait exigé de votre « mari » qu'il renonce à son alliance avec nous, et qu'il accepte, dans chacun de ses États, un gouvernement impérial !

— Faites, faites qu'elle dise vrai !

— Oh, mon enfant, comme les choses se dénouent !

Jeanne sauta de son lit, et pendant qu'une femme de chambre lui passait une robe d'intérieur, commençait à fourbir ses armes.

— Ce qu'il nous faut d'abord, estima-t-elle, c'est gagner du temps. Je vais donc expliquer au cardinal que mes parents seuls pourront décider du sort à réserver au vaincu. Je veux dire : sur le plan conjugal.

Aimée de Lafayette hochait fébrilement la tête, lèvres serrées. L'infante la prit dans ses bras.

— Je crois que les États de Béarn seront bientôt contents. Allez donc, Mimi, allez voir s'il est possible d'en apprendre davantage. J'ai grand hâte de savoir quelle tête peut bien faire ce méchant prélat qui m'a mariée de force.

Elles riaient toutes deux comme des pensionnaires. Aimée s'apprêtait à sortir ; elle revint sur ses pas.

— Le plus dur, dit-elle, c'est de cacher sa joie. Car toute la Cour est consternée !

Elle rit de plus belle en sortant.

❦

Si le roi, sa sœur et, bien entendu, sa nièce, étaient d'accord pour remettre en cause un mariage devenu inutile, pour ne pas dire dangereux, le duc de Clèves, évidemment, ne l'entendait pas de cette oreille. Vaincu et défait en partie par la faute de son allié français, il entendait bien, tout au moins, faire valoir dans l'avenir son statut – chèrement acquis – de neveu par alliance du roi de France.

Dès novembre, se présentèrent donc à la Cour les ambassadeurs de Sa Grâce, fraîchement accueillis en vérité – si ce n'est par un cardinal de Tournon clairement dépassé par les événements. Ces envoyés allemands n'avaient qu'une mission, mais elle était aussi limpide qu'importante : prendre en charge la « duchesse de Clèves », et la ramener au plus vite à son époux légitime.

Jeanne d'Albret les reçut debout, dans une antichambre et non dans son cabinet, fichée, de part et d'autre, de ses deux anges gardiens : Aimée de Lafayette et le vicomte de Lavedan. La veille, elle avait passé la journée à peaufiner la lettre qu'elle destinait à son mari et qui, sans même attendre le courrier des souverains de Navarre, lui opposerait une fin de non-recevoir. Le conseil avait été mis dans la confidence ; et le roi n'avait pas bronché. Forte de cet assentiment muet de son oncle, la jeune infante – la « duchesse » comme l'appelaient ses nouveaux sujets – s'offrit la joie d'une audience assez théâtrale.

Elle avait eu l'intelligence d'y convoquer le nonce apostolique.

M. de Drimborn, qui menait la délégation, s'inclina profondément devant Jeanne, et lui remit une lettre de son mari, qu'elle transmit aussitôt, sans l'ouvrir, à Lavedan. Puis elle tendit, de son côté, sa missive au diplomate. Elle y redisait en substance qu'ayant été mariée contre son gré, sous contrainte morale et physique, elle considérait le mariage comme nul, et refusait de répondre à l'appel du duc de Clèves. « Quand il sera question d'en dire la vérité, et que je serai devant ceux qui doivent connaître de ces matières, j'en répondrai », concluait-elle.

Les ambassadeurs, visiblement très embarrassés, voulurent commencer d'argumenter. Jeanne leur coupa brutalement la parole.

— Vous remettrez ceci à mon mari, déclara-t-elle.

Et d'un geste emphatique, elle désigna, dans son écrin, l'anneau des épousailles. Les Allemands, comme s'ils venaient d'entrevoir le Mal, se récrièrent aussitôt. M. de Drimborn, dans un français soudain plus qu'approximatif, expliqua qu'il avait toute licence de se charger de la lettre, mais aucune d'accepter la bague.

— Cela n'est pas prévu, répétait-il, furieux.

— Moi, je l'avais prévu, infirma la jeune femme. Maintenant, écoutez bien, messieurs ! Si seul le duc de Clèves peut entendre ce que j'ai à lui dire, mettez-vous à sa place, ouvrez grand vos ouïes, et vous lui répéterez ce que je lui déclare par votre intermédiaire : « je souhaite, monsieur le duc, ne rien conserver de vous, puisque je ne veux même pas de votre personne ! »

Les envoyés étaient au bord de l'apoplexie. À la façon dont le plus vieux se tenait le flanc, on pouvait même imaginer qu'il allait passer.

— Je ne veux point de sa personne ! martela Jeanne. Dites-le-lui bien, je vous prie, de ma part. Sur ce, messieurs, adieu !

Jeanne fit volte-face, ne salua, prestement, que le nonce, et disparut dans ses appartements, laissant M. de Drimborn et sa suite plus effondrés, peut-être, qu'au soir de la capitulation de leur maître.

Château de Limours.

Le billet qu'avait reçu Gautier était assez sibyllin pour autoriser les mirages. Et c'est peu dire qu'à force d'idéaliser la duchesse, il en espérait des légendes. « Soyez, s'il vous plaît, au pavillon de Limours, ce deuxième samedi d'octobre. Venez en toute oisiveté, pour que ne périssent point les arts de Cupidon. » Cette dernière phrase était tirée de M. Rabelais dont l'écuyer, malheureusement, ignorait jusqu'au nom... Il n'en fut pas moins précis au rendez-vous.

C'était une de ces rares, une de ces précieuses journées d'automne qui, bien qu'empreintes encore des langueurs de l'été, annoncent déjà l'hiver par leur gravité presque suave. Derrière la demeure, les frondaisons d'or et d'ambre, rougeoyant sur un fond de sous-bois gris-bleuté, donnaient le sentiment d'avoir été créées pour quelque pastorale... Des daims, sans doute apprivoisés par la maîtresse des lieux, peuplaient ce bocage un peu trop idyllique.

— Vous venez voir madame la duchesse ? demanda le palefrenier qui, sitôt franchi le petit pont, était accouru pour s'occuper de la monture.

— Je dois me rendre au pavillon, précisa Coisay.

Le valet conduisit le visiteur vers le fond du domaine, jusqu'au Havre étudié d'une chaumière. En vérité, les dehors frustes de la masure abritaient un dedans recherché.

Comme en songe, le palefrenier s'était volatilisé. Gautier se passa les mains sur le visage.

Il dégrafa sa cape, la jeta sur une chaise de noyer, caressa du regard les tentures de laine sombre, les tapis d'herbe tressée, le drôle de lit dégagé, sans baldaquin... Il contempla aussi le revers tout sculpté d'une cathèdre un peu haute.

Tout à coup, dépassant du dossier, l'écuyer aperçut un morceau de velours bleu, bordé d'hermine. Se pouvait-il...

— Anne ?

— Soyez le bienvenu, beau voyageur.

Il était sidéré. La belle tendit un bras qu'il soutint ; elle se leva. Avant qu'il ait eu le temps d'exprimer sa surprise, elle était dans ses bras et, posant ses lèvres sur les siennes, lui délivrait le plus accueillant des baisers. Sous le manteau doublé, elle portait une robe d'étoffe fine et profuse, comme une corolle opalescente, serrée sur une taille irréelle ! Quatre énormes topazes en soulignaient le décolleté large, pulpeux. Aucun collier sur son cou de biche.

— Merci d'être venu...

Il passa des doigts souples, habiles, dans ses cheveux d'or filé. Les yeux de la jeune femme, comme deux papillons prêts à s'envoler, clignaient paisiblement.

Par hasard – à moins que ce ne fût de la prescience – lui aussi portait une tenue bucolique : un pourpoint rouge ajusté, sanglé même, avantageant le torse, avec les manches brodées ; des chausses en peau de chamois glissées dans de fortes cuissardes. Elle le dévisagea.

— Jolis traits, monsieur...

Il est vrai qu'avec les années, le visage de Gautier s'était enrichi d'une patine agréable. Ses cheveux ondulés avaient à peine blanchi par mèches... Il n'était sûrement plus le séraphin qui avait embrasé, jadis, le cœur de Françoise de Longwy ; mais le cavalier mûri, épanoui qu'Anne recevait dans son Éden, n'avait rien à envier au damoiseau d'hier.

— C'est curieux, comme vos bottes se plaisent dans mes jupes.

Et sans lui donner le temps de se dégager, elle glissa l'étoffe fragile, vaporeuse, entre les cuissardes de cuir épais, ciré – malpropre. Elle fit crisser, tout doucement, le tissu qui ne résista guère, et se rompit assez pour laisser apparaître des cuisses nacrées, très douces.

— Non...

— Oh, si ! Voyez comme tout cela s'accorde !

L'écuyer, après un mouvement de gêne, éprouva du plaisir à profaner la soie délicate.

— Et mes agrafes, qui courent après vos lacets !

D'un mouvement provocant de la poitrine, elle avait emprisonné deux topazes dans les attaches du pourpoint, et jouait avec ; et tournait ; crochetait... Lui, croyant lui plaire, se mit à défaire un premier nœud ; elle lui prit la main pour qu'il cessât.

— Chhh... Laissez-moi faire.

Alors avec la bouche, avec la langue, avec les dents, elle tira férocement sur les sangles, les cordons, les aiguillettes qui retenaient ce costume un peu trop ajusté ; le tissu se mit à bâiller par endroits, révélant des éclats d'une peau cuivrée, souple ; elle y glissa le nez, respira, respira jusqu'à s'en soûler l'odeur du corps de Gautier. Lui, fut surpris par tant de liberté. Il avait le visage dans le décolleté soyeux d'Anne, se repaissant à l'infini de la douceur de ses seins.

— Tète-moi, dit-elle.

Il obéit, le cœur battant. Et se laissa guider encore... Il la suivit ce soir-là, hors du temps, dans tous les désirs étranges qui paraissaient couler en elle d'une source sensuelle – désirs rares autant qu'évidents. Et lorsque, le disque solaire ayant sombré derrière les arbres, elle lui proposa de rentrer plus au chaud, il sut sans l'ombre d'un doute qu'elle allait, devant le feu crépitant, lui proposer d'autres découvertes. Et d'autres... Et d'autres...

Château de Fontainebleau.

Le 19 janvier 1544, « à l'heure où le soleil était encore sur l'horizon », cent un coups de canon annoncèrent à la Cour et au monde que Madame Catherine, dauphine de Viennois, venait de donner le jour à un fils ! Ainsi donc, après dix années de prières, d'attentes, de veilles, d'efforts, de regrets et d'infini désespoir, après dix années d'une stérilité vécue comme le plus douloureux calvaire, la « fille de banquiers », la « nièce d'un pape mort », faisait taire, enfin, la méchanceté. Enfin, elle donnait un prince à la France, et à la dynastie l'héritier nécessaire à sa perpétuation. Enfin, elle allait oser regarder bien en face ce beau-père qu'elle aimait tant, qui l'avait soutenue aux heures les pires, et dont elle s'empresserait de donner à son enfant le prénom. François* de France, fils du dauphin Henri, petit-fils du roi François, était né.

Les astrologues du pape, dûment consultés, allaient prédire que ce fils aurait les meilleures

* Il régnera un jour sous le nom de François II.

relations avec l'Église et qu'il serait vigoureux – en quoi ils se trompaient gravement, hélas ! Le roi lui-même voulut examiner les matières sorties avec l'enfant et, feignant la plus grande habitude de ces choses, déclara qu'il aurait de nombreux frères et sœurs – ce qui, en revanche, se révéla très vrai.

Si cette naissance inespérée combla Catherine, évidemment, elle lui apporta de surcroît la joie profonde de voir son mari changer d'attitude à son égard. Sans doute ne devint-il pas amoureux : il avait, à vie, donné son cœur à une autre. Mais du moins, à compter de ce grand jour, se montra-t-il plus complice, plus proche, plus aimable et – finalement – plus aimant envers celle qui était la mère de son fils, et deviendrait bientôt celle de tous ses enfants. Et pour la jeune femme, ce fut sans doute la plus heureuse conséquence de l'événement.

⁂

Les réjouissances ordonnées pour la naissance du fils du dauphin dépassèrent, en ferveur autant qu'en splendeur, tout ce qu'on avait pu voir. Ce n'étaient partout que feux de joie, cavalcades, mômeries sans fin et sans limites… Les places publiques accueillirent des fontaines de vin, l'on fit des arches en massepain !

À Fontainebleau, les amis du couple princier furent conviés à la plus éblouissante des soirées, qui prit pour cadre la nouvelle galerie du Rosso. Pyramides de lumières, cascades parfumées, tritons et nymphes distribuant à profusion toutes sortes de présents magnifiques à des convives parés de joyaux inouïs…

Par un concours de circonstances étrange, Simon de Coisay fit partie de ces rares élus. Venu à la Cour avec son frère, il avait croisé, le jour même, le duc d'Orléans qui le reconnut, lui dit-il – à moins qu'il ne le confondît avec un autre. En tout cas, Simon avait pris le prince au mot, et accueilli d'enthousiasme son invitation orale.

De sorte que le soir, il se retrouva dans la plus brillante compagnie – et se fit assez apprécier du beau Charles de Brissac pour que celui-ci, sans même se faire prier, lui décrochât une charge vacante de messager du dauphin. Simon était ravi de cet enchaînement de chances. Il ne pouvait prévoir que cela, bientôt, lui vaudrait de connaître l'épreuve du feu.

Chapitre IX
Le chiffre
(Été et Automne 1544)

Environs de Saint-Dizier.

Jamais encore, dans une carrière pourtant très riche en événements de toute sorte, Gautier de Coisay ne s'était vu confier de mission à ce point délicate. Il fallait, par ces temps de guerre, qu'il acheminât jusqu'aux lignes impériales un message dont tout – provenance, contenu et destinataire – devait demeurer secret à jamais. Du contenu, comme toujours, il n'avait pas à connaître ; le destinataire, en revanche, ne lui était pas inconnu : c'était cet agent de l'empereur, ce fameux Juan Martinez d'Ezcurra qui, quelques années plus tôt, était venu le voir au Plessis, près de Tours, de la part du roi de Navarre.

Quant à la provenance... Elle seule, en vérité, avait justifié que Gautier se chargeât d'une mission que, de tout autre, il eût purement et simplement refusée. Mais le moyen, lorsqu'on est amoureux, de refuser une demande amoureusement formulée ?

— Mon cœur, avait dit Anne de Pisseleu, pourrais-tu me rendre un très, très grand service ?

— Oui, ma beauté. Très, très volontiers...

Et voilà comment l'écuyer picard se retrouvait, par un matin d'été orageux, à sinuer périlleusement entre deux lignes d'artillerie...

⁂

Dans ce nouvel épisode de la guerre sempiternelle entre la France et l'Empire, l'empereur Charles avait d'emblée pris l'avantage. Il avait rassemblé à Metz, ville impériale, quelque quarante mille fantassins et plus de dix mille cavaliers ; puis il les avait mis en marche, et n'avait cessé de balayer les obstacles sur son passage, jusqu'au verrou stratégique de Saint-Dizier. Heureusement l'importance de cette place, la qualité de ses défenses, le nombre de ses défenseurs, rendaient les choses plus difficiles. Charles Quint savait que M. de Sancerre était là pour l'empêcher de passer.

— Gautier, avait minaudé la duchesse d'Étampes, il faut que je fasse savoir à l'empereur à quel point sa sœur, la reine Éléonore, l'amiral d'Annebault et moi-même sommes disposés, au sein du Conseil, à une trêve avec l'Empire. Il y va de centaines et de milliers de vies ; il y va surtout du sort de réformés qui, forcément, font plus que d'autres, les frais de la guerre.

Gautier ne voyait guère en quoi la lutte contre l'Espagne catholique et inquisitoriale devait inciter le roi de France à l'intolérance religieuse... Anne ne sut pas le lui expliquer, mais elle lui jura que pourtant, il en était ainsi.

— Tu connais, je crois, un certain Juan d'Ezcurra.

— C'est une vieille connaissance.

— C'est lui que tu dois trouver, pour lui remettre ceci.

Et Anne avait confié la missive, soigneusement roulée dans un cylindre scellé, à celui qu'elle n'appelait plus, depuis quelques semaines, que « mon cœur ».

Pour Gautier, ce qui aurait pu devenir la mission de tous les dangers se déroula en fait sans trop d'encombres. Il trouva Juan Martinez d'Ezcurra très en avant des positions espagnoles, exactement au lieu-dit que lui avait recommandé la duchesse – à croire que les informations dont disposait le roi de France étaient d'une grande précision...

— Je vous avais dit que nous nous reverrions, lui lança l'agent espagnol, mi-figue, mi-raisin.

— Je vous avais dit que ce ne serait pas pour parler de Jeanne, rétorqua Gautier.

— Sait-on jamais, fit l'Espagnol, toujours énigmatique. Qui sait ce qu'il y a, dans ce rouleau d'étain ?

Saint-Maur-des-Fossés.

Alarmé par l'avancée de l'empereur et de ses troupes à travers les provinces orientales du royaume, François Ier s'était porté à l'est de sa capitale, chez le cardinal Jean du Bellay, évêque de Paris[24]. Les nouvelles qui lui parvenaient, toutes plus funestes, laissaient entrevoir un désastre aussi général, et peut-être davantage, que celui de Pavie – vingt ans plus tôt. Car cette fois, c'est la ville elle-même qui risquait d'être prise. La panique s'était insinuée chez les Parisiens, et l'on voyait s'accumuler aux portes, des chapelets de mules et de chariots chargés de tout ce qu'emportaient les candidats à l'exode. Leur flux se heurtait, dans certaines artères, à des cortèges de priants implorant Sainte-Geneviève, en souvenir d'Attila... Cette confrontation de la peur et de la foi tournait le plus souvent à l'avantage de la première, plus impulsive peut-être ; et l'on voyait partout des pèlerins bousculés par les fuyards.

— Puisque le vouloir de Dieu semble être de favoriser l'empereur plus que moi, se plaignait

François, qu'il le fasse au moins sans que je voie l'ennemi camper dans la principale ville de mon royaume. Ah, mais s'il le faut, j'irai au-devant, je livrerai bataille, et tout ce que je demande à Dieu, c'est alors de me faire mourir plutôt que d'endurer une seconde prison[25] !

L'entourage du roi le laissait s'enflammer ainsi ; mais *in petto*, chacun le savait trop souffrant pour s'en aller à la guerre... Comme ces malades importants que l'âge et leur propre acrimonie ont peu à peu coupés du monde, le roi François vivait sous la garde croisée du cardinal de Lorraine et de la duchesse d'Étampes, qui géraient ses audiences, filtraient son courrier, orientaient ses pensées autant qu'ils le pouvaient.

Mais s'ils escamotaient volontiers les petites nouvelles, les hommes de la duchesse ne pouvaient pas occulter les grandes. Et le 18 août parvint à Saint-Maur l'annonce de la prise, la veille, de Saint-Dizier. Contre toute attente, la ville-clé était donc tombée ! On s'en étonna d'abord, puis on apprit que le comte de Sancerre, défenseur de la place, avait reçu l'ordre de capituler – un ordre crypté au chiffre du roi. Était-il possible que ce chiffre eût été transmis à l'ennemi ?

— Qui a bien pu livrer mon chiffre à l'empereur ? répétait le souverain terrassé, cloué à son lit de douleurs. Car il a bien fallu que quelqu'un le lui donne. Mais qui ?

— Calmez-vous, sire. A-t-on idée de se mettre en pareil état ? se lamentait Anne de Pisseleu, en lui épongeant le front.

⁂

Les conseillers, soumis au bon vouloir de la favorite, tergiversaient sur les mesures à prendre, et tentaient de temporiser aux limites. Pourtant ils n'eurent pas l'emprise nécessaire pour ôter au souverain ce ferme sens critique que lui avait légué sa mère, la régente Louise, ni pour l'amener à oublier les règles de la préséance dans l'État.

Ainsi, quand François Ier sentit qu'une contre-offensive devenait vitale pour la France, et qu'il n'était pas en mesure, physiquement, de la mener lui-même, fit-il appeler son fils aîné. Henri n'attendait qu'un signe. Il parut sur-le-champ devant le roi et, comme dans ses rêves d'adolescent, entendit son père lui confier, en termes clairs, la défense du royaume.

Pour un jeune prince de vingt-cinq ans, c'était une écrasante responsabilité, en même temps qu'une opportunité grandiose.

Et puis, Henri avait une revanche à prendre… On se dit, à la Cour, que cette fois, c'était au camp de Diane de marquer quelques points.

Paris, rue Saint-Antoine.

La foudre tomba tout près de l'hôtel Neuf, au moment même où Gautier y entrait. C'était un orage violent, comme on en voit rarement à Paris, avec des éclairs multiples qui, par instant, éclairaient les rues et les cours comme en plein jour.

— Qu'est-ce que c'est ? demanda le concierge qui, par un temps pareil, ne voyait pas les visiteurs d'un très bon œil.

— Coisay, annonça Gautier, tout juste rentré de Champagne.

— À minuit ?

« Viens dès que tu seras de retour, lui avait dit sa "commanditaire" ; et quelle que soit l'heure... »

Il avait d'abord été la trouver à Saint-Maur-des-Fossés ; mais on lui avait indiqué là-bas que la duchesse, chaque jeudi, passait la nuit à Paris, chez elle...

Le concierge, bougonnant, précéda l'intrus dans le dédale des corridors, jusqu'au grand vestibule.

— Attendez-moi là, marmonna-t-il.

Sur quoi il s'éclipsa par une souricière.

Gautier se dit que l'occasion était trop belle d'aller surprendre au lit son amante. Enfilant l'escalier d'honneur, il grimpa jusqu'à l'étage noble, poussa la porte entrouverte de l'antichambre et, sur la pointe des pieds, approcha des quartiers de la favorite. C'est alors que, sur fond de roulements du tonnerre, certains halètements le figèrent sur place. Était-il possible que le roi eût accompagné sa maîtresse à Paris ? Bien sûr que non...

— Quelle putain ! lâcha Gautier.

Ces mots, sortant de sa bouche, lui avaient paru douloureux. La fureur le submergea. Tandis qu'au-dehors, le tonnerre frappait de nouveau tout près, le Picard se rua sur la porte qui céda sans résister ; il fit irruption dans la chambre au moment où de nouveaux éclairs l'illuminaient d'une lueur blafarde. Dans le miroitement de l'instant, Gautier aperçut un homme nu qui fuyait.

— Beau courage ! lança-t-il, plein de fureur, en se plantant devant le lit.

— Gautier ?

Dans le regard de la duchesse, habituellement si beau, ce n'est pas vraiment de la surprise que lut cette fois Coisay, mais plutôt une forme de crainte imprécise, et qui le dégoûta. Il contourna la couche et s'approcha de la mangeuse d'hommes.

— Gautier !

Alors, sans égard, sans tendresse, sans harmonie aucune, l'écuyer prit la pauvre maîtresse ainsi, troussée, les jambes en l'air, au bord du lit. Sans vrai plaisir, forcément. Mais avec la satisfaction animale de la vengeance immédiate.

❖

Le courageux amant qui avait fui dans un éclair se nommait – Gautier ne devait l'apprendre que par la suite – Nicolas Bossut de Longueval.

— Bossu ! se dit Gautier ; un vrai porte-bonheur.

Meaux, La Ferté-sous-Jouarre.

C'est avec naturel, sans se faire violence, que le dauphin Henri s'était coulé dans la peau d'un chef de guerre. Mais il restait conscient de sa relative inexpérience, et déplorait à chaque instant l'absence du grand Montmorency. Lui aurait su comment piéger l'ennemi, où l'amener, quand le surprendre... Lui aurait eu, d'instinct, l'intuition des décisions à arrêter. Seulement un concours indigne de cabales de cour avait eu raison de son génie ; le roi aimait mieux se priver du plus grand capitaine de son temps, qu'avoir à subir les plaintes incessantes de sa maîtresse et de son entourage... Dans les heures qui venaient, la France allait, peut-être, le payer cher.

Charles Quint savait bien qu'il n'aurait pas, dans cette campagne, à redouter le sens tactique et stratégique du connétable ; et l'audace de ses positions le prouvait amplement. Engagé loin dans la vallée de la Marne, l'empereur avait cependant fini par trouver des Français sur son chemin ! On l'avait informé que l'armée postée là, entre Meaux et La Ferté-sous-Jouarre, était commandée par le jeune dauphin en personne. Et si cela n'avait pas empêché Sa Majesté Très Catholique de prier en paix, du moins cette concentration de troupes lui avait-elle donné à réfléchir : donc il ne fondrait pas sur Paris, et prendrait plutôt la tangente...

— C'est curieux, avait alors confié le dauphin à Brissac, à Aumale – à tous ceux qui, fidèles, l'entouraient dans ce moment décisif – c'est curieux mais on dirait que l'empereur nous craint... Ou plutôt, qu'il ne dispose pas, face à nous, de la plénitude de ses moyens.

C'était supérieurement juger. Car en vérité, Charles Quint était à bout de forces. Ses troupes, fatiguées, affamées, désunies, n'attendaient que la première occasion pour s'égailler. Surtout, elles n'étaient plus payées. On le savait à Saint-Maur, l'empereur ayant pris la peine de signaler à sa sœur, la triste reine Éléonore, qu'il n'aurait plus longtemps la force de s'opposer à une solution négociée. Mais on s'était bien gardé de répercuter la nouvelle à Meaux.

— Je crois que cette armée est plus impressionnante que réellement dangereuse, n'en concluait pas moins Henri, de plus en plus pénétrant dans ses analyses. Messieurs, j'ai l'honneur de vous annoncer que nous allons attaquer bientôt.

— Bonne nouvelle ! avait approuvé Brissac soutenu du reste par le jeune comte d'Enghien qui rentrait de Piémont, auréolé de sa victoire à Cérisoles.

❊

Henri prépara l'offensive cruciale. Il avait mis toutes les chances de son côté et, tablant sur le dévouement encore juvénile d'un brillant état-major, s'apprêtait à stopper l'avancée impériale, à saigner les troupes de Charles Quint, à libérer le royaume et à créer les conditions d'un traité plus que favorable à la France. Cette fois, Henri tenait sa victoire – mieux : son triomphe. Et si tout se passait comme il croyait pouvoir l'envisager, il pourrait d'ici peu se présenter à Chantilly pour déposer aux pieds de son maître, Montmorency, le glorieux tribut de leçons bien comprises.

Seulement, il n'était pas le seul à préparer l'avenir… À Saint-Maur, la perspective d'un triomphe du dauphin effrayait bien du monde – à commencer peut-être par le roi lui-même. Poussé par une duchesse d'Étampes aux abois, soutenu par une reine obsédée par la nécessité d'une paix renouvelée avec son frère l'empereur, l'amiral d'Annebault avait fini par prendre la route de Soissons. Il devait rencontrer Charles Quint en l'abbaye Saint-Jean-des-Vignes. C'était le 12 septembre. Le 15, une trêve se négociait ; le 16 elle était décidée. Et le 18 septembre 1544, on allait signer à Crépy-en-Laonnois une paix étonnante, sans précédent depuis le « honteux traité de Troyes » – paix entièrement défavorable à la France, et qui, de plus, revenait à privilégier dans l'avenir le prince Charles, duc d'Orléans, au détriment des intérêts légitimes de son frère aîné Henri !

Plus que jamais, les intrigues de cour venaient de supplanter, dans la décision royale, les intérêts de l'État.

❋

Dans son camp, à Meaux, le dauphin s'apprêtait à passer une ultime revue de ses troupes, quand un messager royal lui apporta, dans un même pli, la nouvelle de cette drôle de paix, et l'ordre de plier bagages et de faire route, à marche forcée, vers Boulogne et les Anglais.

Henri relut le message trois ou quatre fois, d'abord sans bien comprendre ; puis en ne comprenant que trop. Ses traits se figèrent. Il blêmit.

— Qu'est-ce que c'est ? demanda le comte d'Aumale, toujours un peu indiscret.

— Rien, répondit le prince.

— Je puis lire ?

— Non. Non, ce ne sont pas des choses à montrer.

Une douleur violente venait d'atteindre Henri en plein dans l'estomac. Il grimaça. Il se dit qu'il aurait préféré – mille fois – que cette douleur lui fût procurée par une lance ennemie, plutôt que par cette missive portant le paraphe de son père abusé par des mécréants.

Le dauphin, essayant de repousser loin de lui cette amertume qui le dévorait, se jura bien que, tôt ou tard, il réglerait leur compte aux vilains.

Mons.

L'empereur, heureux – il pouvait l'être – du traité de Crépy-en-Laonnois, avait eu l'idée de célébrer la paix retrouvée par un voyage officiel de sa sœur, la reine de France, à Bruxelles. Le prince Charles, duc d'Orléans, serait du voyage, dont on avait convenu qu'il épouserait une princesse de l'Empire, admirablement dotée. Surtout, les instigateurs de ce voyage avaient réservé une place de choix à la maîtresse du roi : Mme d'Étampes ne devait pas suivre la reine comme dame d'honneur, à son ordinaire, mais bien l'accompagner sur un pied d'égalité, ou presque, en tant que garante de la paix.

À chaque d'étape d'un véritable chemin de gloire entre Paris et Bruxelles, les réceptions, les fêtes, les solennités firent donc la part belle à la favorite, tout heureuse d'accéder enfin à une reconnaissance à ce point publique, et de recevoir des marques d'honneur dont elle s'était toujours sentie frustrée. Sa plus grande satisfaction, peut-être, était de constater combien la souveraine l'appréciait et la mettait en valeur ; loin de lui tenir grief d'une position délicate à son égard, Éléonore en rajoutait, en effet, dans l'amabilité envers une femme dont elle avait, depuis longtemps, trop mesuré l'influence pour ne pas tâcher de se la concilier.

— Ma chère, lui rabâchait la reine pendant les trajets – car elles partageaient une litière – ce voyage serait bien ennuyeux sans vous, nous aurions dû voyager plus tôt ensemble !

Anne, qui se rappelait le temps, pas si lointain, où la reine faisait bloc avec le connétable contre elle, savourait ce retournement des choses, et s'ingéniait à le conforter.

— Madame, les honneurs dont me couvrent vos compatriotes ne sont rien, comparés au très grand privilège de cheminer en votre compagnie.

Charles Quint, en prince galant mais, surtout, en frère attentionné, vint au-devant du grand convoi qu'il retrouva à Mons. S'avançant à pied vers la litière royale, il installa lui-même le marchepied d'Éléonore, qu'il embrassa plus chaleureusement que de coutume. Puis, au lieu de se retourner pour entrer, comme l'eût prescrit le protocole, il attendit tout un moment que la duchesse descendît à son tour, et la gratifia lui-même d'une accolade, tout à fait extraordinaire au regard des usages espagnols.

Tout, dans ce voyage, fut étudié pour flatter la favorite, et non seulement lui donner le sentiment de son importance, mais aussi accroître celle-ci par le rang effectif qu'on reconnaissait à la dame.

❊

Gautier de Coisay, apprenant de son côté que la duchesse d'Étampes faisait route vers les Flandres, avait pris cette direction au grand galop, dans l'espoir de rattraper le convoi royal. Mais cette fois, ce n'était plus l'amour qui lui donnait des ailes ; c'était la haine. Une haine profonde, aveugle, et qui n'avait que bien peu à voir avec sa découverte nocturne de la rue Saint-Antoine.

C'est qu'entre-temps, le chevalier de Coisay n'avait pu s'empêcher de faire certains recoupements entre son voyage en Lorraine, sa rencontre avec Ezcurra, le document scellé qu'il lui avait remis et… la prise de Saint-Dizier ! À raison ou à tort, Gautier avait fini par se convaincre que la fameuse lettre qu'il avait, si scrupuleusement, si amoureusement transmise ce soir-là, de la part de la belle Anne, contenait ce chiffre royal qui, offert aux Impériaux, leur avait permis de tromper le comte de Sancerre. Simon, le voyant enfourcher sa monture pour gagner les Flandres au plus vite, avait d'abord tenté de l'en dissuader ; puis, réalisant qu'il n'y parviendrait jamais, il avait pris la résolution de se mettre en route à ses côtés.

— Elle me le paiera, lui avait dit Gautier. Elle va me le payer !

Et c'est ce qu'ils se répétaient depuis lors, chaque fois que la fatigue ou les obstacles de la route leur criaient d'abandonner cette absurde poursuite et de rentrer à Paris. De temps en temps, chemin faisant, Gautier s'était demandé ce qu'il allait bien pouvoir dire à la belle quand, enfin, il l'aurait rattrapée. L'accuserait-il publiquement de trahison ? La menacerait-il ? Lui demanderait-il seulement de s'expliquer ?

S'il avait osé la franchise envers lui-même, Gautier aurait su qu'au fond, tout ça lui devenait indifférent. Des blessures répétées, diverses, tant de chemins empruntés qui ne l'avaient mené nulle part, lui donnaient, au-delà de l'écœurement, peut-être naturel en ces prises de conscience, le sentiment d'une très grande confusion des événements – et d'une absence de logique dans leur surgissement.

❖

Gautier et son frère, brûlant les étapes, étaient arrivés à Mons quelques heures seulement après le convoi de ces Dames.

— Que cherchez-vous, par ici ?

Les archers à bout de nerfs qui, nuit et jour, assuraient la garde de la reine, n'aimaient pas voir rôder les curieux parmi les chariots et les litières dételées.

— Je suis Gautier de Coisay, s'impatienta l'écuyer, et voici mon frère. Vous nous avez vus cent fois, en France.

— Pardon, messires. Il y a tellement de badauds...

Gautier n'eut guère de mal à égarer son frère dans la foule qui se pressait au sein de la grande salle de l'hôtel de ville, pour voir la reine de France et – surtout – sa rivale en titre. Ces dames étaient fort demandées, cependant, et la sollicitude dont les Flamands mettaient un point d'honneur à les entourer, rendait difficile tout échange un peu personnel. Soudain, au détour d'une présentation de guildes, le regard d'Anne croisa celui de Gautier. Elle ne put s'empêcher de lui sourire d'abord ; puis, d'instinct, elle se ravisa.

— Vous ? Si je m'attendais !

Anne continuait à feindre le badinage. Gautier, lui, ne jouait pas du tout.

— Je suis venu mettre au clair une affaire d'importance.

— Vraiment ?

— La lettre que vous m'avez confiée pour Ezcurra, que contenait-elle ?

— Voyez l'impudent ! Cela ne vous regarde en rien.

— Elle contenait le chiffre du roi, n'est-ce pas ?

Anne, sans cesser de saluer et de sourire, décocha un regard noir à son ami.

— Imbécile ! lâcha-t-elle.

— Répondez-moi, je vous en prie.

— Vous avez complètement perdu la tête, mon ami ! Je ne sais ce qui me retient de vous faire battre.

Avant que Gautier ait pu revenir à la charge, le duc Ottavio Farnese, qui jouait là les amphitryons, entraîna la belle Anne vers un nouveau cercle. Gautier demeura un moment perdu dans cette foule idiote… Puis il redescendit, la tête vide, vers la rue, et découvrit alors qu'on lui avait volé son cheval !

Un sentiment de lassitude infini prit possession de son esprit, peut-être même de son âme. Les idées se bousculaient sous son crâne, sans lui apporter le moindre adoucissement. Il chercha un sujet de se réjouir, ou bien une image qui l'apaiserait, et n'en trouva pas. Même le souvenir de sa grande traversée océanique lui arrachait des haut-le-cœur. Il était comme ces malades atteints de fièvre qui, croyant trouver un dérivatif dans des jeux qui, d'ordinaire, les amusent, en éprouvent soudain le dégoût.

Gautier se dit que la vie ne méritait peut-être pas de se battre pour elle avec tant d'honneur.

※

— Gautier !

Simon tira une dague de sa ceinture et, rompant d'un trait la corde, laissa son frère s'affaler sur le sol. Alors il lui tâta le pouls et, dénouant comme il put la corde autour du col de son frère, fit l'impossible pour le ranimer.

Un miracle : il y parvint.

Le visage, d'abord gris, du chevalier de Coisay reprit assez vite des couleurs. Le pendu hoqueta, vomit même. Il souffla aussi longuement. Il paraissait hagard, mais il était sauvé.

— Gautier ! redit seulement Simon.

Il releva son frère, le serra dans ses bras, le couvrit de questions.

— Qu'as-tu fait ? Pourquoi ?

Le rescapé, encore inconscient à demi, lui demanda s'il avait vu la duchesse d'Étampes.

Simon ne répondit pas. Il enroula la corde au plus vite et la fit disparaître dans un coin sombre*.

— Si c'est pour elle que tu fais cela, dit-il, tu as grand tort. Elle n'en vaut pas la peine, Gautier.

— Ce n'est pour elle, Simon. C'est contre elle. Tu es loin d'imaginer jusqu'où cette mauvaise femme a pu m'entraîner. Ce qu'elle m'a fait faire ! Je suis sûr... je suis certain que c'est elle qui a livré le chiffre.

Son frère ne comprit pas le sens de ces propos – d'ailleurs, il ne cherchait en rien à les comprendre. Une seule chose comptait, s'imposait à son esprit échauffé par une peur rétrospective : il avait, lui, sauvé Gautier du pire des trépas.

---

* Le suicide, même manqué, était alors un crime très sévèrement puni.

Château de Fontainebleau.

À l'issue de son séjour triomphal dans les Flandres, Anne de Pisseleu s'était attendue, plus ou moins, à rentrer à Fontainebleau sous une pluie de roses. Il lui semblait qu'elle avait pris la conduite de la diplomatie française, et qu'un sens aiguisé des rapports de force, joint à cet art, si rare, du judicieux et du propice, l'avait faite l'égale de ce qu'avait pu être, une vingtaine d'années plus tôt, la « régente noire ». Du reste, pour avoir accompagné, au tout début de sa faveur, la mère du roi jusqu'à Cambrai – au beau temps de la Paix des Dames – elle pouvait mesurer à quel point s'imposait la comparaison.

Las ! En son absence, le roi n'avait fait que ruminer... Et tandis que son abcès dégénérait en fistule, il s'était convaincu de la nocivité d'un traité que, pourtant, Anne l'avait vu appeler de ses vœux ! C'est tout juste, lorsqu'elle vint le retrouver dans sa chambre après cette longue absence, s'il ne lui en fit pas le reproche.

— Dieu, que nous avons mal négocié ! gémit-il.

— Nous avons défendu, au mieux, les intérêts du royaume et ceux du prince Charles.

— Charles, oui… Mais Henri !

— Henri demeure, vous le savez, la proie de personnes mal intentionnées.

À la vérité, la duchesse se serait bien passée d'un tel désaveu. Elle qui croyait revenir au pinacle, voilà que le roi la ravalait presque au rang d'une scélérate ! Elle tenta de se hisser de nouveau sur un pied plus royal.

— L'empereur m'a chargée de vous transmettre des vœux fervents de prompt rétablissement.

— Taisez-vous.

Anne s'empourpra. Mais qu'avaient donc fait Guise, et Annebault, en son absence ? Elle se dit qu'à l'avenir, elle éviterait de laisser le roi si longtemps loin d'elle…

Ce qui changea sa contrariété en une sorte de panique, c'est le comportement d'un souverain qui, tout malade qu'il fût, tout essoufflé, tout transpirant, voulut d'emblée lui rappeler qu'elle n'était pas sa maîtresse pour s'occuper seulement de traités et d'alliances.

— Embrassez-moi, vilaine ! lui dit François, du ton qu'il eût pris pour s'adresser à une fille.

— Sire…

— Allons, ne fais pas ta précieuse !

Les personnes présentes s'éclipsèrent, à la grande honte de la favorite qui, de plus en plus révulsée à l'idée de satisfaire un malade devenu repoussant, tenta de s'arracher aux bras tremblotants qui prétendaient l'étreindre.

— Allons, ma mie, gémit François comme eût fait un enfant – ou bien un vieillard… Je t'ai longtemps attendue…

Alors Anne parvint à surmonter son dégoût, sa lassitude et, avec « son art consommé du propice et du judicieux », tenta de donner un peu de plaisir à son vieil amant. Elle se surprit à en prendre elle-même, mais d'une manière inédite et peu recommandable – manière qui devait pouvoir passer pour la forme profane d'une délectation morose.

⁂

— Au fait, s'exclama François alors qu'elle demeurait couchée sur lui, mon fils m'a fait parvenir une lettre qui vous concerne un peu.

— Votre fils !

— Henri dauphin.

Anne de Pisseleu ferma les yeux. Il était dit qu'elle n'en serait jamais quitte avec de tels ennemis.

— Où est sa lettre ?

— Ici même, dit François qui l'avait conservée à portée de la main, glissée sous un oreiller.

La duchesse, peinant à conserver son empire sur elle-même, défit le pli vivement. Ce qu'elle lut la mit hors d'elle : le dauphin, anticipant sur la reprise au printemps des hostilités, suppliait son père de révoquer l'amiral d'Annebault et de le remplacer par « un homme de guerre plus affirmé ».

— C'est Montmorency, son homme de guerre, siffla la favorite outrée.

Elle en aurait bavé de colère.

— Enfin, dit-elle en quittant le lit, dépenaillée, les cheveux en bataille, mais ne voyez-vous pas qu'ils veulent tous vous imposer ce grand traître de connétable, ce félon, cet enfant des Érinyes* ?

— Madame, calmez-vous !

* Les Furies, chargées d'exécuter les sentences infernales.

— Bien sûr que je vais me calmer. D'ailleurs je vais vous abandonner aux griffes de ces fauves ! Je vais les laisser vous dévorer pour mieux se partager l'héritage. Allez-y, rappelez Montmorency, confiez la France au dauphin et à sa Vieille – puisque c'est elle qui est derrière tout cela et que, faible d'entre les faibles, vous la laissez agir impunément. Tenez : vous n'aurez qu'à la prendre pour maîtresse !

— Anne !

La duchesse se précipita vers la porte, qu'elle ouvrit en grand, et sortit en rejetant la tête, dans la pose outrée, dévastée, de celle dont on n'a pas reconnu les talents.

Fontainebleau.

— Savez-vous bien que vous m'avez manqué ? dit à Simon la duchesse d'Étampes.

L'écuyer lui sourit d'un air indéfinissable. Depuis toujours, il avait éprouvé pour elle une certaine affection ; et le souvenir – presque interdit – de leur nuit lyonnaise avec le beau Sébastien ajoutait à cette sympathie... Seulement elle avait trahi le roi – peut-être. Trahi son frère – sûrement. Pis : elle avait conduit Gautier à vouloir mourir. Comment pardonner de telles choses ?

— Oh, je sais que vous ne m'aimez pas trop, dit-elle de telle façon que Simon, malgré lui, faillit protester du contraire. À propos...

Elle avait pour coutume de changer le cours de la conversation, pour le plaisir, non de dérouter l'autre, mais de le mener à sa guise.

— À propos, savez-vous où réside Mme de Poitiers ?

— Mais oui, madame.

— Suis-je naïve, vous êtes messager ! Eh bien, mon cher Simon... Cela vous ennuie que je vous appelle « cher Simon » ?

— Non…

— Eh bien donc, cher Simon, c'est au messager, précisément, que je m'adresse. J'aimerais que vous acceptiez d'être mon interprète auprès de votre animal de frère. Un insensé, notez-le !

L'écuyer aurait aimé lui dire, lui crier même, que l'insensé avait bien failli perdre la vie par sa faute et que, sans son intuition, à lui, elle aurait pu, en ce moment même, parler de Gautier au passé… Mais il ne dit rien de tout cela. Il se contenta d'un nouveau sourire qui, intérieurement, le couvrit de honte. La belle dame continuait.

— Vous qui, en revanche, êtes bien sensé, bien posé, il faut que vous expliquiez à cet imbécile que je n'ai, de près ou de loin, rien à voir avec cette affaire de Saint-Dizier. Du reste, si je n'étais fort endurcie par des années d'existence à la Cour, j'aurais pu me froisser qu'il ait seulement eu l'idée de m'en accuser. Vous me suivez ?

— Oui…

— Fort bien, mon ami. Je compte sur vous pour répéter cela, bien proprement, à votre frère. Vous le ferez, n'est-ce pas ?

— Je le ferai.

Alors la duchesse d'Étampes s'empara d'une lettre qui, depuis le début, se trouvait devant elle en évidence.

— Par ailleurs, dit-elle en s'efforçant de cacher sa jubilation, soyez assez aimable pour remettre ce pli à Mme de Poitiers. En mains propres, c'est important.

⁂

Diane de Poitiers s'apprêtait, lorsque Simon la surprit dans son antichambre, à descendre à la pouponnière pour y superviser le bain quotidien du petit prince François. Elle assurait au profit de la dauphine, ce discret office qu'elle avait si longtemps rempli, jadis, auprès de la reine Claude ; ce qui signifie qu'après avoir langé le père, elle pouponnait le fils.

Simon la salua poliment et lui remit sans un mot le pli confié par la duchesse.

— Eh bien, Coisay, lui dit-elle en commençant à lire, presque aimable, l'on me dit qu'à présent, vous êtes attaché à monsieur le dauphin…

— Je dois cette grâce à monsieur de Brissac, madame, et…

Il n'alla pas plus loin ; après une sorte de petit hoquet, elle bouchonna la missive pourtant marquée du sceau royal et, foudroyant le messager du regard, la lui jeta au visage.

— Disparaissez ! siffla-t-elle, soudain glaçante.

Simon mit un instant à réagir, puis il détala comme un lapin.

Il ne tarderait pas à savoir que la fameuse lettre, de la main même de Sa Majesté, enjoignait à la grande sénéchale, en termes courtois mais fermes, de quitter la Cour sur-le-champ et de n'y plus paraître jusqu'à nouvel ordre.

Chapitre X

François le balafré (Eté et Automne 1545)

Environs de Boulogne-sur-Mer.

Quand la guerre se calmait sur un front, c'était pour mieux reprendre sur un autre... Depuis un an, la place-clé de Boulogne était aux mains des Anglais, plus que jamais alliés de l'empereur. Le roi de France avait chargé le maréchal du Biez de la reconquérir. Seulement ce vaillant soldat n'avait pas, loin s'en faut, le génie stratégique d'un Montmorency ; et le siège qu'il avait mis devant la bonne ville commençait à s'éterniser.

Le 15 août, le moral déjà vacillant des Français avait subi une atteinte imprévue : on apprenait en effet que les deux cents vaisseaux de l'amiral d'Annebault, après des tentatives sans lendemain de débarquement à Douvres et dans l'île de Wight, venaient de faire repli sur Le Havre. C'en était donc fini du beau rêve d'une invasion d'Albion, cinq cents ans après Guillaume.

❖

Simon de Coisay, recommandé par le duc de Brissac, subissait en Boulonnais son baptême du feu. Jusqu'ici, en dépit d'une carrière de messager déjà longue, il n'avait jamais approché des champs de bataille. Celui-ci n'était pas le pire ; et les engagements sporadiques opposant la noblesse de France aux arquebusiers anglais relevaient ici, le plus souvent, de l'escarmouche. Nul, cependant, n'était à l'abri d'une balle perdue. Surtout, rien n'interdisait à l'accrochage habituel de dégénérer en combat sévère.

C'est ce qui arriva ce jour-là.

Sous un ciel gris de plomb seulement déchiré, par endroits, de trouées d'un blanc aveuglant, les régiments d'Aumale et de Brissac avaient tenté le coup de feu sur un poste avancé de Gallois mal embouchés. Le jeune duc avait donné l'ordre à Simon de ne pas le perdre de vue, afin de maintenir, le cas échéant, la liaison avec le camp royal. C'est au passage d'un marais que la situation, de difficile déjà, devint très dangereuse. Un détachement de cavaliers anglais surprit les Français sur leur flanc droit, et la mêlée qui s'ensuivit fut affreuse. Sous les coups de masse et de hache, le sang jaillit, des membres volèrent. Simon, pétrifié de terreur, entendait alentour le fer des lances chassant sur les boucliers.

Soudain, avant qu'il ait eu le temps de réagir, l'écuyer picard se sentit happé en arrière et jeté à bas de son cheval. Il allait se faire piétiner, proie offerte aux jambes des chevaux mais aussi aux épées dont les coups pleuvaient de partout, quand la poigne phénoménale d'un compagnon de Brissac le hissa vers sa propre selle et, l'extirpant des montures enchevêtrées, l'éjecta loin de la mêlée sanglante.

— Votre nom ! s'enquit Simon dans un débordement de gratitude. Votre nom, monseigneur !

— Bentivoglio ! hurla le jeune chevalier en remontant à l'assaut.

Simon n'aurait pas été plus ébahi si l'archange Michel en personne avait fondu des nues pour lui sauver la vie. Son cœur s'enflait dans sa poitrine, à lui faire mal ; il n'aurait su dire ce qui le bouleversait le plus, de la peur qu'il avait ressentie ou de l'extase d'être sauvé.

Des hurlements rapprochés tirèrent l'écuyer de sa stupeur. Brissac lui-même, passant au galop, paraissait effrayé. Simon se retourna pour découvrir, à cent pas seulement, ce qui justifiait tant d'alarmes.

Il vit alors François d'Aumale, fils du duc de Guise, le visage ruisselant de sang, dévalant le talus à la tête d'un petit groupe monté. Le blessé se laissa tomber de son destrier, dans les bras qui se tendaient pour le soutenir. Il gémissait, aspergeant ses compagnons de flots de sang. Alors qu'on l'emportait vers la vaste tente verte qui, plus loin dans ce secteur, accueillait l'ambulance, Simon se détourna pour ne plus voir cette face percée de part en part, et qui persistait à vivre et à se plaindre.

À l'ambulance de Boulogne.

Un petit homme brun, déjà dégarni, la barbiche en pointe sur un visage parcheminé avant l'âge, entra sous la tente verte. Il paraissait soucieux mais n'était qu'infiniment concentré. Le sieur Paré, chirurgien barbier de trente-cinq ans, avait longtemps affûté son art à l'Hôtel-Dieu de Paris, avant de vouloir l'appliquer sur les champs de bataille ; il avait suivi, pour cela, le connétable jusqu'en Piémont. En 1542, devant Perpignan, il avait eu l'idée, pour extraire de l'épaule du courageux Brissac une balle introuvable, de faire reprendre au blessé sa position exacte au moment de l'impact – avec succès. Quelques autres prodiges lui avaient valu la réputation la plus louangeuse. Aussi le roi n'avait-il cru pouvoir mieux faire, en apprenant la blessure inouïe du comte d'Aumale, que de lui dépêcher ce praticien de génie.

❖

— Il faudrait, dit le petit homme en approchant du mourant, que je puisse examiner la plaie...

— Ce n'est pas belle chose à voir, souffla Saint-André que plusieurs heures n'avaient pu accoutumer au terrible spectacle.

— Qu'en pensent mes confrères ?

Les chevaliers présents échangèrent des regards éplorés. Et c'est le dauphin qui, dérogeant à ses habitudes, prit le chirurgien à l'écart pour lui répondre à mi-voix.

— Les autres, concéda-t-il, tiennent monsieur d'Aumale pour perdu. L'un d'eux nous a même expliqué qu'il eût mieux valu, pour lui, « avoir été tué tout raide ! »

— Ce n'est peut-être pas faux...

Saint-André avait mal entendu. Il demanda si le blessé souffrait, avec l'espoir très incertain d'une réponse rassurante.

— Vous n'avez pas idée, articula Paré sur un ton monocorde.

Autour du jeune blessé n'étaient demeurés que des compagnons d'armes, la gravité de son état ayant fait fuir les valets aussi vite que les praticiens. Ambroise Paré demanda s'il était possible de rasseoir le malheureux, afin de dégager toute la plaie. Avec d'infinies précautions, les Fils de France eux-mêmes procédèrent, en soulevant l'oreiller plein de sang, à cette opération délicate. François d'Aumale qui, tétanisé, n'avait jusque-là fait entendre aucune plainte, se mit à gémir affreusement.

— Pardonnez, s'excusa le malheureux, pardonnez ma surprise !

Le chirurgien interrompit la manœuvre d'un geste.

— Il me faut de la lumière. Peut-on me relever cette toile ? demanda-t-il en désignant un pan de la tente.

On se précipita pour le satisfaire.

— Voyons cela...

À l'examen[26], la blessure de François d'Aumale dépassait en gravité tout ce que le praticien avait pu voir, entendre ou même imaginer. Sous le sang coagulé, il apparaissait que la pointe ferrée de la lance avait pénétré le visage juste au-dessous de l'œil droit, tout près du nez, brisant l'orbite et d'autres os, arrachant peau, nerfs et tendons. C'était en soi impressionnant, mais le plus grave résidait dans la profondeur de la plaie. En effet, la lance avait traversé tout le bord droit de la tête, au point que l'on pouvait voir le fer affleurer de l'autre côté, dans le sillon entre la nuque et l'oreille. Pis encore, si possible : sous le choc, la lance avait cassé net, et le fragment d'un demi-pied qui se trouvait dans le crâne n'offrait aucune prise pour une éventuelle extraction.

— Je vois... murmura Paré. Du moins, je devine.

— Comment retirer cela sans faire sauter l'œil ? s'enquit, sans aucun tact, le prince Charles.

— Peut-on tenter quelque chose ? releva le beau Brissac, qui n'avait rien oublié de l'adresse inouïe du petit homme.

Celui-ci ne répondit pas tout de suite ; il réfléchissait. Avec une pince à bec-de-corbin*, il pouvait essayer de saisir le fragment de bois brisé, et tenter de le tirer en arrière. Seulement il ne savait pas à quoi ressemblait le fer de lance. Pour peu qu'il fût hérissé de barbillons, l'on risquait de dilacérer des tissus et, surtout, de rompre des veines, voire une artère... Quant à l'œil, il serait perdu.

---

* Ce sont des hallebardes dont la partie supérieure fait penser à un bec de corbeau.

— Il faut procéder autrement, murmura Paré en hochant curieusement la tête.

Il ne se faisait cette fois guère d'illusions sur ses chances de réussir. Cependant, il pensait pouvoir appliquer à ce cas extrême, la méthode qu'il avait mise au point pour l'extraction, plus ordinaire, des flèches rompues : non pas tirer sur le trait, mais le repousser en prolongeant jusqu'au bout son trajet initial.

Il revint vers le grand blessé, s'accroupit et lui parla tout bas à l'oreille gauche.

— Je puis tenter une opération audacieuse, mais risquée et... très douloureuse.

— Vous êtes le maître, procédez ! articula le comte.

— Je vais devoir inciser derrière votre oreille, et m'en aller chercher le fer par là...

— Je consens à tout ! Travaillez !

Paré se redressa en hochant la tête de plus belle. Les regards effarés, pour ne pas dire hostiles, qui le dévisageaient lui confirmèrent que la situation était insoutenable, même pour des guerriers chevronnés.

— Je ne vois pas cela réalisé, hasarda Charles d'Orléans.

Ce fut le seul commentaire.

⁂

Ambroise Paré fit préparer des linges, des pansements gras, de la potion opiacée et des tenailles de maréchal-ferrant ! Il fit encore des observations pendant que l'on tentait de faire ingurgiter au jeune comte le plus possible du mélange d'opium.

— Si votre seigneurie le permet, dit le petit homme, je devrai mettre, au moment décisif, mon pied sur le côté du visage, s'excusa-t-il. Afin de trouver plus de force…

— Pourquoi pas ? articula le mourant. Il faut que vous me fassiez un petit mal pour qu'advienne un grand bien, pas vrai ? Je ne vais pas refuser par crainte d'une douleur qui passera.

— Votre courage est grand, complimenta Paré.

Ce qui chez lui n'était pas habituel. Puis il s'adressa aux chevaliers présents.

— Messeigneurs, j'ai maintenant besoin de votre aide.

Il indiqua son rôle à chacun – essentiellement, il s'agissait de cramponner le patient, de maintenir son crâne en position propice et d'éponger le sang qui n'allait pas manquer de jaillir. Le chirurgien commença par inciser, comme il l'avait dit, du côté de la nuque. Puis, saisissant fermement le fer de lance avec les tenailles, il se mit à tirer, à tirer de toutes ses forces pour dégager le morceau de lance. Il suait à grosses gouttes, par l'effort. Ses assistants improvisés en faisaient autant – mais sous l'effet de l'émotion.

— C'est vraiment affreux, crut bon de préciser le jeune Charles de France.

Cependant la pièce de fer et de bois sortait du crâne, doigt après doigt, sans trop atteindre les veines, ni endommager l'œil. Les souffrances endurées par François d'Aumale devaient être indicibles, mais il n'émit presque aucune plainte et se contenta, au moment où la pointe échappait pour la troisième fois aux tenailles, entraînant de pénibles à-coups, de lâcher un cri.

— Ah ! Mon Dieu ! souffla-t-il alors.

Ce fut sa seule faiblesse.

⁂

À la fin, Ambroise Paré nettoya la plaie, en retira les esquilles osseuses et ce qu'il s'y trouvait de chair déchiquetée. Puis il la referma de son mieux et appliqua, de part et d'autre, les pansements gras. Le patient avait fini par s'évanouir, mais il revint assez vite à lui. L'opium aidant, il s'assoupit, au soulagement de tous. Le dauphin vint féliciter le petit homme alors qu'il se lavait les mains jusqu'aux coudes.

— Comment vous dire toute mon admiration ?

— Réservez-la au blessé, monseigneur ; il s'est montré brave entre les braves… Car pour moi, je crains fort de n'avoir pas fait de miracle.

— Vous craignez encore qu'il ne meure ?

Ambroise Paré dodelina du chef.

— Je l'ai soigné, dit-il. Maintenant, c'est à Dieu de le guérir.

À l'ambulance de Boulogne.

— Échec au roi !

Fier de son coup et pas mécontent non plus de cette phrase, le duc d'Orléans fixa son grand frère dans les yeux. Depuis quelque temps, leur entente s'était réchauffée, et de parties d'échecs en chevauchées, ils multipliaient ces moments qui, dans la vie militaire, sont propres à ranimer la fibre fraternelle.

— Tu es le plus fort, concéda Henri sans manières. Les échecs me dépassent un peu…

— Mon dauphin aurait-il les idées ailleurs ? demanda Charles avec cet air canaille qui était devenu, chez lui, comme une seconde nature.

— Où par exemple ?

— Oh, sûrement pas dans les jupons de madame Catherine !

Orléans s'esclaffa, au point que les jeunes nobles veillant le comte d'Aumale durent le rappeler à l'ordre. Henri haussa les épaules.

— Qu'est-ce que tu sais, maraud, de ma femme et de mes sentiments ?

Le dauphin n'avait pas apprécié la boutade et, se levant tout raide, signe d'énervement chez lui, il ne demanda pas sa revanche. Il s'approcha du blessé, que le rire du jeune prince avait tiré de sa torpeur.

— Eh bien ? Cela va-t-il mieux ?

— Cela ira, Henri, je vous jure que s'il fait moins chaud, cela finira par aller.

Après des temps plus qu'incertains, il semblait en effet que François d'Aumale était sauvé. Comme si la Providence avait voulu payer Paré de son audace folle, on le vit se remettre à manger, à parler, à rire même – modérément, certes, et non sans de rares mais fulgurantes douleurs. Sous les pansements, la plaie terrible cicatrisait ; mais elle était toujours affreuse à voir. Qu'en resterait-il, avec le temps ? Une belle balafre de gloire ou bien une trogne à dissimuler ?

— Mon frère vient de perdre aux échecs, déclara, sans tact, Charles d'Orléans.

— Vous êtes un incurable fanfaron, estima Henri.

Et il quitta la tente. Orléans le suivit au-dehors, et lui posant les deux mains à plat sur les épaules, se lança dans ces effusions qui lui étaient naturelles.

— Je vous aime bien, Henri, dit-il. Même, je vous aime beaucoup.

— Mais moi aussi, je vous aime.

— En protestant contre la paix de Crépy-en-Laonnois qui m'est personnellement favorable !

Un tel aplomb suffoquait le dauphin.

— Mes protestations visaient seulement ceux qui ont mal servi la France. Voyez-vous, Charles, si vous possédiez un jour la Bourgogne et que je vienne à ceindre la couronne, nous nous retrouverions ennemis, tôt ou tard. Et je ne veux point de mon frère pour ennemi.

— Moi non plus, protesta Orléans.

Et de manière inattendue, il vint se placer devant le dauphin pour lui tendre la main – geste assez peu élégant chez un prince.

— Que veux-tu donc, marchand de chevaux ?

— Je veux vous donner mon amitié.

— Tu as la mienne, dit son frère en lui serrant la main tout de même.

Charles rayonnait.

— Un jour, dit-il, nous gouvernerons ensemble. Bien paisiblement.

Environs de Boulogne.

Entre deux escarmouches, la guerre de position menée par le maréchal du Biez devant Boulogne offrait de grands loisirs aux assiégeants. Aussi le jeune prince Charles, dont le sang bouillant s'accommodait mal de l'attente et de l'oisiveté des camps, avait-il institué des chevauchées quotidiennes avec quelques amis, dont Enghien et Nevers.

Par une matinée radieuse du début de septembre, les jeunes gens galopaient ainsi, riant et criant dans le soleil, sous un ciel vaste et bleu semé de nuages découpés en monstres marins, quand l'un d'eux, avisant une chaumière isolée, proposa de s'arrêter un moment pour s'y mettre à l'ombre.

— N'entrons pas là ! dit le comte d'Enghien. La porte est marquée.

Une croix faite à la chaux indiquait, en effet, que la masure avait été touchée par quelque peste* plus

* Ce terme générique désignait indifféremment toutes sortes d'épidémies infectieuses.

ou moins récente. Elle paraissait d'ailleurs vide de tout occupant.

— La peste ? Bah ! La peste... soit des poltrons ! fanfaronna Charles en sautant de cheval.

Une colonie de pigeons, délogée par les intrus, s'égailla dans un soudain froissement d'ailes.

— Après tout, se ravisa Enghien, si la maison est bonne pour des oiseaux...

Plusieurs jeunes cavaliers avaient déjà suivi le prince et, forçant aisément porte et fenêtres, entrèrent dans la chaumière et s'y livrèrent, dans une poussière effroyable, aux chamailleries d'usage. La razzia était d'autant plus amusante que tout, à l'intérieur, paraissait intact. Orléans avait enjambé quatre à quatre les degrés de l'échelle menant au galetas et, sautant d'un lit à l'autre comme un enfant, faisait déjà provision d'oreillers et de polochons. Il en asséna de grands coups sur les premiers qui l'avaient suivi, éventrant les matelas, ouvrant les édredons, faisant voler partout les plumes et le duvet, au point que les jeunes gens, bientôt pliés en deux par la toux et les rires, crurent étouffer.

Cette bataille de potaches dura tout un moment, jusqu'à ce que le comte d'Enghien, décidément plus méfiant que les autres – ou moins inexpérimenté – découvrît, dans un coin du cellier, le cadavre d'un chien gonflé par la vermine, littéralement couvert de mouches.

— Ah, l'infection ! hurla Charles en époussetant ses cheveux roux.

Il était toujours prompt à détaler au premier désagrément. Tout le monde se remit en selle, et après un quart d'heure, au plus, l'humble masure fut rendue à son abandon.

Mais le mal était fait.

⁂

Deux ou trois jours plus tard, alors que le roi et ses fils séjournaient au sud de Boulogne, à l'abbaye de Forestmontiers, non loin du Crotoy, l'on s'avisa que plusieurs des gentilshommes de la suite d'Orléans avaient dû s'aliter sous le coup d'une poussée de fièvre...

Mais alors que la plupart étaient sur pied en quarante-huit heures, il s'avéra que le prince Charles, lui, demeurait cloué à son lit. L'état du pauvre Orléans s'aggravait même d'heure en heure.

Après cinq jours, les médecins ne se prononcèrent plus sur ses chances d'en réchapper. À croire qu'une fragilité spéciale affectait les Fils de France – à moins qu'une malédiction ne pesât sur leur fratrie.

Camp de Boulogne.

Simon n'était toujours pas revenu de son sauvetage inespéré. Qu'un chevalier, au fort de la mêlée, eût pris la peine d'arracher un simple écuyer à une mort certaine, faisait plus que flatter son orgueil ; cela suscitait en lui des sentiments de gratitude inexprimables.

Il faut dire que, dans l'enfance, Simon avait manqué d'une attention et d'un soutien réels ; sa famille paternelle ne l'avait-elle pas toujours considéré comme un bâtard* ? Dès lors, il suffisait d'un égard un peu appuyé, ou d'un bras simplement secourable, pour qu'il en ressentît incontinent la plus grande joie. Que cet égard vînt d'un garçon, que le bras secourable fût jeune et musclé : alors la reconnaissance virait à l'amour – amour inconscient, peut-être, mais d'autant plus passionné.

❋

* Voir *La Régente noire*.

Pendant quelque temps, il avait gardé pour lui le souvenir grandiose de ce moment. Puis il s'était dit qu'il devait remercier son sauveur ; et, après encore quelques jours d'hésitation, n'y tenant plus, il s'était mis en quête. L'on avait alors vu le Picard errer de quartier en quartier, à la recherche de ce Bentivoglio que personne ne paraissait connaître. Et quand enfin, il l'eut trouvé, il se surprit lui-même à le contempler comme le Messie, sans dire un mot.

— C'est moi que tu cherchais ? demanda le gentilhomme ferrarais.

— Oui, messire. Je suis Simon de Coisay, écuyer chevaucheur de monseigneur le dauphin de Viennois.

— La dernière fois que je t'ai vu, tu ne chevauchais guère ! plaisanta l'Italien.

— Vous vous souvenez donc de cela ?

— Évidemment.

La gratitude, au fond du cœur de Coisay, n'eut dès lors plus de limite. Il demanda au chevalier la permission de lui témoigner sa reconnaissance et, sans attendre la réponse, se lança dans une longue tirade assez ampoulée.

— Eh ! dit le Ferrarais, je n'ai fait que te tirer par le col ! Viens donc plutôt boire avec nous.

Simon, transporté de joie, festoya donc avec Cornelio Bentivoglio et ses gens. Leur accent, leurs rires – leur gentillesse – tout lui rappelait Sébastien. À bien y regarder, le guerrier lui ressemblait assez, d'ailleurs – en plus robuste.

— N'auriez-vous pas connu un certain comte de Montecucculi ?

Cornelio lui décocha un regard noir.

— Tu parles de mon cousin. D'ailleurs, je préférerais que tu n'en parles pas. Cela me fait trop mal.

⁂

La nuit était tombée, et l'on se regroupa autour des grands brasiers qui, tous les soirs, animaient les camps assiégeants. Certains se mirent à chanter… Ces chants, le vin, mais aussi la proximité du feu, facilitaient le rapprochement. Simon se sentit adopté par les Ferrarais ; en seulement quelques heures, il était devenu l'ami de son bienfaiteur. Sa joie, naïve certes, n'en était que plus profonde.

On allait étrenner une barrique quand la nouvelle, propagée dans le camp à la vitesse du vent, les faucha tous de plein fouet : le prince Charles de France, duc d'Orléans, venait de trépasser.

Tout le monde se signa, tombant à genoux. La surprise passée, Simon crut devoir pérorer. C'était là son défaut principal…

— Vous parlez d'une tragédie ! Ainsi le roi de France aura perdu tous ses fils… Hormis monsieur le dauphin, évidemment.

— « Évidemment » ; dis plutôt : forcément.

Ce commentaire aviné indisposa l'écuyer, mais il ne releva pas. C'est Cornelio qui, de lui-même, s'engagea plus avant.

— Tu as parlé, tout à l'heure, de mon cousin Sebastiano.

— Oui…

— Sebastiano n'a jamais empoisonné le *principe* François.

— Je sais bien.

— Tu sais bien, tu sais bien… Sebastiano était innocent, mais ça ne veut pas dire que François n'ait pas été empoisonné…

— Je ne suis pas certain de bien vous suivre.

Le Ferrarais fut un long moment sans répondre, comme s'il doutait un peu de la fiabilité de son nouvel ami. Il lui tendit une nouvelle coupe de vin. Simon l'accepta avec joie.

— On a empoisonné François pendant sa maladie, asséna Cornelio. Lui, croyait prendre des remèdes. Mais c'étaient des poisons.

— Mais qui aurait...

— La même main qui vient d'empoisonner ce pauvre écervelé de Charles !

— Que dites-vous ?

— Simon ! Réveille-toi, Simon !

Un ivrogne endormi, près de là, fit écho à cette injonction.

— Enfin, réfléchis, imbécile. Tu ne trouves donc pas étrange qu'aucun des compagnons de Charles – ils étaient plusieurs dans la maison – qu'aucun n'ait succombé à ces maudites fièvres ?

— Je trouve cela...

— Tu trouves cela étrange, et tu as rai-son ! On a empoisonné Charles, pardi ! Et tu veux que je te dise ? Je crois que je sais qui l'a fait. Il n'y a qu'à se demander à qui profite le crime. *Is fecit qui prodest*, comme disaient les Anciens...

Simon n'aurait su dire si c'était l'effet de l'alcool, ou bien celui de son admiration transie pour Bentivoglio ; mais sur le coup, cette thèse énoncée comme une vérité lui parut couler de source. Une lumineuse évidence venait de lui désigner, tapie dans l'ombre, la responsable cachée de tant de malheurs.

Mais alors, si cette thèse contenait une once de vérité, il fallait que la grande sénéchale, à l'hypocrisie la plus monstrueuse, ajoutât des complicités sans exemple. Simon réfléchit à cette double possibilité. Et c'est alors qu'un grand frisson lui parcourut le dos.

Chapitre XI

Jeux de princes

(Hiver et Printemps 1546)

Château de Saint-Germain-en-Laye.

— Répète donc, Vivonne, ce que tu m'as raconté hier !

Le dauphin tenait à ce que François de Vivonne, seigneur de La Châtaigneraie, fît profiter la compagnie d'un potin qui l'avait amusé.

— Monseigneur, je ne sais si je dois...

— Raconte, raconte ! Au moins cela nous distraira.

Ce matin-là, une pluie froide, agitée par des coups de vent, avait retenu les chasseurs au manège, ce qui n'était jamais bon. Leurs bouillantes natures, quand elles ne trouvaient pas à s'épancher au-dehors, instituaient en effet un climat de nervosité propice à tous les mauvais pas. Il était rare, du reste, qu'une chasse fût annulée pour intempéries – mais la violence des trombes avait eu raison même des meilleures volontés.

— C'est à propos de Jarnac, précisa Henri à l'attention de ses amis.

Les jeunes seigneurs – Brissac en tête – oublièrent un instant la séance de dressage pour tendre une ouïe malveillante.

— Eh bien, dit La Châtaigneraie, je disais au prince que le petit Jarnac couchait peut-être avec sa belle-mère.

L'assistance pouffa pour la forme, mais sans enthousiasme. Le dauphin soupira.

— Mais que tu racontes mal !

Il dut se résoudre à narrer la chose lui-même.

— Figurez-vous que l'autre soir, mon Vivonne croise le dameret – c'était le surnom que les ennemis de la duchesse donnaient à son frêle beau-frère – dans l'antichambre de la reine. « Oh, lui dit-il, le joli baudrier que voilà ! – Oui, répond le marmot, c'est Mme de Puy-Guyon qui me l'a offert. » Pour ceux qui l'ignoreraient, cette dame est sa... sa... sa belle-mère !

Cette fois, les rires fusèrent de bon cœur. Encouragé, le prince Henri continua sur sa lancée.

— « Oh, poursuit notre ami, et voyez donc ces bottes ! – Elles sont du même peaussier », précise le dameret. « – Ah oui ? Et ces gants magnifiques ? – Tout de même ! » ajoute le petit baron qui commençait à rougir. Et c'est là qu'il déclare à notre bon Vivonne : « Que voulez-vous, monsieur, la mère de ma femme a pour moi de ces bontés ! » Jusqu'où vont-elles, je vous en laisse juges.

Cette fois, tout le manège s'esclaffa. L'on applaudit le dauphin, l'on tapa sur le dos de La Châtaigneraie.

❖

Quand le dressage eut repris, le distingué comte d'Enghien, considéré comme un héros depuis sa brillante victoire de Cérisoles, s'approcha discrètement du prince.

— Monseigneur, dit-il, vous devriez vous méfier de Vivonne et de ses médisances. Car ce n'est pas la première fois qu'il colporte ce bruit sur Jarnac, auquel il voue une sorte de haine...

— Et puis, monsieur ?

— Eh bien... Il en est revenu quelque chose aux oreilles du baron...

— Mais encore ?

— Le baron a menacé d'en demander raison...

— Tiens donc !

Le dauphin, partagé entre la colère et l'amusement, choisit de prendre les choses à la légère.

— Tu entends cela, Vivonne ? Le dameret, à ce qu'il paraît, demanderait raison de tes paroles !

— Je n'ai jamais dit que la vérité.

— Mais personne, ici, n'en doute ! Ce qui nous amuse, c'est d'imaginer un duel entre lui et toi.

Les rires fusèrent à nouveau, car c'était, de fait, une image comique. D'un côté, la force massive du géant La Châtaigneraie ; de l'autre, la gracilité presque malingre d'un farfadet.

— Eh bien moi, je suis d'avis que M. de Jarnac a raison, reprit le dauphin, décidément nerveux. Mais ce n'est pas un duel d'honneur qu'il vous faut ; c'est un duel judiciaire[27].

— Un duel judiciaire ?

— Et comment ! Il est temps que Dieu lui-même montre à certaines gens vers qui va sa préférence !

On applaudit de plus belle...

Et c'est ainsi que fut lancée l'idée inouïe d'un grand duel public entre deux adversaires à ce point inégaux.

Château de La Roche-Guyon.

Vitrifiée par le froid, la pluie avait paraffiné les murs, par plaques, d'une pellicule opaque et feutrée, maculant par endroits les façades si propres du château neuf des Silly. La neige, pendant la nuit, avait complété cet ouvrage, fondant le paysage dans une douceur trompeuse. Ainsi le vieux donjon, là-haut sur le coteau, paraissait-il flotter dans les airs, comme suspendu au ciel tout blanc.

Pour les jeunes seigneurs de l'entourage du dauphin, le programme de la journée s'en était trouvé bouleversé. Fi de la paume, du dressage et de la chasse ; et vive les jeux de neige ! On en avait glissé des poignées dans les lits, jeté des paquets à travers les couloirs, soulevé des brassées entières pour constituer murs, talus, fortins et défenses avancées… À dix heures, la neige amusait toute la jeunesse de cour ; à midi, des camps s'étaient formés ; à deux heures, la bataille faisait rage. Le roi – à croire qu'il avait beaucoup vieilli – fit savoir aux combattants qu'il désapprouvait ces jeux de collégiens et qu'il les invitait à la modération : lui-même, à Romorantin en 1521, n'avait-il pas été blessé lors d'une de ces escarmouches ? On écouta poliment la mise en garde ; et puis on passa outre.

⁂

— Monseigneur, lança Brissac au dauphin, gardez-vous de la petite aile ; j'ai vu des traîtres s'y faufiler tantôt.

— Attention, Brissac !

Un monceau de neige durcie atteignit le jeune homme en plein dos, sans qu'il ait vu le coup venir. Il en tomba sur les genoux et, grimaçant, tenta de masquer sa douleur.

— Abrutis ! hurla le dauphin à l'adresse des coupables qui, hilares, s'étaient immédiatement retranchés.

— Nevers, aidez-moi donc !

Le duc de Brissac, déjà relevé, minimisa l'incident.

— J'ai simplement été surpris, s'excusa-t-il.

Le comte d'Aumale, entièrement remis de sa blessure de Boulogne, mais arborant désormais la plus glorieuse des balafres, les rejoignit en se baissant pour échapper à quelques blancs projectiles. Il riait moins que les autres, et semblait presque aussi échauffé que dans un vrai combat.

— Avez-vous vu Enghien ? demanda-t-il.

Les amis se calfeutraient à l'abri d'un muret composite, fait d'autant de terre que de glace.

— Enghien prend le jeu trop au sérieux, dit Nevers. Je l'ai vu tout à l'heure qui injuriait Bentivoglio pour manquement aux sommations d'usage !

Tous les quatre s'esclaffèrent : le jeune guerrier n'avait pas réussi à se mêler à leur cercle. Sans doute était-il trop lié à Mme d'Étampes, tout simplement, pour prétendre au titre d'ami du dauphin...

— Justement, reprit François d'Aumale, c'est Bentivoglio qui m'envoie. Il a débusqué notre stratège en neige ! Suivez-moi !

⁂

Tandis qu'ils contournaient le théâtre hurlant des combats, l'avisé François d'Enghien, à l'abri dans un angle mort, s'appliquait à dresser, à la craie sur un mur des communs, le plan sommaire de La Roche-Guyon, château et dépendances... Il lui semblait que, pour être efficace, son camp devait abandonner l'assaut désordonné au profit d'une tactique adaptée à cette place. Après tout, se disait-il, qu'on envoie de la neige ou du plomb, les règles du combat sont les mêmes.

Tout amusé à l'idée des deux ou trois feintes qu'il se proposait de mettre en œuvre, le jeune comte s'approcha du mur pour fignoler son croquis.

— Enghien ! cria soudain, au-dessus de lui, une voix qu'il connaissait bien.

Le jeune stratège leva la tête vers le premier étage et, devant ce qu'il découvrit, fit le geste de se déporter en arrière. Mais il ne fut pas assez rapide : un lourd coffre de bois – de ceux que l'on offrait aux jeunes mariés – s'effondra sur lui, l'assommant sans appel.

— Vous croyez qu'il est mort ? demanda François d'Aumale.

— Je ne pense pas. Il faut aller chercher des secours, s'affola Cornelio Bentivoglio.

— Surtout pas ! Voudriez-vous nous mettre tous dans l'embarras ?

Les quatre complices se turent un instant.

— Monseigneur a raison, trancha Brissac. Disparaissons !

❋

Le malheureux comte d'Enghien n'était pas mort sur le coup, mais il resta un long moment sans secours, jusqu'à ce qu'un de ses compagnons de jeu – ou de combat – ne découvrît son corps dans la neige rougie. On le transporta vers la chambre la plus proche ; on le ranima, on le frictionna, on tenta de lui faire avaler des potions diverses. Et l'on pria pour sa survie…

Mais le 23 février, après plus de quatre jours d'un coma sans espoir, le jeune et glorieux vainqueur de Cérisoles rendit son âme à Dieu. C'était un terrible scandale. François Ier, ulcéré, ne cessait de répéter qu'il avait tout prédit, qu'on lui avait désobéi, que ces jeux de neige finissaient toujours très mal…

Pourtant il interdit toute enquête. Par crainte des conclusions possibles ?

Paris, quartier du Louvre.

Depuis Boulogne, Simon n'avait jamais perdu de vue le cher Cornelio. Certes, il avait souffert, un peu, en découvrant que le Ferrarais n'aimait rien tant que le jupon et demeurait sourd à ses propres avances – fort voilées il est vrai ; cependant pour Simon, le seul plaisir de fréquenter Bentivoglio justifiait toutes les concessions. Et c'est, du reste, pour passer plus de temps en sa compagnie que l'écuyer consentit à venir, régulièrement, s'aguerrir dans une salle d'armes de la paroisse de Saint-Germain-l'Auxerrois.

Il lui semblait, depuis quelque temps, que son nouvel ami était soucieux.

— Cornelio, tout va bien ? demandait-il avec insistance.

— Bien sûr que tout va bien, répondait l'autre, agacé.

La vérité, c'est que depuis la mort inepte du pauvre comte d'Enghien, le gentilhomme italien ne vivait plus. Le précédent de son parent

Montecucculi l'avait rendu méfiant envers la justice – il est vrai parfois dangereuse – du roi de France. Il lui semblait que, d'une heure à l'autre, des commissaires désignés par le roi, à la requête de la famille, allaient venir s'assurer de sa personne, le conduire en geôle et, de là, chez le bourreau. Chose étrange : ce guerrier courageux, que rien au combat n'aurait pu faire ciller, se mettait à trembler à cette simple chimère.

— Eh, Bentivoglio ! Votre garde !

Leur maître d'armes était le *maestro* Caize, un vieux bretteur comme on n'en faisait plus, qui connaissait bien des tours et bien des façons, et aurait pu défier sans crainte tous les gentilshommes de Paris.

— Maestro, demandait souvent Simon de Coisay, enseignez-nous donc votre botte secrète !

— Un jour, peut-être…

Mais le *signor* Caize réservait cet atout à plus nécessiteux. Les deux amis purent, du reste, en juger très vite.

⁂

Le Ferrarais, échaudé par l'accident de La Roche-Guyon, voyait d'un mauvais œil le traquenard ourdi par le dauphin – avec la complicité de l'impitoyable Diane de Poitiers – contre le petit baron de Jarnac. C'est peu dire que Simon partageait son indignation.

Aussi bien, quand il fut question d'organiser un duel judiciaire, les deux amis allèrent-ils trouver le « dameret » pour lui indiquer les services de leur brillant maître. Jarnac, l'inquiétude aidant, accepta l'offre des compères ; et c'est ainsi que l'on vit bientôt le *maestro* Caize livrer chaque soir la quintessence de son enseignement à un petit baron dont la silhouette aurait découragé n'importe quel autre maître.

Tous, sauf le *signor* Caize…

— À présent, lança-t-il un beau jour, je vais vous montrer ma botte secrète. Vous êtes prêt ?

Cornelio et Simon, ravis, se firent tout petits ; ils espéraient passer inaperçus, et assister en cachette à ce pan interdit de la leçon d'escrime… Mais le *maestro* n'était point gâteux.

— Eh, dit-il sans même tourner la tête. Voulez-vous sortir, tous les deux ?

Ils quittèrent donc la salle, plus amusés que furieux.

❋

La disgrâce qui frappait Mme de Poitiers, et l'avait un temps exilée loin de la Cour, n'avait pu durer bien longtemps. Le dauphin, de retour de campagne, avait exigé de son père qu'il rapportât une décision dont on voyait bien, dit-il, qu'elle avait été dictée par Mme d'Étampes.

Pendant les premiers temps de son retour, Simon se méfia de la sénéchale ; il attendait, d'une heure à l'autre, qu'on lui signifiât son renvoi de la maison du dauphin. Mais les jours passèrent, et les semaines, sans qu'on lui fît le moindre ennui. Il avait fini par baisser la garde, et ne manquait même plus une occasion de louer la magnanimité de l'amie du dauphin, quand le coup qu'il n'attendait plus le faucha de plein fouet.

Un matin où, devant la salle d'armes, il attendait Cornelio pour croiser le fer, à leur habitude, un valet se présenta en son nom, porteur d'un billet où le Ferrarais, en termes désolés – semblait-il – conseillait à son ami de fuir la Cour avant que les foudres de la grande sénéchale ne vinssent à s'abattre sur lui. « Je la sais fort remontée, écrivait Bentivoglio, et l'on m'a dit et répété qu'elle avait demandé au dauphin plus que votre renvoi : votre tête au premier motif ! »

Simon n'insista pas. Il n'avait nulle intention de s'accrocher, ni de se battre. Ce nouveau coup du sort le confortait dans l'idée qu'il avait passé l'âge – et surtout l'envie – de jouer les chevaucheurs au service de princes ingrats, quand ils ne se révélaient pas dangereux. Coisay, le village, les prairies, les bons chevaux de Picardie, depuis longtemps lui manquaient.

L'écuyer fit promettre à son frère de lui donner souvent des nouvelles et de venir, le plus tôt possible, lui rendre visite là-bas, « chez eux » ; Gautier non plus ne chercha pas à le retenir. Mais il assortit ses adieux d'assez de tendresse fraternelle pour que le pauvre Simon, en quittant la scène, n'eût pas le cœur trop gros.

— Je t'attendrai, dit-il à son frère.

— Sois prudent, lui répondit celui-ci.

Pour toute promesse.

Château de Fontainebleau.

Pendant longtemps, il y avait eu deux partis à la Cour. Mais à présent, la fistule du roi laissant, chaque jour plus nettement, entrevoir un changement de règne, c'étaient bien deux cours qui coexistaient : celle du passé, autour du vieux roi et de sa jeune maîtresse ; celle de l'avenir autour du jeune dauphin et de sa vieille favorite. Il se disait généralement que la plus amusante de ces compagnies n'était pas forcément la plus porteuse d'avenir ; et les mauvais esprits – ces milieux en regorgent – prétendaient que si le cercle du dauphin préfigurait la future Cour de France, alors il fallait prier pour que François vécût le plus longtemps possible...

Le comte d'Aumale, dans sa désinvolture, se permettait volontiers de passer d'un cercle à l'autre ; il lui arrivait, comme ce soir-là, de picorer quelques miettes chez son maître, le roi, avant de venir faire bombance chez son ami, le dauphin.

— J'ai la réponse du roi ! lança-t-il en soignant une fois de plus son entrée chez ce dernier.

La réponse tant attendue portait, évidemment, sur le duel judiciaire que l'on se proposait d'organiser entre le petit baron de Jarnac, soi-disant blessé dans son honneur, et le colossal seigneur de La Châtaigneraie, champion désigné du dauphin.

— Eh bien ? demanda l'assistance soudain silencieuse.

— Eh bien c'est non, répondit le jeune balafré, visiblement plus ravi de son effet que déçu du refus royal.

— Mon père s'oppose donc à ce duel ! martela le dauphin, livide de colère rentrée.

— Je le crains, mon doux seigneur. Que voulez-vous ? Votre père n'a peut-être pas envie de voir le beau-frère de sa maîtresse écrabouillé par notre ami.

Un grand rire accueillit cette explication, et l'on but volontiers à la santé de La Châtaigneraie.

— Tout de même, insista Henri, c'est un contretemps regrettable.

À ses côtés, la belle Diane de Poitiers feignait l'indifférence.

— Que vous en chaut ? dit-elle. Le temps travaille pour vous...

Dans son coin, le nain de cour Briandas assistait au souper sans y prendre part ; il jouait avec un bilboquet d'ivoire, assis sur une chaise bien grande pour lui, et ne participait à la conversation que de loin.

— Il sera toujours temps d'organiser ce duel quand vous régnerez, lança-t-il – enfreignant au passage l'interdit qui pesait sur cette évocation.

— Ce fou a raison, convint Henri.

Briandas lança sa boule et la ficha du premier coup sur la tige.

Le dauphin baisa la main de Diane, et l'assistance applaudit. Puis il se leva d'une manière assez solennelle.

— Je jure même, proclama Henri, que dès que je serai roi, nous organiserons ce grand duel, et soumettrons ainsi au jugement de Dieu, tout ce qui nous oppose à la coterie de Mme d'Étampes !

Les vivats redoublèrent, appuyés par toutes sortes d'agréments bien sonores. Visiblement, l'assistance avait bu…

— Pendant que tu y es, rebondit familièrement Saint-André, promets-nous donc que lorsque tu seras roi, tu ne nous oublieras pas !

Nouveaux éclats de rire ; nouveaux applaudissements.

— Mais je le veux bien ! confirma Henri en prenant l'assistance à témoin. D'ailleurs, je puis déjà dire à cet impatient de Saint-André qu'il sera chambellan.

— Et moi ? demanda Aumale qui n'aimait pas être en reste.

— Vous, mon cher comte serez… duc, d'abord.

— Bravo !

— … et puis… maréchal de France.

Le nain sauta de sa chaise, posa le jouet d'ivoire sur l'assise et se précipita vers François d'Aumale pour lui faire la plus plate, la plus basse des révérences.

— Ô le beau maréchal ! minauda-t-il.

Les convives s'amusaient bien. Même la grande sénéchale, ordinairement si réservée, semblait passer un bon moment.

— Quant à vous Brissac, continua le dauphin, je vous ferai grand maître de l'Artillerie.

— Bravo !

Parti sur une telle lancée, Henri ne pouvait plus ignorer personne ; tous les invités y passèrent donc, et tous les titres : amiral, sénéchal, conseiller, général des Finances… C'est un conseil fantôme qui se formait, au débotté, sous les lambris de Fontainebleau.

— Je m'en voudrais, conclut l'héritier de la couronne, d'oublier deux personnes qui, vous le savez bien, me sont plus chères que d'autres. D'abord le connétable, que je rappellerai au conseil dès mon avènement. Et puis...

Le dauphin posa sur Diane le plus énamouré des regards.

— Et puis – et j'aurais dû commencer par elle – ma chère, ma très chère Dame, que vous appellerez « Madame » comme on disait à ma grand-mère, et qui n'aura pas d'autre titre, puisqu'elle me conseillera en tout.

Les acclamations, cette fois, se firent un peu plus poussives.

— Et Briandas ? demanda quelqu'un.

— Briandas... réfléchit Henri. Voyons... Où est-il, d'abord ?

— C'est vrai, cela. Où est-il passé ? demanda la grande sénéchale.

— Je l'ai vu sortir, lâcha François d'Aumale en ricanant. Je parie qu'il est allé tout raconter au roi !

Aussitôt le silence se fit. Plus personne n'avait envie de rire.

❋

— Dieu te garde, François de Valois !

Le nain Briandas fit, chez le roi, une entrée aussi remarquée que celle d'Aumale chez le dauphin.

— François de Valois ? Mais comment m'appelles-tu, Briandas ?

— Ce drôle a toutes les audaces, soupira la duchesse d'Étampes que les fous de cour n'amusaient pas.

Elle préférait de loin, comme ce soir-là, le commerce des artistes et des savants. Grâce à elle, les soupers privés du roi étaient toujours animés, brillants, remplis de grandes idées et de pensées utiles. La maîtresse du roi relança très naturellement la conversation.

— Monsieur Primaticcio nous parlait de son pavillon de Pomone.

— À boire pour François de Valois ! insista le nain, odieux.

— Mais où as-tu donc appris cette leçon ?

Comme s'il devinait l'importance de la plaisanterie, François Ier lui accorda, d'instinct, toute son attention.

— C'est que tu n'es plus roi, par le sang de Dieu !

Un murmure de malaise parcourut la chambre. Le roi se mit à tousser. La favorite perdait patience.

— Tu n'es plus roi, puisque tu es mort.

— Mort ?

— Je l'ai vu, je viens de le voir. Du reste... Où se trouve le grand maître de l'Artillerie ?

Le seigneur de Taix se manifesta.

— Je suis ici, mais...

— Désolé, mon ami. Mais Brissac a pris ta place ! Quant à toi, là-bas, qui ris si bien, tu aurais mieux fait de te méfier, car c'est Saint-André qui est désormais chambellan...

— À la fin, espèce d'idiot, vas-tu m'expliquer de quoi tu parles ?

Briandas sourit sans répondre, grimpa tranquillement sur un tabouret puis, tout en jouant avec son bilboquet, se mit à épeler les noms et les titres de la maison du futur roi. François commençait à se lasser.

— Tu es de plus en plus fou, Briandas !

— Non, François, non, non. Toi-même, tu verras ici, très bientôt, monsieur le connétable qui te mènera à la baguette et t'apprendra à faire le sot.

— Oh ! fit l'assistance indignée.

Alors Briandas raconta au roi sidéré – et à la compagnie déconfite – la scène dont il venait d'être le témoin.

— Cette fois, marmonna François quand son bouffon eut fini, cette fois il est allé trop loin.

— Sire, tenta d'intervenir la duchesse, je suis certaine que ce drôle exagère…

Mais le roi s'était levé. D'un regard, il s'assura du soutien de Montgomery, capitaine de sa garde écossaise et, sans un mot, livide, soufflant déjà, quitta la pièce. Bien que souffrant, quoique très affaibli, il traversa en quelques minutes les couloirs qui le séparaient de l'appartement de son fils. Il y entra sans politesse, ses gardes ouvrant eux-mêmes les portes et forçant celles qui auraient pu résister.

Quand enfin le vieux monarque eut atteint la chambre du dauphin, il la trouva vide – ou plutôt, désertée en catastrophe par un cercle d'invités paniqués.

— Henri ! cria le roi. Henri, montre-toi, fils indigne, mauvais sujet et triste hère !

Personne ne répondit. Même les serviteurs du dauphin, effrayés, quittaient l'appartement sur la pointe des pieds.

— Henri ! hurla de nouveau François.

Le roi avait tiré son épée du fourreau. Ivre de rage, il se jeta sur les reliefs du repas et fit voler aux quatre coins de la chambre les plats, les mets, les verres et les couverts. Il renversa la table, se jeta sur une crédence dont il fit voler le contenu en éclats.

Près de lui, le capitaine écossais hésitait entre la loyauté, qui aurait dû le conduire à aider le roi dans sa dévastation, et la raison qui voulait qu'on le calmât.

— Méchant fils impatient de m'envoyer au diable ! sanglotait François – de rage et non de tristesse.

Le souverain livide rengaina son épée, respira deux ou trois fois à fond, comme s'il espérait se calmer lui-même puis, attrapant à deux mains le fauteuil sur lequel avait dîné son fils – et dont la galette était encore tiède – le précipita si violemment au sol qu'il se brisa en maints endroits.

Sur quoi François regagna ses appartements, hagard, titubant. Désespéré.

⁂

Le dauphin Henri resta un mois entier loin de la Cour ; puis il présenta des excuses et, contre toute attente, son père les accepta. Sans lui donner formellement son pardon, il l'accueillit de nouveau sous son toit, fit semblant d'avoir oublié... Les plus méchantes langues disaient qu'au fond, il n'avait guère le choix : Henri n'était-il pas le seul fils qui lui restât ?

Chapitre XII
Vive le Roi !
(Printemps 1547)

Château de Rambouillet.

L'abcès du roi ayant encore empiré dans des proportions alarmantes, les nouvelles de sa maladie faisaient à présent le tour de l'Europe. Elles y trouvaient un écho singulier depuis l'annonce, le 28 janvier, de la disparition d'Henry VIII, roi d'Angleterre. François Ier lui-même s'en était montré affecté, moins par attachement à son vieux partenaire du Drap d'or*, que par l'angoisse de voir déjà s'évanouir autour de lui les grands repères de son règne.

En dépit de souffrances de plus en plus cuisantes, le vieux monarque – il n'avait en vérité que cinquante-deux ans, mais paraissait usé par la vie – s'accrochait avec courage à ses activités rituelles. Au premier rang, la chasse continuait de l'occuper chaque jour, pour peu que le mal lui laissât quelque répit. Ayant dû renoncer au cheval, il était contraint de suivre les opérations depuis

* L'entrevue diplomatique dite « Camp du Drap d'or » s'était tenue près de Calais en 1520.

une litière, mais il évitait de s'en plaindre. Ainsi, le 1er mars, avait-il assisté à une belle chasse à l'oiseau du côté de Rochefort-en-Yvelines ; seulement, le soir venu, sa fatigue était telle qu'il avait préféré s'installer, pour la nuit, dans la demeure du capitaine de ses gardes, Jacques d'Angennes. À Rambouillet.

Le lendemain, il n'avait pas trouvé la force de repartir pour Saint-Germain ; ni les jours suivants, du reste... Et le roi de France s'était plus ou moins installé dans ce château modeste mais bucolique, propice aux convalescents.

— Sire, insistait Mme d'Étampes avec les accents d'une anxiété dévorante, pensez-vous que nous allons pouvoir rentrer un jour ?

— Où voulez-vous aller pour être mieux ? rétorquait le roi d'un ton rogue.

La favorite baissait les yeux, mais à sa détresse évidente, on sentait bien que cette interminable halte la torturait. Anne avait trente-neuf ans seulement, des pouvoirs étendus, une fortune immense. Cependant elle demeurait affreusement vulnérable. La guerre qu'elle soutenait, depuis tant d'années, contre le dauphin Henri et sa « vieille » maîtresse, avait scellé pour elle des lendemains effrayants. Que le roi, son protecteur, vînt à trépasser, et c'était non seulement sa position, mais sa vie elle-même, qui seraient menacées.

Elle en était consciente, instamment.

Couvent de Tusson.

Depuis qu'à l'automne, sa maladie avait fait de si dangereux progrès, François n'avait cessé d'appeler sa chère sœur auprès de lui. Ne l'avait-elle sauvé de manière miraculeuse lorsque, jadis à Madrid, un autre abcès – au nez celui-là – avait bien failli l'emporter[*] ?

Cette fois Marguerite, retenue peut-être par une intuition néfaste, ne s'était pas empressée d'accourir. Il faut dire qu'elle était malade, elle-même, et plus que lassée des mensonges, intrigues et vilenies d'une cour si peu faite pour sa grande âme.

— Mon frère me réclame à son chevet, confiait-elle à la bonne Mme du Lude, mais si je vais là-bas, je sens que c'est moi qui mourrai.

Pour Noël, elle avait envoyé au roi un superbe pourpoint qu'elle avait entièrement brodé de ses mains – en pensant fort à lui à chaque passe d'aiguille... Elle avait assorti ce présent d'une

* Voir *La Régente noire*.

épître, promettant sa venue aux beaux jours. C'est qu'elle vieillissait, elle aussi, et ne voyageait plus si facilement…

Trop agitée, pourtant, bien trop inquiète pour rester sagement dans son Béarnais, elle était remontée vers l'Angoumois natal, pour se réfugier, en mars, au monastère de Tusson[28]. C'était l'endroit rêvé pour une retraite pascale ; après quoi, selon les nouvelles de Saint-Germain, elle pourrait toujours rejoindre son frère.

Les nonnes de Tusson eurent tôt fait d'adopter la pieuse souveraine, qu'elles enveloppèrent de douce bienveillance. Là, capuchonnée de fourrure, bien emmitouflée dans sa lourde et noire cape pyrénéenne, Marguerite put marcher à loisir, en dépit du froid. Marcher pour se calmer. Et méditer. Et prier. Écrire, aussi, pour apaiser l'angoisse où la plongeait cette inconcevable maladie du frère adoré.

« *Ô qu'il sera le bien venu*
Celui qui, frappant à ma porte,
Dira : "le roi est revenu
En sa santé très bonne et forte !" »

La nuit, dans le dénuement de sa cellule monacale, il n'était pas rare que Marguerite fût réveillée en sursaut par un cauchemar, toujours le même : son frère, le teint pâle et les traits tirés, s'approchait tout près d'elle et gémissait : « Ma sœur ! Ma sœur ! »

Alors la reine sursautait, se redressait sur sa couche et, mains moites, tempes glacées, se demandait si, par le biais du rêve, ce n'était pas François qui, réellement, l'appelait à son secours.

Château de Rambouillet.

Depuis le 15 mars, l'abcès si mal placé dont souffrait le Très Chrétien avait pris un tour préoccupant, pour le moins. Les médecins et chirurgiens s'affairant nuit et jour à son chevet, arboraient des mines fermées ou circonspectes... Les praticiens cautérisèrent quatre des plaies, sur cinq ; mais l'infection progressant, ils évitaient de se prononcer sur l'avenir. À leurs précautions oratoires, les habitués comprirent que la maladie venait d'atteindre un stade irréversible.

— Il faut le soulager, plaidait pourtant la duchesse d'Étampes. L'infection l'entretient dans la fièvre et la douleur, dans l'abattement.

— Ce n'est point si aisé, madame.

— Ne pourrait-on ouvrir l'apostume, et curer là-dedans ?

Elle mettait tant de conviction dans sa requête que l'on sentit que pour un peu, elle aurait opéré de ses propres mains ! Aux côtés de la maîtresse du roi, le conseiller favori, l'amiral d'Annebault, plaidait lui aussi en faveur d'une intervention.

— Enfin, messieurs, pressait-il ; ce serait abandonner le roi que de ne rien entreprendre !

On incisa donc. Sans conviction. Sans résultat.

— La pourriture est telle que nous n'obtiendrons rien.

— Que faut-il faire, alors ? demanda la duchesse.

— Prier, madame. Prier…

⁂

Le 29 mars, le roi voulant quitter ce monde « sous l'étendard et la conduite de Jésus-Christ », se confessa longuement et reçut l'extrême-onction. Mais l'aumônier, avant de la lui prodiguer, avait obtenu du mourant un ultime sacrifice.

— Voulez-vous dire à Mme d'Étampes qu'elle rentre, et faire en sorte qu'on me laisse avec elle ? lui avait demandé le roi.

La chambre se vida, tandis qu'Anne, livide, le visage déjà baigné de larmes, se précipitait au chevet de son seigneur et maître depuis plus de vingt ans. Elle sortit de sa manche un joli mouchoir tout parfumé, pour délicatement tamponner le visage royal, comme elle l'avait fait mille fois depuis quelques semaines…

— Madame, commença le roi la gorge nouée, je veux vous dire d'abord combien j'ai pu vous aimer.

Ces mots suffirent à la malheureuse pour comprendre que son heure avait sonné. Le visage révulsé, elle tomba aussitôt à genoux et se mit à secouer la tête comme une condamnée refusant l'échafaud.

— Non, sire. Non !

— Soyez raisonnable, m'amie. Soyez gente et plaisante...

— Oh, non...

François eut un soupir déchirant. Visiblement, ce dernier effort lui coûtait bien plus que la confession.

— Allons, ma petite Anne... Vous ne voudriez pas que je m'en aille en état de péché mortel...

— Où est le péché ? Où est le péché ? cria la favorite aux abois.

La porte de la chambre s'entrouvrit alors ; mais en se relevant d'un bond, la duchesse se rua brutalement sur le battant pour le refermer.

— M'amie, supplia le monarque en jetant ses dernières forces dans ce qui devait prendre la forme d'un ordre, il faut à présent que vous me laissiez partir en paix.

Anne éclata en sanglots, elle couvrit de larmes et de baisers le visage déjà cireux du monarque, et sa barbe, et puis ses mains ; elle se laissa glisser, comme un pantin sans vie, dans la ruelle du lit et, bientôt effondrée sur le sol, émit une longue et douloureuse plainte.

— Non ! pleurait-elle à fendre l'âme. Oh, Seigneur !

Dans cette femme éplorée, désespérée, qui hoquetait dans la pénombre, c'est peut-être la jeune fille privée de son adolescence qui laissait éclater son désespoir.

— Terre, gémissait-elle, Terre, engloutis-moi !

La porte se rouvrit franchement, cette fois, et plusieurs valets, sous la conduite de l'amiral, entrèrent pour relever la maîtresse déchue et la conduire au-dehors sous bonne escorte. Annebault s'approcha du chevet de son maître ; François avait les yeux fermés, mais il ne s'était pas assoupi.

— Ce sont des moments bien pénibles, murmura-t-il.

L'amiral se permit de prendre la main du roi dans les siennes. Entorse considérable aux règles, mais qui lui parut dictée par la simple humanité.

— Sire, dit-il, monsieur le dauphin est là, dans l'antichambre.

François soupira, sans que l'on pût savoir si c'était de lassitude ou de soulagement.

— Qu'il entre, et que les grands officiers viennent aussi !

❧

Henri, visiblement impressionné, se pencha sur le lit pour embrasser son père et François, pour la première fois peut-être depuis le retour d'Espagne des petits otages, se montra tendre à son égard. Il vérifia d'un œil que les principaux conseillers étaient présents puis, de sa voix la plus claire, déclara son fils héritier unique de tous ses biens meubles et immeubles, et lui recommanda ses familiers et ses serviteurs.

— Je confie Mme d'Étampes à votre bienveillance ! Soyez clément à son sujet.

— Oui, sire.

Le roi livra ses ultimes recommandations, et fit notamment promettre à son fils de fermer le Conseil aux princes lorrains.

— Enfin vous n'avez plus qu'une sœur, dit-il en évoquant la princesse Marguerite. Prenez grand soin d'elle et tâchez donc de la marier selon son rang.

— Je vous le promets.

Cette fois, le dauphin ne put retenir ses larmes. Son père sourit, attendri.

— Pourquoi pleurez-vous ? J'ai vécu ma part. Vous avez été un bon fils, et je m'en félicite. Mais je ne m'en irai point que je ne vous ai donné ma bénédiction. Souvenez-vous un peu de moi...

À ces mots, le roi réprima lui-même un sanglot.

— Quand à votre tour, vous en viendrez là où je suis, vous verrez que c'est un grand réconfort de pouvoir énoncer ce que je vais dire : qu'en conscience, je n'ai aucun remords quant aux actes de justice qu'on a pu rendre sous mon règne...

Heureusement, il n'y avait dans la chambre ni réformé ni Vaudois...

— À présent, que je vous bénisse !

Alors même que le roi invoquait les faveurs célestes pour son fils, il commença de sombrer dans une sorte de délire qui perdura la journée et la nuit du mardi au mercredi.

❊

Au petit matin du 30, une embellie se fit jour. François avait repris ses esprits, plus ou moins. Aussitôt l'espoir renaquit dans son proche entourage. Et quand le dauphin, sur les coups de dix heures, traversa l'antichambre pour entrer, il aperçut, devisant avec son épouse, l'indésirable duchesse d'Étampes qui, avertie d'un mieux, était accourue aux nouvelles.

— Ne me dites pas qu'elle est encore ici !

C'est la rancœur qui parlait par sa bouche. La dauphine Catherine s'effaça, comme prise en faute. Henri l'ignora pour se diriger vers l'autre d'un pas nerveux.

— J'imagine que madame la grande sénéchale aurait aimé vous donner cet ordre elle-même ; mais puisqu'elle n'est pas là, je vous le dis en son nom : quittez ces lieux ! Quittez-les avant que ma colère ne vous y retienne autrement.

Anne de Pisseleu fixa le dauphin dans les yeux. Elle avait déjà tout perdu, et le savait ; mais il lui restait sa fierté. Se redressant, majestueuse, et adoptant le ton le plus altier, elle apporta la seule réponse possible à cette injonction.

— Je n'obéis, monsieur, qu'aux ordres du roi.

Henri fut parcouru d'un frisson de haine. Se contenant à grand-peine pour ne pas frapper – oui, frapper – cette créature qui, à ses yeux, était l'incarnation du diable, il éleva la voix, presque jusqu'à crier.

— Ôtez-vous de là !

Mais la duchesse d'Étampes ne bougea pas. Elle demeurait parfaitement immobile, et ne quitta la pièce qu'après que le dauphin eut passé dans la chambre du mourant.

❋

— Embrassez-moi, Henri, souffla le roi dans un râle.

Le fils baisa le front du père. François trouva la force, encore, de soulever le bras droit et, couvant des yeux son successeur, le bénit avec une sorte de joie détachée.

— La bénédiction de Dieu te soit accordée, mon petit.

Un léger soupir, puis le roi se laissa partir. Il entrait dans une agonie qui durerait vingt heures, les phases d'inconscience alternant avec des moments de lucidité pendant lesquels il dirait des passages des saintes Écritures.

❋

Le jeudi 31 mars 1547, environ deux heures après midi, François Ier s'éteignit en prononçant le nom de Jésus.

Le dauphin Henri était encore agenouillé au pied du lit, quand l'installation, dans la chambre funèbre, de douze grands cierges de cire blanche, le tira de ses pensées amères. Il se releva, douloureusement, et jeta un regard brouillé alentour. Comme un seul homme, tous les sujets présents s'abîmèrent alors dans une profonde révérence.

Il était devenu le roi Henri, deuxième du nom.

Couvent de Tusson.

À Tusson, la mort du roi, discrètement révélée, sema la consternation dans la communauté. Comment apprendre à la reine Marguerite une nouvelle qu'elle redoutait plus que tout, au point de ne plus supporter la vue d'un messager quelconque ou même le bruit d'une porte qui s'ouvrait ? La prieure, affolée à l'idée d'une mission si pénible, décida que l'on procéderait par étapes, afin de préparer l'illustre pensionnaire à l'inévitable.

— Ne trouvez-vous pas étrange que je n'aie plus de nouvelles de la Cour ? demandait de temps à autre la souveraine.

On se contentait, pour toute réponse, de lui sourire avec bonté – quand certaines ne détournaient pas simplement le regard.

— Peut-être les nouvelles sont-elles trop mauvaises pour qu'on ose vous les transmettre…

— Ce serait ridicule, et bien peu dans l'esprit de mon neveu !

De fait, la situation devenait aussi ridicule qu'intenable pour la communauté qui, s'enfonçant dans le mensonge, se mit à vivre à son tour sur des charbons ardents.

Un matin qu'elle marchait dans le cloître, en compagnie d'un petit groupe de religieuses, Marguerite avisa une vieille nonne un peu simple d'esprit qui, appuyée à une colonne, pleurait à chaudes larmes.

— Eh bien, lui demanda-t-elle avec compassion, peut-on savoir ce qui vous afflige ainsi ?

— Hélas, madame...

Un vent de panique agita le petit groupe.

— Hélas, répéta la vieille nonne. C'est votre infortune que je déplore.

La reine de Navarre se raidit, mais elle demeura silencieuse. Toutes les religieuses avaient les yeux rivés au sol.

— C'est donc cela, conclut finalement Marguerite d'une voix métallique. Vous me cachiez la mort du roi !

Une novice osa lever un œil effrayé. La souveraine s'était détachée du groupe.

— Vous me cachiez la mort de mon frère ! Mais l'esprit de Dieu vient de me la révéler par la bouche de cette folle.

La reine fit volte-face et se précipita chez elle. Une des religieuses voulut essayer de la suivre.

— Non ! cria-t-elle avec dureté. Laissez-moi !

Sur quoi elle s'enferma dans sa cellule, pour n'en plus sortir de la semaine.

Saint-Germain-en-Laye, appartement du roi.

La première décision du nouveau souverain avait été d'envoyer deux courriers, l'un vers Anet chez la grande sénéchale, l'autre vers Chantilly chez le connétable de France. Les deux « grands amis » étaient priés de le rejoindre à Saint-Germain, pour prendre les dispositions qui, d'entrée de jeu, s'imposaient.

Diane de Poitiers – elle s'était constamment tenue prête – arriva la première. Son éternelle tenue de deuil paraissait plus appropriée que de coutume, et elle y ajouta une mine grave et comme attendrie, fort éloignée du sentiment de pleine jubilation qui l'animait au fond.

— Sa Majesté vous recevra dans un instant, l'informa l'huissier d'un air de déférence plus marqué, lui sembla-t-il, qu'auparavant.

« Sa Majesté… » Diane exultait d'entendre cela. Depuis quelques heures, elle ne pouvait s'ôter de l'esprit le souvenir pourtant lointain de ce mage qui, jadis à Blois, un soir où l'on baignait les jeunes princes, lui avait prédit qu'Henri régnerait un jour… Elle y avait cru, et d'autant plus que le présage n'avait fait, alors, que renforcer en elle une préférence naturelle pour cet enfant plus sombre que ses frères et sœurs, plus solitaire aussi, et doté d'un plus fort caractère.

L'irruption du jeune roi interrompit ses rêveries. Diane amorça la grande révérence prescrite par l'usage, et Henri la laissa l'accomplir, pour le plaisir ; mais aussitôt après, plus assuré que jamais, presque souverain déjà, il posa ses lèvres sur celles de sa dame, de sa fée, de sa conscience même… Ils échangèrent un baiser intense.

— Vous allez être duchesse !

Diane sourit mais, reprenant digne contenance, elle tint à donner d'emblée le ton de la relation future.

— Il y a sans doute beaucoup plus urgent, dit-elle.

Et la grande sénéchale, fidèle à sa réputation, insista tout de suite sur la nécessité de réformer la Cour en profondeur, d'interdire le jeu, de limiter la dépense affectée aux toilettes, de veiller à la moralité de l'entourage du roi.

— Le précédent règne n'a que trop encouragé la luxure, asséna-t-elle.

C'est néanmoins le jeune roi qui aborda le vrai sujet, celui qui, depuis que l'on savait le roi mourant, occupait toutes les pensées de la sénéchale : le sort de la duchesse d'Étampes.

— Mon père avait renvoyé sa maîtresse deux jours avant sa mort, précisa-t-il.

— Mieux vaut tard que jamais.

Diane n'était pas, assurément, la mieux placée pour délivrer en la circonstance un brevet de moralité ; mais elle se comportait comme si, en tant que veuve, sa position nouvelle n'avait rien de commun avec celle qu'avait occupée, vingt ans durant, une Pisseleu vautrée dans l'adultère.

— Où est-ce qu'elle se terre, à présent ?

— Chez elle, à Limours... Enfin, « chez elle »... Je devrais dire : chez vous ! Car mon intention, vous le savez, est que vous récupériez Limours, ainsi du reste que Challuaud, Chevreuse et Dourdan, sans oublier l'hôtel de la rue Saint-Antoine.

Diane de Poitiers feignait d'être au-dessus de contingences qui, en vérité, l'obsédaient nuit et jour.

— Ne confondons pas la peine avec la sentence, dit-elle. Avant de confisquer, il faut déjà condamner ; or j'espère que vous allez lui demander des comptes, pour toutes ses trahisons infâmes.

— Certes, approuva le roi. Ainsi qu'à Longueval.

La grande sénéchale ne releva pas ; mais elle était au fait d'un accord secret, déjà passé entre le comte de Longueval et le cardinal de Lorraine, en vue d'épargner au dernier en date des amants de la duchesse, de trop lourdes poursuites.

— Ne croyez-vous pas, suggéra-t-elle, que la première chose à faire serait de replacer cette dévoyée sous la légitime tutelle de son époux ? Après tout, le duc d'Étampes est homme de bien...

Dans sa cruauté froide, Diane proposait ainsi, pour sa rivale malheureuse, la punition la plus retorse que l'on pût imaginer : restituer la dame à son cocu de mari haineux, pour qu'il pût se venger sur elle, tout à loisir, d'années sans fin de déshonneur public.

— Vous êtes terrible, remarqua le roi.

Mais il avait prononcé ce mot avec infiniment de tendresse.

❊

Quand on annonça l'arrivée du connétable de Montmorency, le visage du roi Henri s'illumina comme sous l'effet d'un charme.

— Qu'on le conduise à ses appartements ; c'est-à-dire ceux occupés jusqu'ici par madame d'Étampes, ordonna-t-il.

Cette information parut étonner Diane, mais elle évita de le montrer.

— Le confirmerez-vous dans sa charge de connétable ? demanda-t-elle.

Le roi fut surpris, à son tour, d'une question qui lui semblait appeler une réponse évidente.

— Et comment ! De surcroît, je vais rendre à notre ami toutes les fonctions que mon père lui avait ôtées.

La grande sénéchale était d'avis que c'était imprudent, et que le roi eût été bien inspiré de faire un peu lanterner le maréchal, en ne lui restituant ses différentes attributions qu'en temps utile, et une à une... Mais il était trop tard pour un tel avis.

Par la fenêtre grande ouverte, le souverain et son amie – sa « Dame », disait-il – observaient le connétable qui, à pied, traversait la grande cour ovale. Montmorency paraissait plus lourd, plus large que jamais. Ces six années d'exil – ou tout au moins de réserve – l'avaient assombri ; et son regard, quoique toujours aussi pénétrant, éclairait désormais le visage d'un homme vieilli.

— Ah, dit le roi, je ne puis attendre.

Et il courut à la rencontre de celui qu'il nommait son « Père »... Sans quitter la fenêtre, Diane de Poitiers soupira. Elle songeait à ce jeune maréchal que son défunt mari, Louis de Brézé, recevait jadis à Rouen pour lui prodiguer ses conseils... « Il ira très loin », disait-il. Si seulement il avait pu voir, réunies à Saint-Germain, les trois têtes du nouveau règne !

Montmorency fut ému de voir le roi venir à sa rencontre. Il lui fit sa première révérence, mais Henri – chose inhabituelle chez lui – le prit bonnement dans ses bras et le serra contre lui. Diane tendait l'oreille, mais elle ne put distinguer leurs propos. Soudain le roi désigna la fenêtre et le connétable, apercevant la grande amie, lui envoya une sorte de baiser.

— L'avons-nous attendu, ce moment ! cria-t-il.

— Mais nous n'espérions pas la mort du feu roi pour autant, rectifia-t-elle inutilement.

— Certes.

Ce que Diane n'aurait pu imaginer, c'est qu'Henri et son conseiller favori allaient s'enfermer deux heures durant dans une pièce, sans la convier aucunement, ni même se soucier d'elle !

Château de Saint-Germain.

Voyant se prolonger l'entretien du roi et de son cher connétable, la sénéchale avait été sur le point de quitter Saint-Germain ; mais c'eût été la pire des erreurs.

Elle préféra prendre patience, et se mit à rôder dans les couloirs. Diane rongeait son frein. Quoique tenue à distance, elle pouvait deviner de quoi parlaient ses amis : deux lots de hauts personnages devaient être constitués. Le premier – où figureraient notamment Annebault, Tournon, mais aussi les reines Éléonore et Marguerite ! – se verrait remercié, pour ne pas dire éloigné. Le second allait entrer en fonction ; l'on y trouvait les noms d'Aumale, de Saint-André, d'Humières, entre autres, ainsi que celui de La Marck, le gendre de Diane… C'est en tout cas ce qu'elle espérait.

— Vous n'êtes donc pas avec le roi ? s'étonna Charles de Guise, archevêque de Reims, en la trouvant dans un couloir, seule et désemparée.

— J'ai passé avec le roi toute la matinée, assura-t-elle.

Le jeune prélat n'insista pas, mais il perçut la colère rentrée de la grande sénéchale lorsque celle-ci lui décocha un trait pour le moins gratuit.

— Dommage pour vous que le roi ait promis à son père, sur son lit de mort, de fermer l'accès du Conseil aux princes lorrains...

Charles sourit aux anges. Car c'est justement là qu'il voulait en venir.

— Je ne suis pas prince lorrain, mais prince de l'Église, d'abord, et de France, ensuite. Mon frère aussi est prince de France... En somme, l'interdiction ne vaut que pour mon père... Tout au moins, si vous êtes d'accord avec nos vues...

Diane lui rendit son beau sourire.

— Quelque chose me dit, gloussa-t-elle, que nous sommes faits pour nous entendre.

Saint-Cloud, Paris.

En attendant les funérailles[29], le corps du roi François avait été transféré à Saint-Cloud, dans une autre belle demeure du cardinal du Bellay, évêque de Paris. Le long cercueil, de plomb doublé de chêne, couvert d'un poêle de velours, reposait sur des tréteaux dans une chambre funéraire drapée de noir, chichement illuminée de quelques cierges. Des moines y récitaient en boucle les prières pour les défunts.

Mais à quelques pas de là, se perpétuait un étrange cérémonial. Conformément à la coutume, un artiste habile[30] avait moulé le visage du feu roi, puis réalisé son effigie en cire avant de l'installer sur un mannequin articulé de bois et d'osier. Ce monarque formel*, paré d'une chemise de satin rouge, d'une tunique bleu de France et revêtu du grand manteau violet semé de lys et doublé d'hermine, ce double inanimé chaussé de bottines de fil d'or aux semelles cramoisies, avait

* On appelait « remenbrance » ce genre d'effigie posthume.

été allongé sur un lit de parade en drap d'or ; et c'est lui qui désormais recevait l'hommage des grands officiers.

Se déroulaient autour de lui, indéfectiblement, le lever et le coucher du roi, mais également son dîner et son souper publics ; ainsi les panetiers, les échansons, les écuyers tranchants s'acharnaient-ils, imperturbables, à présenter à l'effigie des mets soigneusement cuisinés qui, ne pouvant guère tenter leur destinataire, finissaient dans l'escarcelle des pauvres...

Enfin le 5 mai, après deux semaines d'un tel simulacre, le mannequin fut remisé dans l'attente des obsèques, et le cercueil installé à sa place. La chambre, jusque-là tendue de tapisseries fastueuses, gainée de velours bleu brodé d'or, ornée d'une croix immense et d'un autel portant des tableaux représentant la Vierge et saint François, fut changée en chapelle ardente. Et la foule put rentrer, quelques heures par jour, rendre un ultime hommage à François Ier.

Le nouveau roi Henri II – moment unique et solennel – s'y présenta lui-même un beau matin. Portant grand deuil – un manteau pourpre à cinq queues soutenu par les princes du sang – il s'avança vers la bière de son père et, visiblement ému, l'aspergea d'eau bénite.

— *In nomine Patri, et Filii, et Spiritu sancti...*

À ses côtés, la nouvelle reine pleurait à chaudes larmes. Catherine l'avait tant aimé, ce monarque tendre, lettré, magnifique ! Ce roi passionné d'Italie, entiché des génies italiens... Ce beau-père aimant qui, depuis son mariage à Marseille, quatorze ans plus tôt, l'avait soutenue toujours et protégée contre la méchanceté universelle.

— Mon père vous aimait comme sa propre fille, lui certifia tout bas son mari.

Cette simple phrase eut le pouvoir de les bouleverser tous deux.

❈

Pour Henri, s'astreindre à l'effacement jusqu'à ce que son père eût gagné Saint-Denis ne faisait que flatter un penchant naturel. Ne pouvant paraître aux obsèques solennelles, il avait fait louer, sur le parcours du cortège, une fenêtre assez discrète, mais large et bien placée. Dès le matin du 22 mai, il s'y installa en compagnie de quelques familiers, dont Jacques de Saint-André. La grande sénéchale, assignée aux cérémonies par sa charge de dame d'honneur, n'avait pu se soustraire à ses obligations pour rester près de lui, dans ce moment si important.

Le cortège de deuil du *Grand Roy Françoys* devait dépasser, en splendeur, tout ce qu'on avait vu. Son interminable défilé s'étendait sur trois lieues* entières, et tous les organes du corps social s'y trouvaient représentés en nombre. Plus que de funérailles, cela tenait en vérité du triomphe à l'antique, avec insignes, tributs et tout un déploiement de fastes.

Les premiers à passer – sans le savoir – sous la fenêtre du nouveau roi, rue Saint-Jacques, furent cinq cents pauvres qui, torche en main, ouvraient le convoi funèbre. Le prévôt de l'Hôtel et ses archers, les Suisses de la garde, les deux cents gentilshommes de la maison portant leurs becs-de-corbin, les valets de chambre et de garde-robe, les médecins et chirurgiens, huissiers de la Salle et gentilshommes-servant suivaient en bon ordre.

* Douze kilomètres environ.

Venaient après eux les rois et hérauts d'armes, ainsi que vingt-quatre gardes du corps portant, couverts de crêpe noir, les éperons, l'écu, la cotte d'armes, l'armet et les gantelets du roi-chevalier[31].

Quand, pénétrant dans la rue Saint-Jacques, pointèrent les hauts chariots couverts du drap mortuaire, le jeune monarque sentit une douleur affreuse lui serrer la poitrine. Il se mit à respirer bruyamment, tandis que de grosses larmes tombèrent en pluie de ses yeux...

— Sire, se permit Dinteville, vous ne devez pas être triste. Le feu roi s'en va sans tache, il n'est rien que l'on puisse regretter. Votre père reste un sublime exemple pour vous ; imitez-le plutôt que de le pleurer !

— Ce n'est pas mon père que je pleure surtout, mais ceux qui l'accompagnent.

Car pour la circonstance on était allé chercher à Tournon la dépouille du dauphin François, à Beauvais celle du prince Charles. Ainsi les défunts Fils de France accompagneraient-ils leur père à Saint-Denis, jusqu'au tombeau où reposait déjà la bonne reine Claude – disparue depuis près d'un quart de siècle.

— Pour le dauphin, je l'avais un peu oublié. Pensez, cela fait dix ans et plus ! Mais Charles...

La voix d'Henri se brisa sur le prénom de son petit frère.

— Nous nous aimions bien...

Ses compagnons échangèrent des regards embarrassés. Seul Saint-André osa livrer leur point de vue.

— Vous souvenez-vous, demanda-t-il au roi, de ce jour où, avec Dampierre et La Châtaigneraie, le dauphin François et vous-même étiez tombés dans la Charente, et que le bateau s'était renversé sur vos têtes ?

— Si je me rappelle ! lâcha douloureusement Henri.

— La Cour vous croyait perdus, et le roi votre père pensait mourir de chagrin.

— C'est vrai...

Henri s'imaginait que son ami rappelait ces souvenirs pour nourrir son attendrissement. Il n'en était rien.

— Votre plus jeune frère, lui, ne s'alarma guère !

Le roi renifla. Saint-André poursuivit.

— Je crois même pouvoir dire que le duc d'Angoulême s'est senti fort allègre en ce moment précis. Au point de manifester sa déception quand les Suisses vous eurent sauvés.

— Ah oui ?

— J'ai vécu tout cela moi-même ! En apprenant que vous étiez sauvés, le prince Charles s'est tourné vers Tavannes et, d'un ton pincé, lui a dit : « Je renie Dieu, je ne serai jamais qu'un bélître* ! »

Le roi demeura coi un moment.

— Le méchant naturel ! jugea-t-il. Dire que c'est à cause de lui, surtout, que je pleurais !

— Il ne le mérite pas, Henri.

— Pourtant... Peu de temps avant sa mort, il m'avait donné son amitié, et juré que nous pourrions gouverner paisiblement ensemble.

Les catafalques approchaient de la fenêtre, précédés chacun de six chevaux noirs, couverts de soie jusqu'aux oreilles.

Saint-André n'en était pas quitte avec la mémoire de Charles.

— Il vous donnait son amitié, reprit-il, et au même instant se liguait avec le prince d'Espagne, dans l'intention vous attaquer après la mort de

* Homme de rien.

votre père ! Certains lui en auraient volontiers donné les moyens.

Les hauts catafalques, comme des pyramides roulantes, couvertes de velours sombre, passaient à présent devant la fenêtre.

— Je ne sais plus que penser, soupira Henri.

— Voyez le bélître, se permit Saint-André, qui mène l'avant-garde de votre félicité !

Le roi Henri quitta la fenêtre et, retranché dans l'intérieur de la maison, s'assit sur une escabelle et se posa le menton sur les poings. Ses yeux étaient rouges, encore. Rouges mais secs.

Sur la route...

La duchesse d'Étampes avait demandé, supplié même, qu'on la laissât assister aux obsèques *incognito*. Mais « la Vieille » s'y était opposée. Et l'ultime vexation lui fut infligée d'un refus dans les formes. Ainsi, Anne de Pisseleu ne put-elle, autrement que par la pensée, accompagner à sa dernière demeure le seigneur et maître qui, plus de vingt ans durant, avait conduit sa destinée. Certes, l'infidélité légendaire de la maîtresse du feu roi avait pu faire douter des sentiments de cette femme si jeune, si belle et si volage, pour un monarque vieillissant et malade. Elle-même, du reste, n'avait jamais feint l'amour passionné ; même, dans d'innombrables circonstances, elle n'avait pas craint de montrer une lassitude insolente envers son protecteur.

Mais la noblesse de cette femme était justement telle, qu'elle avait osé afficher en public des distances dangereuses pour elle, et gardait dans le secret de son cœur une tendresse, un attachement – pour ne pas dire une forme d'amour – qu'elle n'avait jamais voulu marchander. La mort de François fut pour Anne un malheur intime autant, sinon davantage, qu'une calamité publique. La présence forte et paternelle, à ses côtés, de ce roi dont elle avait épousé toutes les causes, allait lui manquer désormais jusqu'à son dernier souffle ; et maintenant qu'il n'était plus là, dans son cou, pour quêter ses baisers ou railler ses travers, elle obtenait confirmation qu'il avait été, d'évidence, et demeurerait à jamais, au-delà d'aventures et de foucades sans lendemain, l'homme de sa vie.

Si la duchesse versait beaucoup de larmes sur sa position à la Cour et sur son train de vie luxueux, la perte qu'elle venait de subir était, elle, au-delà des larmes... Aux duretés d'un tel deuil vinrent malheureusement s'ajouter les humiliations sans fin dont Diane de Poitiers prit soin à l'assortir. On lui réclama, jusqu'au dernier ferret, les joyaux dont la Couronne avait semé ses parures ; on lui reprit ses châteaux, ses hôtels, ses fermes et jusqu'à des pensions mineures. On exigea la restitution des présents diplomatiques, y compris de petits animaux devenus familiers... On la dépouilla sans pitié, au point de réclamer certains métrages d'étoffe qui venaient de lui être livrés !

Ainsi dépourvue, comme dépecée, Anne fut remise aux mains d'un époux dont elle pensait, naïvement, avoir toujours soutenu la carrière et ménagé la fierté... Mais Jean de Brosse, duc d'Étampes, allait se révéler plus opportuniste encore que sa femme ! Et après avoir bénéficié outre mesure d'une situation dont seul aurait pu souffrir son honneur – à condition qu'il en eût, il n'hésita pas à monnayer aux maîtres du jour la punition de celle qu'on lui avait donnée – vendue

– pour femme. Le roi Henri voulait qu'Anne fût meurtrie ? Elle le serait, foi de cornu !

Avec une brutalité insoupçonnable chez un être qui, jusque-là, s'était montré plus que discret, le mari légitime de la déchue affecta de venger sa dignité privée autant que la respectabilité commune. Il la traita de fort haut, comme une fille ramassée au ruisseau, et ne lui parla plus – par hommes de loi interposés – que pour lui faire connaître l'étendue de sa vengeance. Déportée, emmurée, frustrée dans ses habitudes et flétrie dans ses moindres goûts, la repentante devrait passer sa deuxième vie à faire oublier la première. Lui refusant la consolation de se retirer sur ses terres de famille, en Picardie, Jean de Brosse fit conduire sa femme en Bretagne, dans une forteresse bonne à garder les criminels.

⁂

Le petit convoi, composé de gardiens et de duègnes étrangers au cercle d'Anne, s'ébranla le jour même des funérailles royales.

Elle avait relu, la veille, les adieux que, dix ans plus tôt, le protestant Marot, partant se réfugier à Ferrare, avait adressés à la Cour des dames.

Adieu la Cour, adieu les dames,
Adieu les filles et les femmes,
Adieu vous dis pour quelque temps,
Adieu vos plaisants passe-temps.

Anne, elle le savait, ne partait pas « pour quelque temps », mais sans doute à jamais. Un mois plus tôt, une telle perspective lui aurait semblé inhumaine ; à présent, elle l'acceptait presque avec soulagement.

Adieu les profondes pensées,
Satisfaites ou offensées ;

Adieu piteux département,
Adieu regrets, adieu tourment...

Depuis Limours, on la fit passer exprès par Rambouillet, afin qu'elle méditât sur les caprices du destin. Elle aurait voulu voyager en litière, à son habitude ; mais sous prétexte de hâter la marche, on la contraignit à faire la route en selle, dans le plus grand inconfort, exposée à la vue de tous ceux qui, ameutés par la rumeur, se pressaient sur ses pas comme aux étapes d'un périple officiel.

※

Parvenant aux abords de Dreux, Anne eut la surprise de reconnaître, fondu dans un groupe de badauds, un visage aimé, et qu'elle aurait bien cru ne jamais revoir. Afin de tromper la garde, cet ami avait revêtu la soutane d'un prêtre ; et la duchesse obtint sans mal le droit de se confesser au bon père...

— Vous êtes mon Cyrénéen* ! lui dit-elle lorsqu'ils furent un peu à l'écart.

— J'ai eu tant de peine à vous retrouver !

— Vous aviez donc quelques griefs en reste ?

Gautier de Coisay souriait. Il souriait d'un sourire triste, peut-être, mais sans tache et, vérifiant qu'on ne les voyait pas, déposa rapidement un baiser sur les pauvres lèvres de la belle. Dans l'arbre immense, au-dessus de leurs têtes, chantaient des oiseaux par dizaines.

— Les derniers pinsons de la saison... fit-elle remarquer, amère.

---

* Simon de Cyrène avait été requis par les Romains pour aider Jésus à porter sa croix.

— Ils reviendront à l'automne. Ils ont la vie devant eux !

— La mienne est derrière moi…

Le faux curé la fit taire encore d'un baiser, mais plus long, celui-là, plus doux, plus profond – un baiser éternel.

— Vous devez savoir, reprit-elle après un long moment de silence, que je n'ai pas commis le crime dont vous étiez venu m'accuser jusqu'à Mons…

— Je sais.

— D'ailleurs si je l'avais commis, je ne vous aurais sûrement pas choisi pour en être l'agent…

— Je sais, je sais.

Le visage de Gautier, soudain grave, rassura un peu la duchesse ; elle sentit qu'il aurait pu, de nouveau, lui faire presque confiance.

— Vous reviendrez, dit-il ; et sinon, j'irai vous voir en Bretagne.

— C'est un pays que vous connaissez bien, lâcha-t-elle ironique, en référence à une mission plus que douteuse imaginée, jadis, par l'amiral de Brion.

L'une des suivantes, en véritable geôlière, vint s'assurer que la confession ne s'éterniserait pas. Anne lui fit un signe rassurant, mais l'importune, au lieu de s'éloigner, vint se planter à quelques pas.

— Ma fille, je vous absous de vos péchés, clama Gautier de Coisay d'une voix de théâtre.

Il la bénit. Elle pleurait.

— Merci mon père. Je ferai tout ce que vous m'avez prescrit.

— Allez en paix, dit-il.

Anne releva les yeux vers lui ; ils étaient baignés de larmes, certes, mais toujours aussi merveilleux. Ne pouvant embrasser son écuyer costumé, elle laissa tout de même glisser sa tête sur le crucifix ; le bon pasteur, tout paternel, lui tapota le front. Puis, d'un pas lourd et douloureux, elle rejoignit ses gardiens, se remit en selle, salua son ami d'une main timide et, tandis qu'elle rajustait sur son crâne un châle admirable sauvé de la tourmente, accompagna le pas de sa mule d'un déhanchement coquet, troublant – inimitable.

En la regardant s'éloigner, sous escorte, vers ce qui s'annonçait comme une véritable prison, Gautier se sentit pénétré d'une révolte sourde. Le petit groupe de cavaliers se découpa bientôt, en ombre, au sommet du coteau, sur un ciel tendre, vaguement mauve…

Alors l'écuyer réalisa qu'au-delà d'un chapitre de sa vie, c'était une page de l'histoire du royaume qui se tournait ainsi. Loin de tout faste.

Epilogue

Le coup de Jarnac

(Juillet 1547)

Forêt de Saint-Germain.

Tout un peuple affluait vers Saint-Germain-en-Laye : bourgeois, vagabonds, tire-laine et gens d'armes, vieillards, enfants, prêtres – beaucoup de femmes aussi : matrones, filles ou ménagères. En réduction, le bon royaume de sire Henri... Il en venait de partout depuis la veille, attirés par ce qui s'annonçait comme une apothéose : pour la première fois depuis le règne de saint Louis, le souverain autorisait un duel judiciaire ! Il allait donc avoir lieu, ce combat singulier, solennel, soumettant au jugement de Dieu les causes de Jarnac et de La Châtaigneraie. Autant dire qu'on allait confronter au grand jour les licences de la vieille Cour, naguère emmenée par Anne de Pisseleu, aux dignités de l'actuelle, soutenue par Diane de Poitiers.

Le jeune baron, beau-frère de la favorite déchue, avait fait prier la nouvelle de le dispenser d'une épreuve aussi délicate que propice à tous les débordements. Mais la grande sénéchale croyait tenir là son triomphe.

— Ce qu'il importe, avait-elle martelé, c'est d'asseoir dans l'esprit du public la victoire de l'ordre présent sur les dérèglements passés. Nous verrons bien où vont les préférences du Ciel…

L'on avait monté des lices à l'orée de la haute futaie, avec un camp somptueux et des estrades pour toute la Cour. Dès six heures, le 10 juillet, l'accès en fut ouvert et la foule, fatiguée par une nuit sans sommeil, vint se serrer autour du champ clos. Une longue attente commençait pour elle… Des heures de piétinement sur place, sous un soleil bientôt si ardent qu'il fallut arroser les gens d'eau fraîche, à l'aide d'écuelles. Pour tromper leur ennui, les spectateurs qui le pouvaient achetaient des victuailles aux marchands ambulants, tandis que des saltimbanques, grimés à l'image de Jarnac et La Châtaigneraie, préfiguraient en mime cette réédition du combat de David contre Goliath.

Car les deux adversaires étaient fort inégaux : François de Vivonne, seigneur de La Châtaigneraie et champion du nouveau pouvoir, était un véritable colosse qui se targuait d'agenouiller un taureau, en le cramponnant par les cornes. Face à lui, frêle tenant de l'ancien règne, le jeune Guy de Chabot, baron de Jarnac, était si fluet qu'on aurait dû s'en émouvoir. Mais ni Diane de Poitiers ni les siens ne le plaignaient. À leurs yeux, il était avant tout le neveu du pestiféré Brion et le beau-frère de l'ignoble Pisseleu ; cela justifiait qu'il mordît la poussière.

— Je ne serai tranquille que lorsque j'aurai vu ce pourceau pendu au gibet par les pieds, confiait la grande sénéchale.

Car c'était le sort réservé au vaincu d'un duel jugé par Dieu.

La foule patienta donc toute la matinée, se distrayant de l'installation des dames et des seigneurs de la Cour. Leurs estrades se remplirent peu à peu, jusqu'à l'arrivée des nouveaux souverains. La tribune royale était abritée du soleil ; des pages y agitaient de vastes éventails de plumes. Le roi Henri II répondit aux acclamations de la foule par un geste de la main ; puis il s'assit bien droit, entre la reine Catherine et Mme de Poitiers. Cette dernière n'avait jamais montré visage si avenant, si insolemment jeune en dépit de ses quarante-sept ans. Elle fit un geste complice au connétable de Montmorency qui, en tant qu'arbitre du combat, siégeait face à eux, au sein du tribunal des Armes.

⁂

Sur un signe du héraut Guyenne, les trompes de cérémonie se mirent à retentir, peuplant les hautes frondaisons d'échos cuivrés. Le « demandeur et assaillant » devant entrer le premier, un maître de joute vint le chercher à l'entrée du champ clos. La foule, excitée, prodigue en vivats, découvrit une sorte de géant, à la fois massif et grave. La Châtaigneraie marchait de son pas lourd vers la tribune royale, aux côtés de son parrain de duel, le balafré François d'Aumale – dont le comté venait d'être érigé en duché. Plus de trois cents jeunes nobles les accompagnaient, escorte superbe arborant les armes d'illustres familles de France sur un uniforme éclatant, de satin blanc et incarnat. Le public ne pouvait qu'être ébloui…

Le duc d'Aumale présenta son champion, et tous deux reçurent le salut du jeune roi et le sourire – très bienveillant – de Diane. Puis ils se retirèrent en compagnie de Piero Strozzi, cousin de la nouvelle reine, choisi pour maître d'armes par

Vivonne. Leur quartier était un vaste pavillon de toile blanche, rehaussé d'or et sommé d'aigrettes rouges, qu'on avait érigé en bordure des lices. Une armée de laquais s'y bousculait déjà, dressant de longues tables et les chargeant d'une profusion de vaisselle de vermeil et d'argent, empruntée aux plus grandes maisons. À l'issue d'un combat dont la victoire semblait acquise, La Châtaigneraie devait en effet régaler le roi, la reine et la Cour – et ce festin promettait d'être, avant le sacre, la première vraie réjouissance du règne.

— Mon Dieu, il ferait pitié !

La reine Catherine ne put retenir ces mots en voyant entrer à son tour, sous des murmures incrédules, le « défendeur et soutenant ». Jarnac faisait l'effet d'un pauvre coq hirsute, desservi de surcroît par une tenue sobre à l'excès. Autour de lui, quelques amis au maintien gêné, tout de noir vêtus, ne faisaient qu'ajouter à la modestie générale. Le roi dut se faire violence pour ne pas sourire ; Diane toisa de son mépris le petit groupe.

Le baron de Jarnac n'ayant pas de parrain, le connétable lui avait affecté, d'office, un de ses propres cousins : Gouffier de Boisy. Celui-ci ne se laissa pas démonter par les lazzis fusant de droite et de gauche ; il présenta son champion, puis l'accompagna sous la petite tente militaire qui leur servait de réduit. Le *signor* Caize, maître d'armes, prodigua ses ultimes conseils au jeune duelliste. L'heure de vérité approchait.

⁂

Les trompes sonnèrent de plus belle, et les deux combattants rentrèrent en lice. Boisy, parrain du défendeur, fut invité à procéder au choix des armes – les mêmes, évidemment, pour les deux combattants. Contre toute attente, au lieu de jeter son dévolu sur une épée légère, assez habituelle, il désigna un équipement incongru, composé d'un grand fer bien lourd, d'époque féodale, d'un bouclier pesant et surtout, d'un brassard fixe obligeant l'escrimeur à conserver le bras allongé durant l'assaut.

C'était fort bien pensé.

En effet, La Châtaigneraie, gaucher invétéré, avait été, jadis, blessé au bras droit par un coup d'arquebuse. Il en conservait des séquelles et, dans ces conditions, tenir un tel écu avec un tel brassard lui serait difficile.

— Ce choix est parfaitement déloyal, s'emporta le duc d'Aumale. Nous le contestons !

Aux côtés du roi, Diane en rajouta dans l'indignation. Elle n'acceptait pas ce coup de théâtre et, fixant dans les yeux le connétable, par-delà le champ, lui intima l'ordre silencieux de réfuter le choix de Boisy – n'avait-il pas lui-même nommé son parent à cet office ? Le maréchal de Montmorency baissa les yeux ; il consulta ses assesseurs, demanda quelques précisions à La Châtaigneraie puis, d'une voix ferme où Diane ne put se défendre de percevoir une pointe de défi, déclara :

— Pour le tribunal des Armes, le choix effectué par la partie « soutenante » est valide. Nous l'acceptons et l'imposons aux adversaires.

Le teint de Diane de Poitiers, de livide, passa au rouge sombre. Dans cet instant, elle se serait sentie la force d'étrangler le connétable à pleines mains. Mais à ses côtés, le roi paraissait confiant. Il effleura discrètement sa paume du petit doigt.

Aumale ayant réfuté le jugement du tribunal, on se lança dans d'infinies palabres. Le public, écrasé de soleil et de fatigue, commençait à perdre patience, et des jurons peu amènes furent échangés entre gens du peuple et damoiseaux de satin.

— Gandins ! Mignonnes ! criaient les uns.

— Silence, crapauds ! rétorquaient les autres.

Enfin le combat commença – aux conditions voulues par Jarnac.

— Sale petit freluquet minable ! pesta la grande sénéchale en sourdine.

⁂

Un premier assaut, sous la rumeur émue du public, mit aux prises les duellistes. Très vite, derrière l'âpreté d'engagements où l'un et l'autre jetaient toutes leurs forces, il apparut que la faiblesse criante du petit baron se trouvait amplement compensée par sa mobilité. Sautillant autour du colosse immobile, il donnait le sentiment d'un chien sauvage multipliant les attaques contre un buffle puissant, certes, mais statique. Il semblait, à les observer, que les armes du jeune bretteur – pourtant du même poids – étaient plus légères que celles du vieux guerrier qui, du reste, se mit bientôt à souffler de manière inquiétante.

Le public debout, d'abord extérieur à la querelle, ne tarda pas, de son côté, à s'identifier au plus modeste des adversaires. Jeune, sobre et attaqué, le petit Jarnac avait tout pour séduire une foule que rebutait la majesté raide et méprisante de La Châtaigneraie. Dès la troisième passe d'armes, le murmure populaire avait pris fait et cause pour David contre Goliath.

— Jarnac ! se mit à scander la foule. Jar-nac ! ...nac !

...ns la tribune couverte, Diane se mordait la ... Une forte aigreur à l'estomac l'avertit que les choses prenaient un tour mauvais. Elle ne se trompait pas. En effet, sous les regards horrifiés de la tribune royale, le petit Chabot venait de bondir derrière le gros Vivonne et, d'un geste net, prémédité, avait trouvé le défaut de l'armure pour trancher le jarret gauche de son adversaire. Un cri d'allégresse jaillit de la foule vers les cieux.

— Hourra ! Jar-nac ! Jar-nac !

Diane sentit que ce coup de taille avait attaqué le muscle en profondeur ; déjà La Châtaigneraie ne tenait plus, branlant, que sur sa jambe droite. Il moulinait dans le vide et s'appuyait péniblement sur son haut bouclier. Or presque aussitôt, rapide comme l'épervier, Jarnac s'en vint lui sectionner l'autre jarret – en enfonçant, cette fois, le tranchant de la lame jusqu'à l'os !

Dans un soudain silence de mort, le colosse s'affaissa comme un huit-cors* sous la dague du veneur.

— C'est une plaisanterie, s'indigna Diane. La peste soit du balourd !

Après un court moment de silence, la clameur de la foule monta vers les cieux, portant le vainqueur aux nues. Le fameux « coup de Jarnac » venait d'entrer dans les Annales.

Le roi lui-même, sidéré, s'était levé ; bouche bée, le regard perdu, il fixait son champion qui gisait sur le sable, à merci... Le baron chétif aurait pu aisément l'achever, mais il n'en fit rien. Accourant au contraire vers la tribune royale, il supplia le souverain de le décharger d'une telle besogne, et s'en remit « à son auguste décision ».

Alors Diane se leva aussi pour ne pas défaillir de dépit.

— Dites-moi que nous allons nous réveiller, glissa-t-elle à l'oreille du roi.

---

* Grand cerf aux bois très ramifiés.

Henri demeurait sans voix... Enfin, il se racla la gorge. Un nouveau silence, à peine troublé par les râles de La Châtaigneraie, s'était fait à l'orée de la forêt de Saint-Germain.

— Vous avez fait votre devoir, reconnut Henri, accablé, la mort dans l'âme. Votre honneur doit vous être rendu.

Le vainqueur s'inclina devant celui qui, par aveuglement, avait causé ce gâchis. Un nouveau cri de victoire – aux accents cette fois menaçants – retentit par toute la forêt.

Des valets évacuaient déjà le vaincu sur un brancard.

❋

L'affaire aurait pu en rester là.

C'était compter sans les jeunes amis de La Châtaigneraie qui, multipliant les provocations, cherchèrent querelle au petit nombre des soutiens de Jarnac. Ceux-ci, dépassés, en appelèrent vite à la foule qui, franchissant les lices, renversant les barrières, se jeta sur les provocateurs. Une mêlée violente s'engagea, sous l'œil impuissant des hommes d'armes. Des coups de dague et de fleuret, puis même des coups de feu, partirent en tous sens ; la foule déchaînée laissa dès lors éclater sa colère – et de terribles lynchages vinrent ensanglanter le satin blanc des petits marquis.

L'on avait transporté le vaincu à l'ombre du grand pavillon, et son chirurgien, refusant d'obéir à ses ordres, pansait au mieux ses profondes plaies. « Profondes jusqu'à l'âme », avait commenté Montmorency en secouant la tête.

— Laisse-moi crever ! hurlait La Châtaigneraie au barbier. Crever !

On le laissa, en effet, mais par peur et non par obéissance ; une cohue furieuse venait en effet de prendre d'assaut le pavillon brodé d'or, et le chirurgien comme les valets jugèrent prudent de s'enfuir. Alors on vit le seigneur foudroyé faire l'effort de se redresser et, arrachant lui-même ses pansements, rouvrant ses plaies de ses propres mains, se vider lui-même de son sang.

Dans la belle tente agitée comme un navire dans la tempête, le peuple ivre de colère renversa les buffets, puisa dans les vivres à pleines mains, s'empara des plats, des bassins, des aiguières... On pilla. L'on détruisit. L'on tua sur place un laquais téméraire, on arracha les tapisseries et mit le feu à des splendeurs que le matin même, on n'aurait osé regarder... Même la tribune royale, évacuée par la garde, subit les outrages de la population hors d'elle ; et l'on vit des harpies déchirer de leurs ongles le siège où trônait, une demi-heure plus tôt, la belle Diane de Poitiers.

Le monogramme du roi et de la favorite allait être foulé aux pieds par le peuple.

Ainsi s'acheva, dans le tumulte et la haine, la première manifestation publique du règne d'Henri II. L'apothéose avait tourné à la débâcle. Et dans la litière argentée qui, tous rideaux fermés, l'emportait au petit trot, la sénéchale en fuite ruminait de sombres pensées sur le plus sombre des augures.

Le Ciel avait fait son choix.

Quelques notes

Les fidèles de La Cour des Dames *savent ce que la trame de ces volumes doit à l'Histoire, et quels scrupules je mets à ne pas m'écarter de ce que nous apprennent les sources d'époque et les travaux des historiens.*

Comme dans La Régente noire, *tous les personnages mis en scène dans ces pages sont vrais, à l'exception notable – et délibérée – des écuyers Gautier et Simon de Coisay, mêlés à leur corps défendant aux plus grands événements.*

C'est la façon de présenter les épisodes qui relève, sinon tout à fait du roman, du moins d'une approche romanesque. En imaginant, ainsi, de nombreux dialogues, j'ai tenté de rendre la vie à des moments singuliers, depuis longtemps figés par la chronique.

Notice

1. L'Église catholique romaine avait tôt institué les Indulgences, sorte de brevet décerné par le pape et qui accordait la rémission totale ou partielle, devant Dieu lui-même, de la peine temporelle encourue par un fidèle en raison d'un péché qu'il avait commis. Avec les siècles, ces Indulgences ont eu tendance à se multiplier, jusqu'à faire l'objet de transactions, pour ne pas dire de trafics.

Les premiers réformés, dont Martin Luther, concentrèrent sur cette pratique leurs attaques les plus virulentes.

Prologue

Le mariage du prince cadet Henri avec la Florentine Catherine de Médicis, nièce du pape, s'annonçait dès la fin du précédent volume. Il est venu couronner un long voyage de deux années effectué par François Ier à travers son royaume, et dont l'autre grand moment avait été, à l'été 1532, l'avènement du dauphin François au duché de Bretagne.

La description que j'en livre suit d'assez près celle des témoins, à commencer par l'ambassadeur milanais don Antonio Sacco, qui insiste sur l'indiscrétion intéressée du pape Médicis Clément, obsédé par sa volonté de rendre l'union irréversible par une consommation avérée.

Chapitre I

Notre histoire commence à l'automne 1535, dans un moment de crispation politique et religieuse. Au mois d'octobre, en effet, l'affaire dite « des Placards » (voir note 2) a choqué le roi et, avec lui, la majeure partie de ses sujets.

La machination ourdie par le grand amiral contre la grande sénéchale, avec la complicité de Gautier de Coisay, est une invention de ma part. Mais elle reprend et synthétise plusieurs intrigues attribuées par la chronique aux agissements douteux de Philippe Chabot de Brion.

2. L'on sait aujourd'hui que ce *Petit traité de la sainte Eucharistie* était l'œuvre d'Antoine Marcourt,

pasteur à Neuchâtel – un proche de Guillaume Farel connu pour son jusqu'au-boutisme. C'est lui, déjà, qui avait rédigé les *Articles véritables sur les horribles, grands et insupportables abus de la Messe papale*, dont l'affiche, placardée par toute la France et jusque chez le roi, devait tant contribuer à infléchir la politique religieuse de François Ier dans le sens d'une fermeté soudaine. En jouant ainsi la provocation, Marcourt et les intransigeants de la Réforme voulaient anéantir les efforts accomplis par la sœur du monarque et son entourage, en vue d'une « réforme douce » et modérée au sein de l'Église de France. Ils furent exaucés au-delà de toute attente…

3. Dans la plupart des demeures royales, la maîtresse en titre disposait de ses propres appartements. Mais à Paris, la tradition voulait que le monarque se gardât – déjà – du qu'en-dira-t-on… Aussi la duchesse d'Étampes possédait-elle, dans la capitale, deux hôtels distincts, quoique très proches, des résidences de son royal amant : un petit logis rue de l'Hirondelle et cet hôtel superbe du quartier Saint-Antoine.

4. Disciple de Martin Luther, Philippe Melanchthon, de son vrai nom Philip Schwartzerd, était connu d'abord comme auteur de la *Confession d'Augsbourg*, présentée en 1530 devant la diète de cette ville, et qui demeure la plus importante des professions de foi protestantes. Invité par le roi, dans l'été 1535, à venir présenter ses avis à Paris, il se vit alors retenir en Saxe par le prince-électeur Jean-Frédéric. Melanchthon, dans ces années 1530, aura incarné l'espoir de tous ceux qui, derrière Marguerite de Navarre, plaidaient en France pour la « conciliation religieuse ».

5. Les moines de Saint-Germain-des-Prés, de Saint-Martin-des-Champs, de Saint-Magloire, portaient les châsses de leurs saints respectifs ; les reliques de Sainte-Geneviève et de Saint-Marcel étaient portées par le clergé parisien, et précédaient celles du Trésor de la Sainte-Chapelle, censées provenir de la Passion : la couronne d'épines, l'éponge et la lance.

6. La reine Éléonore de Habsbourg avait, en premières noces, épousé le vieux roi Manuel Ier de Portugal, dit le Fortuné. Mais son mari étant mort assez vite, elle n'était restée sur ce trône qu'un peu moins de deux années, de 1519 à 1521.

7. Mort le 25 septembre 1534, le pape Clément VII avait été remplacé très vite, sur le trône de Saint-Pierre, par le cardinal romain Alexandre Farnèse, plutôt favorable à la France. Élu le 13 octobre de la même année, le nouveau pontife choisit de régner sous le nom de Paul III.

8. Les trois vaisseaux du deuxième voyage de Cartier jaugeaient respectivement cent vingt, soixante et quarante tonneaux. Ils emportaient cent vingt marins, quarante arquebusiers, dix maîtres de mer, six ouvriers, deux apothicaires, trois barbiers et un médecin, ainsi que des vivres pour quinze mois.

Chapitre II

Sa proximité avec l'Italie faisait alors de la capitale des Gaules le siège de la Cour en période de guerre. Pour autant, il est assez difficile de rétablir une topographie précise des différentes implanta-

tions royales entre Rhône et Saône, dans ces années 1530.

Il n'est guère plus aisé de cerner précisément la personnalité du noble ferrarais Sébastien de Montecucculi. Dans son brillant roman Myrelingue la Brumeuse, *l'érudit lyonnais Claude Le Marguet en avait brossé jadis un portrait truculent, dont je ne me suis inspiré qu'avec prudence.*

9. François Ier avait fait son emblème de cet animal mythique, réputé insensible au feu. On le trouvait, sous son règne, représenté un peu partout, et utilisé à tout propos avec la devise : « *Nutrisco et extinguo* » (je puis le nourrir et l'éteindre), ce qui signifiait que le roi attisait les passions utiles et décourageait les mauvaises.

10. Mme de Châtillon, dame d'honneur de la reine Éléonore et sœur du maréchal de Montmorency, s'était vue renvoyer de la Cour à la demande expresse de la reine de Navarre, qui la jugeait trop hostile à la Réforme. Ironie du sort : elle était la mère du futur amiral de Coligny.

11. C'est la mort subite du duc de Milan, Francesco III Sforza, le 1er novembre 1535, qui avait, en ouvrant dans le duché une crise de succession, motivé l'intervention française en Savoie, sous la conduite de l'amiral de Brion. L'empereur s'opposait à la revendication de François Ier, qui réclamait le duché de Milan pour son fils Henri ; mais Charles Quint pouvait admettre, à la rigueur, la candidature de Charles d'Angoulême, à condition qu'il épousât sa nièce, Christine de Danemark.

12. Si l'on en croit l'historien Prudencio de Sandoval, « un jour avant qu'il ne quitte Rome,

l'empereur fut avisé que les ambassadeurs du roi de France s'en allaient se plaignant publiquement de l'empereur, disant qu'il avait promis au roi de lui donner le duché de Milan, et qu'il avait manqué à sa parole, et qu'ainsi serait plus juste la guerre qu'il pensait lui faire (...). » C'est en réponse à cette provocation diplomatique que doit être replacé l'épisode étonnant du discours devant le Sacré Collège.

13. Au jeu de paume, il est usuel que le joueur chargé du service annonce « tenez ! » en lançant la balle – ou « éteuf ». C'est de ce terme, repris par les Anglais, que viendrait le nom actuel du tennis.

CHAPITRE III

L'historiographie moderne s'appuie sur le rapport de l'autopsie du dauphin pour nier la thèse de l'empoisonnement, retenue finalement à l'époque et constamment véhiculée par la rumeur. C'est, me semble-t-il, faire assez peu de cas de certains poisons discrets en usage alors, et nier ceux dont l'effet n'est qu'indirect.

Sans accorder, bien sûr, le moindre crédit à des aveux arrachés à Montecucculi sous la torture, et loin de suivre les accusations portées par l'entourage de l'empereur contre Catherine de Médicis, il m'a paru intéressant – et psychologiquement cohérent – de laisser entendre – à défaut de pouvoir le démontrer – que la grande sénéchale ou son entourage pourraient avoir, dans ce moment décisif, aidé plus ou moins la nature...

14. Au IIIe siècle avant notre ère, Fabius Maximus Quintus, dit *Cunctator* (le Temporisateur) avait

été nommé dictateur par le Sénat de Rome après le désastre de Trasimène, face aux Carthaginois. Adversaire désigné d'Hannibal, il allait éviter de l'attaquer de front et se contenter d'une guerre d'usure moins chevaleresque mais plus efficace, qui lui valut son surnom.

15. Ce roman de chevalerie, écrit en castillan par García Ordóñez de Montalvo, racontait les exploits d'Amadis, le « Beau Ténébreux ». Il avait joué un rôle essentiel dans la formation de l'imaginaire des deux princes otages, et notamment du jeune Henri de France.

CHAPITRE IV

Des travaux plus ou moins récents éclairent avantageusement certaines personnalités. Ainsi, celles de Marguerite de Navarre et de sa fille, Jeanne d'Albret, sont-elles remarquablement analysées dans deux ouvrages aujourd'hui un peu oubliés – sinon par les biographes qui s'en inspirent allégrement. Le premier s'intitule Marguerite d'Angoulême, une princesse de la Renaissance *et a été publié par Pierre Jouda chez Desclée de Brouwer en 1932. Le second,* Jeanne d'Albret *par Yves Cazaux, est paru chez Albin Michel en 1973. Je me suis beaucoup inspiré de l'un comme de l'autre.*

Pour ce qui est des premières campagnes du nouveau dauphin Henri, on en trouve d'intéressants échos chez Marc Blancpain et, bien entendu, sous la plume toujours sûre d'Ivan Cloulas.

16. Jacques V (*Seumas V* en gaélique écossais) était le fils de Jacques IV d'Écosse et de Marguerite Tudor. Il n'avait qu'un an quand son père fut tué à la bataille de Flodden Field, et que la régence

fut confiée au duc d'Albany. Il épousa Madeleine de France en 1537 ; celle-ci étant morte cette même année, il se remaria, l'année suivante, avec Marie de Guise, fille de Claude de Lorraine.

17. Bien que Marguerite de Navarre, sœur de François Ier, ait déjà beaucoup fréquenté les pages de ces deux volumes, on n'avait pas encore eu l'occasion de croiser la figure attachante de son protégé, le poète Clément Marot, né à Cahors, en 1496, d'un père lui-même rimeur de cour. Trop proche des milieux réformés pour n'être pas en butte aux persécutions et à l'exil, il sut mettre, dans ses vers d'une rigueur admirable pour l'époque, cette sensibilité et cette indépendance d'esprit qui devait lui valoir une brillante postérité.

18. Ce Jean de Dinteville, que nous avions déjà croisé sur un terrain lyonnais de jeu de paume, avait, en compagnie de Georges de Selve, lors d'une mission en Angleterre en 1537, servi de modèle à Hans Holbein le Jeune pour son célèbre tableau *Les Ambassadeurs*. À la fin de cette année 1538, il sera touché par une grave affaire de mœurs impliquant son frère Gaucher, et devra dès lors s'exiler en Italie pour plusieurs années.

CHAPITRE V

Personne ne sachant la situer avec précision, j'ai placé dans cette période de visite impériale la scène dramatique du « sacrifice de la dauphine », Catherine allant s'en remettre de son sort à son beau-père. Cet épisode s'appuie en vérité sur peu d'éléments – notamment une relation de Contarini datant de... 1551 ! Autant dire qu'il est probablement apocryphe ; mais dans la mesure où il ne trahit pas la vérité de la situation, il m'a paru trop romanesque pour en frustrer le lecteur.

Bien authentiques, en revanche, sont les péripéties, parfois incongrues, dont le séjour – harassant – de Charles Quint en France fut émaillé.

La scène où Catherine de Médicis épie les ébats amoureux de son mari avec Diane de Poitiers s'inspire de l'un des épisodes les plus fameux de la Vie des Dames galantes, *de Brantôme – réédité par Arléa en septembre 2007. Il est peut-être né de l'imagination de son auteur, ou de rumeurs qu'il avait recueillies... Je l'ai replacé à Anet, pour corser encore la situation. Si l'on en croit le vert chroniqueur, Mme de Montpensier serait allée, pour dessiller les yeux de son amie, jusqu'à percer elle-même des trous dans le plancher !*

19. Les grands travaux de Philibert Delorme, visant à transformer le vieux manoir des Brézé, à Anet, en demeure idéale de la Renaissance, ne commenceront qu'en 1547, avec le nouveau règne. Ils s'achèveront en 1552 par la construction du fameux portail, devenu l'emblème des lieux.

20. Ces deux phrases ont peut-être titillé la mémoire de certains lecteurs attentifs ; elles ouvrent en effet le premier tome des *Rois maudits*, la série romanesque de Maurice Druon qui a, dans son principe, inspiré la présente saga. Mieux qu'un clin d'œil, il s'agit de la plus explicite d'une séquelle de références plus ou moins conscientes à l'œuvre-mère.

21. Vittoria Colonna, marquise de Pescaire, était la fille du connétable de Naples. Femme de lettre hors du commun, amie de Michel-Ange, elle entretenait avec Marguerite de Navarre une correspon-

dance d'autant plus chaleureuse qu'elles admiraient beaucoup, l'une et l'autre, Pétrarque. Montmorency savait la poétesse proche de l'humaniste espagnol Juan de Valdés, lui-même luthérien – d'où les soupçons qu'il avait pu former sur l'objet véritable de cette correspondance.

CHAPITRE VI

Ce chapitre est sans aucun doute, de tout l'ouvrage, le plus proche du déroulement des faits historiques. Il s'appuie en effet largement sur ce que Jeanne d'Albret elle-même a pu raconter des péripéties de son premier mariage, avec le duc de Clèves. L'épisode mettant en scène Benvenuto Cellini, en butte aux caprices de la duchesse d'Étampes, suit le récit que, là encore, l'artiste en donne lui-même dans ses fameux Mémoires.

22. Il y eut en fait deux rétractations officielles, datées respectivement des 13 et 14 juin 1541. Voici ce que précise à leur propos le biographe Yves Cazaux dans son *Jeanne d'Albret* : « Très fière de la fermeté dont elle avait fait preuve dans sa jeunesse, et contrainte au silence par nécessité politique, la reine Jeanne dans ses confidences à son entourage laissait volontiers supposer qu'elle avait eu l'initiative exclusive de ces deux actes inhabituels. »

CHAPITRE VII

Certains faits évoqués dans ce court chapitre peuvent paraître étonnants pour des lecteurs du XXIe *siècle : la reine de Navarre enceinte à plus de cinquante ans, un poète de cour insultant une grande dame, ou encore un médecin donnant des conseils de physiologie amoureuse... Tous n'en sont pas moins rigoureusement empruntés à l'Histoire.*

Quant à la joute entre ces dames, quoiqu'apocryphe évidemment, elle m'a paru nécessaire pour traduire le rôle éminent de ces deux figures dans l'orientation des événements de leur temps. Ainsi que le notait encore Yves Cazaux, « en ce siècle dominé moralement par les femmes, souvent il parut que l'intelligence et la bonté, le courage et la diplomatie, la vigueur et la souplesse, désertant le sexe fort, s'étaient réfugiés » chez ces dames...

23. En Val de Loire, le nouvel an se fêtait déjà le 1er janvier. Mais attention : il faudra attendre l'Édit de Roussillon, pris par Charles IX en 1563, pour que l'année commence le 1er janvier dans tout le royaume. Jusqu'alors, on la faisait débuter, selon les provinces, le 1er janvier, le 1er mars ou le 1er avril – voire à Pâques, ce qui donnait aux années une longueur variable ! Concrètement, cela n'affecte de notre point de vue que les mois de janvier, février et, éventuellement, mars, qui peuvent changer de millésime. Conformément à la tradition, j'ai daté tous les événements de *La Cour des Dames* selon le « nouveau style » ; par exemple, un acte de février 1534 dans une province fidèle à l'« ancien style », sera daté de février 1535 selon le nouveau... Pour être complet, il faudrait ajouter que le calendrier de référence est ici l'ancien calendrier julien, le nôtre – le calendrier grégorien – n'étant entré en vigueur qu'en vertu d'une ordonnance prise par Henri III en 1582.

CHAPITRE VIII

L'épisode de Limours, comme tous ceux qui, d'une manière générale, mettent en scène les frères Gautier et Simon de Coisay, est à l'évidence imaginaire. J'ai du reste essayé de déconnecter, le plus possible, cette part purement romanesque de la trame plus historique du reste de l'ouvrage.

CHAPITRE IX

Les circonstances dans lesquelles les Impériaux se sont procuré le chiffre permettant de décoder et d'imiter les messages de guerre français, n'ont pas été clairement élucidées. Il paraît probable, néanmoins, que la duchesse d'Étampes s'y soit trouvée mêlée, peut-être par l'entremise de son amant du moment, le comte de Longueval. Son rôle, en revanche, est tout à fait admis dans l'activation des tractations qui ont abouti au « honteux » traité de Crépy-en-Laonnois.

24. Le siège épiscopal de Paris ne sera érigé en archidiocèse qu'en 1622. Jean du Bellay, cousin du poète, était donc simplement « évêque de Paris », et l'était depuis 1532. Proche de François Ier, il s'était constamment montré bienveillant envers les Réformés, au point d'être qualifié souvent de « luthérien ». Son hostilité à la maison de Habsbourg en avait fait un adversaire irréconciliable de Montmorency.

25. Ces phrases touchantes sont adaptées d'une lettre du roi à sa sœur, la reine Marguerite, dont la correspondance est une source inépuisable pour les historiens de la période. Aussi étonnant que cela paraisse, ces lettres n'ont pas fait l'objet

d'éditions utiles depuis la somme de Pierre Jourda, chez Champion en 1927. Et la référence en la matière demeure le double recueil de François Génin, paru sous la Monarchie de Juillet !

Chapitre X

C'est la première fois, dans la série, que l'action s'approche des champs de bataille. J'ai tâché de le faire de manière allusive, sauf dans la scène de l'opération du comte d'Aumale, devenue d'emblée mythique. Évidemment, la thèse de l'acharnement de la grande sénéchale sur les Fils de France n'a été placée dans la bouche de Bentivoglio qu'à titre d'hypothèse – parfaitement invérifiable.

26. Cette scène doit beaucoup au compte rendu d'opération établi, d'après Ambroise Paré lui-même, par le docteur Jean-Pierre Poirier, dans l'ouvrage qu'il a consacré à l'inventeur de la chirurgie moderne, en 2005 chez Pygmalion. Son bel essai, couvrant les quatre-vingts ans d'une existence hors du commun, est joliment sous-titré : « Un urgentiste au XVIe siècle ».

Chapitre XI

La cabale contre Jarnac, la mort stupide du comte d'Enghien, la colère homérique du roi, sont autant d'événements authentiques, symptomatiques de l'atmosphère « fin de règne » des derniers mois de la vie de François Ier.

27. Le duel judiciaire, reconnu officiellement depuis Charlemagne au moins, avait été réglementé par Louis IX (saint Louis). Puisqu'il

soumettait les parties au jugement direct de Dieu, un tel combat désignait forcément le vainqueur comme innocent, digne de tous les honneurs, et le vaincu comme coupable – donc comme un homme à punir. Ainsi, qu'il soit tué ou non lors du combat, le vaincu devait être dépouillé en attendant que le roi décide s'il lui faisait grâce ou justice ; dans ce dernier cas, il devait être pendu au gibet par les pieds.

CHAPITRE XII

Comme souvent, les circonstances de la maladie, de la mort, des funérailles et de la succession du « grand roi François » sont parmi les mieux documentées de tout le règne. Ici, le roman s'efface volontiers derrière la chronique, pour laisser la part belle aux détails livrés par les sources d'époque, si riches et si fiables sur ces aspects officiels.

28. Tusson, aujourd'hui en Charente, entre Aigre et Ruffec, accueillit longtemps une des principales filiales de l'abbaye de Fontevraud. Elle comptait une bonne trentaine de religieuses au milieu du XVIe siècle. Le souvenir de Marguerite y demeure d'autant plus présent que l'on devait découvrir, en 1895, à la Bibliothèque nationale où ils dormaient depuis des siècles, deux grands poèmes, *Le Navire* et les *Prisons*, composés par la reine de Navarre lors de son triste séjour en ces murs.

29. Les traditions de cour s'opposaient à ce qu'un souverain prît part au deuil public de son devancier ; en effet, le défunt conservant ses attributs sacrés jusqu'à la mise au tombeau, il semblait difficile d'afficher deux rois de France, côte

à côte. Par analogie, la reine veuve était tenue, elle aussi, à l'écart des cérémonies ; et pendant tout le temps des funérailles de son mari, Eléonore de Habsbourg ne quitta pas Poissy.

30. L'artiste en charge de la mise au point de cette réplique funèbre était plus qu'habile : génial, puisqu'il s'agissait de François Clouet en personne !

31. Toute cette séquence s'inspire directement de la « Relation nouvelle » publiée par Omont en 1906 dans le Bulletin de la Société de l'histoire de Paris et de l'Ile-de-France.

ÉPILOGUE

Aussi romanesque qu'il paraisse, cet épilogue suit presque intégralement les éléments historiques dont on dispose. C'est peu dire que la scène a beaucoup marqué les contemporains, et fait l'objet de relations détaillées. Il est du reste assez symptomatique de l'état d'esprit de la nouvelle cour, que l'expression « coup de Jarnac », au lieu de désigner un acte habile ou inattendu, soit entré d'emblée dans l'usage comme synonyme de manigance et de malhonnêteté... Puissent mes lecteurs, détrompés à ce propos, réhabiliter la mémoire du courageux baron de Jarnac !

Remerciements

Ma gratitude envers Cyrielle Claire, Yves Chaffin et Gilles Haeri, ainsi que pour les équipes de Flammarion, demeure vive.

J'aimerais y associer cette fois Bertrand Deckers, pour m'avoir exhumé de précieux documents, et souligner toutes les qualités qui font de Thierry Billard un éditeur d'exception.

Table

Chapitre III
D'un dauphin l'autre
(Été et automne 1536)

Chapitre IV
Le Tout-Puissant
(Automne 1537 et printemps 1538)

Chapitre V
Vive l'empereur !
(Hiver 1539-1540)

Chapitre VI
Mariage forcé
(Hiver et printemps 1541)

Chapitre VII
La joute des dames (Hiver 1542-1543)

Chapitre VIII
Enfin ! (Automne 1543 – hiver 1544)

Chapitre IX
Le chiffre Été et automne 1544)

Chapitre X
François le balafré
(Été et automne 1545)

Chapitre XI
Jeux de princes (Hiver 1546)

Chapitre XII
Vive le roi ! (Printemps 1547)

Épilogue
Le coup de Jarnac (juillet 1547)

8947

Composition
NORD COMPO

Achevé d'imprimer en Espagne
par ROSES
le 20 novembre 2009.

Dépôt légal avril 2009.
EAN 9782290014028

EDITIONS J'AI LU
87, quai Panhard-et-Levassor, 75013 Paris

Diffusion France et étranger : Flammarion